그렇게 딸이 되었다

그렇게 딸이 되었다
I Made My Father Proud

1판 1쇄 | 2014년 12월 24일
1판 2쇄 | 2015년 01월 09일

지은이 | 현혜수
펴낸이 | 박현진
펴낸곳 | (주)풀과바람
주소 | 경기도 파주시 광인사길 71(문발동, 파주출판도시)
전화 | 031) 955-1515~6
팩스 | 031) 955-1517
출판등록 | 2000년 4월 24일 제20-328호
홈페이지 | www.grassandwind.com
이메일 | grassandwind@hanmail.net

편집 | 이영란
디자인 | 김성연
마케팅 | 이승민

ISBN 978-89-8389-592-9 03810
※잘못 만들어진 책은 구입처에서 바꾸어 드립니다.

이 도서의 국립중앙도서관 출판시도서목록(CIP)은 서지정보유통
지원시스템 홈페이지(http://seoji.nl.go.kr)와 국가자료공동목록
시스템(http://www.nl.go.kr/kolisnet)에서 이용하실 수 있습니다.
(CIP제어번호 : CIP2014034261)

그렇게 딸이 되었다

현혜수 장편소설

풀과바람

차례

프롤로그

'아들이 되고 싶었던 딸'에서
'아들이 아니어도 행복한 딸'로……

"오랫동안 꿈꾸어 왔던 일들은 반드시 하고야 마는 나의 묘
한 승부 근성이 이 책을 집필하게 된 이유 중 하나였다."
　이런 서문을 쓰면 근사해 보일지도 모르겠다.
　그러나 그건 사실이 아니다.
　사실을 말하자면 아버지에 대한 뜨거운 사랑과 그리움이 이
글을 쓰게 된 결정적인 이유다.
　딸 셋을 두신 우리 아버지는 살아계신 사랑 그 자체이셨다.
　아버지 없이 우리는 아무것도 할 수 없는 딸들이었다.
　언니는 몰라도 동생은 몰라도 나는 그러했다.
　아버지의 격려 없이는, 아버지의 보살핌 없이는 나는 아무
것도 아니었다.

그냥 그저 그런 둘째 딸에 불과했다.

그러나 여섯 살 때부터 아버지께서 내게 보여 주셨던 ― 그 이전에도 그러하셨겠지만 나는 기억할 수 없기에, 아니 최소한 그 사건이 있기 전에는 알 수 없었기에 ― 아버지의 극진한 사랑에 힘입어 나는 많은 것을 할 수 있었다.

'아들이 되고 싶었던 딸'에서 이제 '아들이 아니어도 행복한 딸'로 다시 태어날 수 있었던 것도 전적으로 아버지의 사랑 덕분이었다.

비록 아버지의 임종도 지키지 못한 못나고 못된 딸이지만 아버지가 우리 곁을 떠나신 지 3년이 지난 지금 평온한 마음으로 아버지에 대한 무한한 존경과 사랑을 표현할 수 있는 나만의 방법으로 이 글을 쓸 수 있게 된 것에 대해서 감사한다.

아버지! 아버지! 그 이름을 부르는 것만으로도 나는 이렇게 뜨거운 그리움으로 눈가를 적시게 되지만…… 아들보다 더 귀한 딸 셋으로 우리 세 자매를 키워 주신 아버지의 영정 앞에 이 작은 책을 바친다.

그건 태평양을 날아와 입관식 5분 전에 아버지의 마지막 모습에 인사하고 차갑게 식어 버린 두 발을 부여잡고 눈물의 인사를 흩뿌렸던 둘째 딸이 밤새워 목 놓아 부르면서 드렸던 약속이기도 하다.

만약 이 글을 통해서 아버지께서 우리 세 자매에게 주신 사랑의 크기를 제대로 표현하지 못했다면 그건 분명 나의 부족한 필력 탓이다.

그건 전적으로 아버지께서 주신 재능을 제대로 살리지 못한 나의 부족함과 게으름 탓이다.

그러나 그것조차 나의 아버지는 인자하신 미소로 틀림없이 너그럽게 받아 주시리라.

"되었다. 그것으로 충분하다. 넌 나의 자랑스러운 딸이다."

보이지 않아도 들리지 않아도 보이고 들리는 아버지의 그 사랑과 격려에 힘입어 나는 이제 또다시 새로운 일을 꿈꿀 수 있는 것인지 모른다.

'아버지…… 아빠…… 사랑합니다. 단 한 번만이라도 더 뵙고 싶습니다. 그래서 아빠의 따뜻한 격려를 받고 싶습니다. 아버지…… 우리 아버지…… 나의 아버지…….'

2014년 12월

심심한 오후

사실 심심한 것은 아니었다. 딱히 뭐라고 말할 만큼 뚜렷한 하루였으면 심심하다고 생각하진 않았을 것이다. 만약에 그랬더라면 '놀라운 하루'라든지 '재미있는 하루'라든지 또는 '무서운 하루'라는 표현을 썼겠지만, 내겐 오늘 하루가 그저 그런, 친구 남희의 표현을 빌리자면 '별 볼 일 없는 하루'였던 것이다.

엄마는 아침 일찍 절에 가셨고, 아빠마저 공장이나 한번 둘러보겠다며 무표정한 얼굴로 모자를 챙겨 나가신 뒤엔 난 정말 완전한 외톨이가 된 기분이었다.

아! 그렇다면 오늘은 '외로운 하루'라고 해야 맞지 않을까? 그런데 지금 내 상황을 말하자면 일단은 '심심한 오후'라고만 해야겠다. 솔직히 말하자면 오늘 아침엔 뭔가 잘 풀리는 듯싶었다.

"절에 다녀올 거야. 학교 갔다 오면 집 잘 보고 있어!"

엄마는 이렇게 말씀하시며 꼬깃꼬깃 접힌 100원짜리 지폐 한 장을 내 손에 꼭 쥐여 주셨다. 그러면서 당부하는 것도 잊지 않으셨다.

"언니 학교에서 오기 전까진 오겠지만, 만약 늦으면 식탁에 상을 봐놨으니 아랫목에 묻어둔 밥만 꺼내 줘라."

그러고 보면 100원은 순전히 언니에게 따뜻한 밥상을 차려 주는 것에 대한 일종의 사례비인 셈이었다.

사실 나처럼 영리하고 예쁘고 친절하기까지 한 사람에게 주는 사례비로는 턱없이 적은 금액이었지만, 스스로 인정하는 것처럼 난 본디 친절한 사람이니까 이 정도로 만족스러웠다.

그리고 좀 더 솔직하게 말하자면 내가 아무 군소리 없이 엄마의 제안을 순순히 받아들인 것은 요사이 용돈이 궁한 까닭이었다.

사실 엄마보다 아빠는 용돈에 대해서는 관대한 편이셨다. 아니 그 이상이었다. 평소 자칭 '책벌레'요, 타칭 '쨍쨍이'라고 불리는 언니에겐 필요한 책이 하루를 넘기지 않아 배달되었으니까. 그건 전적으로 아빠의 배려셨다. 아빠는 우리 두 딸이 무엇인가가 필요하다고 말하기도 전에 이미 그것을 마련해 주셨다.

아니 생각해 보니 두 딸이 아니다. 세 딸이다. 우리 집은 동네에서 소문난 '딸 부잣집'이었다. 돈이 많아 부잣집이라고 불리는 것인지 다른 집보다 딸이 많아 딸 부잣집으로 불리는 것인지는 잘 모르겠지만 어찌 되었든 좋은 집에서 자가용을 굴리면서 살고 있으니 이래저래 부자는 부자인지도 모르겠다.

암튼 난 그런 딸 부잣집의 둘째 딸이다. 얼마 전까지는 막내였지만, 2년 전 곱슬머리 동생 지희가 태어난 뒤로는 모든 것이 달라졌다.

난 응석둥이 막내에서 둘째 언니로 한 계단 승진했다. 하지만 동생이 생겼다고 해서 집안에서 나에 대한 예우가 달라진 것은 아니었다. 아니 그 반대였다.

이제 갓 기저귀를 떼고 아장거리면서 걸어 다니는 것만으로도 온 식구들의 사랑을 독차지하는 동생이 떡 버티고 있는 데다가 세 살 위 언니는 걸핏하면 공부할 것 많다고 쨍쨍거리면서 자기 일을 온통 미루는 공부벌레였다.

그러니 세 딸 뒤치다꺼리로 늘 분주하신 엄마와 맘마 소리를 겨우 하는 돌쟁이 동생에게 대접을 받기는 언감생심이고, 오히려 하늘 같은 언니와 그저 귀엽기만 한 막내를 떠받들고 살아야 하는 기막힌 운명의 주인공이었으니까 말이다.

난 이미 열 살이라는 나이에 이 세상에 존재하는 또 하나의 엄연한 진리를 일찌감치 알아 버렸으니 그건 바로 '삶은 불공평하다'는 것이었다. '불공평한 삶'을 깨달아 버린 열 살 소녀에게 우리 집은 자기가 얻고자 하는 것은 반드시 치열한 전투를 통해야만 가능하다는 것을 알게 해 준 싸움터였다. 그리고 얻고자 하는 것을 얻기 위해서는 자기가 하기 싫은 것뿐만 아니라 남이 하기 싫어하는 것도 해야 한다는 것을 가르쳐 준 처절한 삶의 현장이었다.

엄마가 주신 100원은 표면적으로는 집에 오자마자 공부를 해야 하는 배고픈 언니에게 밥상을 차려 주는 일에 대한 사례비였지만, 그 속을 들여다보면 혹시라도 동생이 울면 언니 공부에 방해되지 않도록 재빨리 업어서 재워 주는 일에 대한 수고비도 포함되어 있었다.

단 10분의 시간 낭비도 허용하지 못하는 까다로운 책벌레 언니와 엄마가 없는 것을 용케도 알아채는 동생 사이에서 난 살아남아야 했다.

어차피 삶은 불공평한 것이고 언니와 동생 모두 내가 책임 지고 가야 한다면 그 와중에 내가 챙길 수 있는 것은 바로 용돈이었다. 때로는 500원이라는 거금을 받을 때도 있지만, 대부분은 100원에 그치곤 했다. 물론 운이 안 좋은 날엔 10원으로 만족해야 할 때도 있었지만 말이다(다행히 운이 안 좋은 날은 그리 많지 않았다).

어찌 되었든 난 요사이 용돈이 필요했다. 아니 엄밀하게 말하면 승리를 쟁취하기 위한 자금이 있어야 했다. 더 많은 것을 얻기 위한 약간의 투자 금액 말이다.

엄마가 아시면 펄펄 뛰겠지만, 나에겐 정말 반드시 목숨을 걸고 이겨야만 하는 싸움이 하나 있었다. 자존심이 걸린 싸움이었다.

"적을 알고 나를 알면 백 번 싸워도 위태롭지 않다"고 했던가. 지금 내가 그렇다.

난 엄청난 결전을 앞두고 형편없는 무기만을 갖고 있는 상황이다. 상대편은 최신예 무기로 무장한 채 호시탐탐 내 도전을 기다리고 있는데, 난 낡고 낡아 어떻게 해 볼 도리가 없는 무기 몇 개만을 달랑 들고 도전해야 하니…… 결과는 불 보듯 뻔한 것이었다.

그러니 어쩌겠는가? 어떻게 해서든지 무기를 장만해야 했다.

결전의 날이 다가오고 있었다. 벽에 걸린 달력을 보니 한 달하고 열흘이 남아 있었다. 그날엔 자존심 걸린 한판 대결이 기다리고 있다. 그러니 지금 내 상황에서 찬밥, 더운밥을 가릴 것이 못되었다.

가실 때마다 100원씩만 꼬박꼬박 주신다면 엄마가 몇 번이고 외출해도 괜찮았다. 앞으로 500원만 더 모으면 그런대로 괜찮은 무기를 구할 수 있었다.

달리기로 보나 체격으로 보나 지능 지수로 보나 내가 상대방에게 꿀릴 것은 없었다. 문제는 무기였다. 딱지와 구슬은 대충 준비가 되었는데 칼이 엉망이었다. 상대방은 최신형 마징가 제트 형광 칼로 무장되어 있는데, 난 황금박쥐가 그려져 있는 구식에 빨갛고 파란 플라스틱 칼밖에 없었다. 일단 폼에서 완전히 한 수 꺾이고 들어가는 셈이었다.

엄마도 아빠도 모르신다. 나보다는 책을 더 좋아하고 책이 말하는 소리에 더 귀 기울이는 언니에겐 애당초 말할 생각조차 하지 않았다. 그러니 내가 믿을 수 있는 사람은 없었다.

그런데 이렇게 쓰고 보니 나 자신이 너무 비참한 것 같다. 이래 봬도 친절하고 싹싹하고 인사성까지 바르다고 온 동네가 인정하는 나인데…… 그런 나에게 한 달하고 열흘 뒤에 있게 될 그 한판 대결의 묘책을 의논할 사람이 한 명도 없다는 사실은 스스로를 너무나 비참하게 만드는 고백임이 분명하다.

하지만 다시 생각해 보니 믿을 만한 상대가 없다고 해서 그리 우울하다거나 외롭지 않았다. 그러니까 딱히 믿고 의논할 만한 상대가 없다는 것이 나를 비참하게 만들지는 않는다는 것이다. 비록 열 살이지만 세상 이치는 대부분 알고 있다고 자부하기 때문이다. 아침에 눈을 뜨면서 저녁에 잠을 자기까지 하루 동안에 일어나는 일의 대부분은 내가 이해할 수 있는 범위 내에 있었다.

이를테면 엄마가 왜 시간 날 때마다 절에 가시는지, 아빠가 왜 저녁마다 술을 마시고 들어오시는지, 왜 언니는 온종일 책만 읽고 사는지……. 아! 또 있다. 집안 살림보다는 절에 더 관심이 있는 엄마에게 아빠가 왜 아무 말도 안 하시는지, 저녁마다 술을 마시는 아빠에게 엄마가 왜 아무런 잔소리를 하지 않으시는지도 난 다 알고 있었다.

그리고 그 모든 일의 배후에 있는 음모도 알고 있었다. 그건 정말 음모였다. 믿을 수 없는 음모가 우리 가족에게 있었다. 그래서 나는 기필코 사내 녀석들을 이겨야 했다.

지난밤 삼킨 눈물의 무게를 털어내시고자 절을 찾는 엄마, 이 세상 술을 모조리 마셔 버릴 기세로 온종일 술친구를 찾아 헤매시는 아빠, 이 모든 상황을 알면서도 입을 다문 채 책만 보고 있는 언니, 게다가 나만 보면 밥 달라고 보채는 동생 지희까지. 무엇보다 산으로 들로 뛰어다녀야 할 한창나이에 수업 끝나기가 무섭게 집으로 달려와 언니 뒷바라지와 동생 챙기기로 아까운 시간을 낭비하고 있는 나. 이렇게 우리 가족을 힘들게 하는 것은 다름 아닌 그 '아들' 녀석이었다.

아들 하나, 딸 둘!

사내 녀석들은 늘 어딘가 모르게 우쭐대는 버릇이 있다.

"아들이 뭐 별거여? 다 똑같아. 지들 태어날 때 뭐 하나 달고 나온 덕분에 평생 큰소리치는 게지."

언젠가 외할머니가 엄마에게 미역국을 차려 주면서 혼잣말처럼 중얼거리시는 것을 들은 적이 있다. 엄마는 들었는지 못 들었는지 아니면 들었는데도 못 들은 척하시는 건지는 몰라도 그냥 아무 말 없이 김이 모락모락 나는 뜨거운 미역국을 연신 입으로 떠넘기셨다.

얼굴이며 손이며 평소의 예쁜 엄마가 아니라 마치 풍선처럼 부어오른 엄마 옆에는 머리만 꼽슬꼽슬한 갓난아기가 쌔근거리면서 자고 있었다. 나보다 여덟 살 어린 동생 지희였다. 언니와 나 사이에 있던 오빠를 잃은 지 2년이 막 지났을 때 태어난 사랑스러운 동생이었다.

지희는 하늘에서 우리 집에 내려 준 귀하고 귀한 선물이었다. 그렇게 귀한 선물이어서인지 태어난 날의 풍경도 특별했다.

새벽 동이 채 뜨기도 전에 아빠는 언니와 나를 깨웠다. 급히 가야 할 곳이 있다며 서두르신 아빠가 우리를 데려간 곳은 작은 병원이었다. 따뜻한 온돌방에는 눈이 통통 부어 있는 엄마가 누워 있었고, 그 옆에는 빨간 얼굴에 머리카락이 라면처럼 고불거리는 작은 아기가 눈을 말똥말똥 뜬 채 천장을 보고 누워 있었다.

정말 귀엽고 똘똘하게 생긴 아기였다. 그런데 언니의 입에서는 뜻밖의 말이 튀어나왔다.

"에게, 또 딸이야?"

실망으로 입까지 실룩거리면서 튀어나온 폭탄선언은 가히 위력적이었다.

'아뿔싸!'

공주 언니가 또 사고를 쳤다.

반사적으로 돌아본 아빠의 얼굴에는 노여움과 아쉬움, 슬픔의 빛이 역력했고, 엄마는 화가 나셨는지 획 등을 돌리셨다.

누군가는 서둘러 이 사태를 수습해야 했다. 그것도 재빨리, 부드럽게, 자연스럽게, 효과적으로…….

"치, 뭐 예쁘기만 하네. 어머, 머리도 어쩜 이렇게 고불거리지? 꼭 파마한 것 같네. 엄마, 우리 아기 파마했어?"

내 딴에는 해 본다고 한 말이었는데 결과는 영 신통치가 않았다. 아무런 변화가 없었으니까.

공주 언니는 여전히 입을 실룩거리면서 무척이나 실망한 눈치였고, 아빠는 아무 말 없이 천장만 바라보고 계셨다. 엄마는 주무시는 건지 우시는 건지 벽을 향하시고는 아무 말씀이 없으셨다.

아주 짧은 순간이었지만, 머리가 핑핑 돌았다. 이럴 때 필요한 것이 바로 '임기응변'이다. 아들을 떠나보내고 2년 만에 다시 갖게 된 자식이니 아빠는 물론 엄마도 딸보다는 아들을 원하셨을 터였다.

더군다나 유난히 볼록한 배 모양을 보고 앞으로 보나 뒤로 보나 아들이 확실하다는 동네 아줌마들의 수군거림에 엄마는 배 속에 있는 아이가 아들이라는 것을 의심하지 않으셨고, 가끔 찾아오셨던 할머니도 엄마를 향해 먹는 것을 보니 영락없는 아들이라고 큰소리 떵떵 치셨다.

"넌 그저 떡두꺼비 같은 아들 하나만 낳으면 할 일 다 했다."

할머니는 이렇게 칭찬인지 구박인지 모를 은근한 압력을 가하기도 하셨다.

배 모양과 식성 등을 보며 어른들이 한결같이 아들일 거라고 확신했기에 막내였던 내 자리를 차지할 동생은 남동생일 거라고 믿었다. 그런데 첫서리가 내리던 추운 날 이른 새벽 만난 동생은 아들이 아니라 딸이었다. 그 사실은 놀라움과 실망을 넘어서서 충격 그 자체일 수밖에 없었다.

그러나 나까지 충격에 빠져 허우적거리고 있을 수는 없었다. 어떻게 해서든지 이 절체절명의 위기 상황을 극복해야겠다는 야무진 각오로 무엇인가 말하려고 막 입을 떼려던 순간, 구세주가 나타났다. 다름 아닌 삼각 모자에 하얀 옷을 입은 간호사 언니였다.

아, 얼마나 반갑고 고마웠는지 아무도 모른다.

하얀 얼굴에 작은 모자를 쓰고 있던 간호사 언니는 나에겐 정말 천사 그 자체였다. 은색 쟁반에 맑은 물이 담긴 커다란 물병을 조심스럽게 들고 들어온 언니는, 방 안에 맴돌고 있던 무거운 분위기를 눈치챘는지 생글생글 예쁜 웃음을 지으면서 아빠를 향해 말을 건넸다.

"아기가 참 예뻐요. 노산이어서 의사 선생님들도 걱정하셨는데…… 4.3kg 우량아를 낳으셨어요. 수고 많으셨죠? 머리도 어쩜 이렇게 고불거리는지…… 보세요. 인형 같죠? 간호사들 사이에서도 인기 최고예요."

다소 수다스럽다 싶을 만큼 순식간에 많은 정보를 쏟아낸 간호사 언니는 여전히 무거운 분위기를 감지했는지 한마디를 더 했다. 그러나 아뿔싸, 큰 실수였다.

여전히 뚱한 표정을 짓고 있는 언니와 그 옆에서 안절부절못하며 어쩔 줄 모르고 있던 나를 살펴보던 간호사 언니는 아빠를 향해 활짝 웃음을 지으며 말했다.

"어머나, 축하해요. 이제 아들 하나에, 위아래로 딸을 두시게 되었으니 1남 2녀의 아빠가 되셨네요! 정말 축하합니다."

'엥? 뭐라고? 아들 하나, 딸 둘? 이게 뭔 소리야?'

삼각형 하얀 모자가 왕관처럼 보일 만큼 예쁜 간호사 언니가 주책바가지 마귀할멈으로 돌변한 것은 한순간이었다.

안타깝게도 그 다음은 기억이 잘나지 않는다. 언니가 혀를 쏙 내밀면서 실망스러운 표정을 지었는지, 아빠가 문을 쾅 닫고 나가셨는지 아니면 엄마가 소리 내서 울음을 터뜨리셨는지, 내가 여전히 동생과 엄마와 언니 사이를 오가며 사태를 수습하러 뛰어다녔는지…….

다만 한 가지 기억나는 것은 그 주책바가지 마귀할멈 간호사 언니가 방을 나간 뒤 도대체 어디에 아들이 있느냐며 짜증 가득한 표정으로 방 안을 두리번거리다 흘낏 바라본 거울 속에서 잔뜩 찌푸린 표정을 짓고 있는 낯익은 사내 녀석을 발견했다는 것이다.

'아뿔싸!'

세수도 못 하고 나와 짧은 머리는 새가 집을 지을 만큼 엉망이었고 파란 내복 바지에 오빠의 잠바를 아무렇게나 걸쳐 입고 나온 폼이 영락없는 사내 녀석이었다.

여우 굴 소동

며칠 뒤 외할머니가 엄마와 동생을 데리고 집으로 오셨다. 아빠의 충격과 엄마의 슬픔, 언니의 실망 그리고 나의 반가움 속에 세 번째 딸이 우리 집의 새 가족이 된 것이다.

동생이 집으로 온 뒤 달라진 것은 별반 없었다. 아빠는 여전히 밖에서 시간을 보내셨고 엄마는 가끔 먼 하늘을 바라보시면서 큰 한숨을 짓곤 하셨다. 그리고 책벌레 언니는 아침저녁으로 책 속에만 묻혀 살았다.

그럼 나는? 나는 졸지에 막내에서 둘째로 승진했지만, 언니가 되었다는 기쁨도 잠시 난 집에선 완전히 책갈피 같은 신세가 되었다. '책갈피'라는 말은 내가 지어낸 별명인데, 언니가 공부할 때 보니 책을 읽다가 덮어둘 땐 꼭 책갈피를 꽂아두는데 어떤 때는 수학책으로 또 어떤 때는 과학책과 영어책 사이를 오가면서 제 역할을 충실히 했다.

주인의 명령에 따라 이곳저곳으로 왔다 갔다 하는 책갈피처럼 동생이 집으로 온 뒤로 집의 온갖 일들은 모조리 내 몫이 되었다. 하지만 난 그 일들이 싫지 않았다. 아니 오히려 즐거웠다. 나의 분주함으로 엄마의 슬픈 표정이 가라앉을 수 있다면, 언니의 불만 섞인 얼굴에 만족스러운 웃음이 번질 수 있다면 그리고 응애응애 울기만 하는 동생이 쌩긋 웃게 된다면 난 그것으로 행복했다. 그것으로 즐거웠다.

그런데 문제는 아빠였다. 아빠는 좀처럼 웃지 않으셨고 여전히 밖으로 돌아다니셨다. 공장도 누군가에게 넘겨야겠다고 지나가는 말처럼 흘리셨다.

그래서 난 기회 있을 때마다 아빠의 관심을 끌어 보기 위해 다양한 방법을 쓰곤 했다. 하지만 동네 어르신들을 모두 즐겁게 하는 나의 원맨쇼에도 아빠는 좀처럼 웃지 않으셨다. 아니 때로는 애써 관심 두지 않는 표정을 짓곤 하셨다. 그런데 그 애써 관심 두지 않는 표정은 평소의 무표정한 얼굴과 묘한 조화를 이루곤 했다.

그러던 어느 날, 아빠가 얼큰하게 취해서 들어오자 난 온종일 준비해 놓은 비장의 무기를 꺼내 놓았다. 바로 노래 〈커피 한 잔〉이었다. 어쩌면 그 노래 가사가 하루 내내 아빠를 기다리던 내 마음과 그리도 똑같았는지.

"커피 한 잔을 시켜 놓고, 그대 오기를 기다려 봐도 웬일인지 오지를 않네. 내 속을 태우는구려. 1분이 지나도 오지를 않네, 5분이 지나도 오지 않아. 빨리 안 오면 나는 가요! 내 속을 태우는구려……."

뭐 이런 가사였는데 당대 최고의 인기를 누렸던 '펄 시스터
즈'라는 자매 가수의 히트곡이었다.

밤늦게 들어온 아빠가 신을 벗어 놓고 마루로 채 올라오기
도 전에 난 그 노래를 구성지게 불렀다. 펄 시스터즈를 능가
하는 코맹맹이 소리와 다소 현란한 춤과 함께.

결과는 완전한 성공은 아니었다. 그래도 아빠가 흠칫 놀라
면서 허허 웃음을 터뜨린 것이 놀라웠다.

"우리 둘째 공주님이 오늘은 잠도 안 자고 아빠를 기다렸구
나."

사실 난 아빠가 나를 벌떡 안고 내 방 침대에 데려다 주기
를 기대했지만, 그건 좀 지나친 욕심이었다. 난 이미 국민학교
3학년이나 된 어엿한 숙녀였으니(국민학교는 이제 초등학교
로 쓰이지만, 그 시절 그때를 떠올리며 국민학교로 쓴다). 게
다가 나보다 더 예쁘고 귀여운 동생도 있었다.

그러니 아빠가 오랜만에 허허 웃음을 터뜨린 것만으로도 그
날의 무대는 만족이었다. 비록 관객은 물끄러미 보고 계시던
엄마와 누워서 뜻 모를 노래를 들으며 양손을 허우적거리는
동생뿐이었지만 말이다.

그날 아빠가 너털웃음을 보이신 뒤로 방과 후 나에게는 새
로운 숙제가 생겼다. 이른바 앙코르 공연이었다.

이번엔 다소 분위기 있는 노래가 필요했다. 김추자의 〈거짓

말이야〉와 〈님은 먼 곳에〉가 후보곡이었다. 그런데 〈님은 먼 곳에〉를 연습하다가 아차 싶었다.

제목부터가 좋지 않았다. 그런 제목은 아빠의 슬픔을 더욱 부채질할 뿐이었다. 그렇다면 〈거짓말이야〉가 좋았다. 최근 몇 년 사이에 우리 집에 닥친 이 슬픔이 거짓말이고, 그로 인한 아픔도 모두 거짓말이기를 바라는 마음이 들어 있었다.

학교에 다녀오기가 무섭게 난 〈거짓말이야〉를 부르기 시작했다. 아, 그런데 생각지 못한 방해꾼이 나타났다.

공부벌레이자 책벌레인 공주 언니가 소리를 빽 질렀다.

"야! 나 내일 시험 본단 말이야. 그만두지 못해? 집중이 안 되잖아."

난 그때 "예술의 길은 멀고 험하다"는 사실을 깨달았다. 하지만 그렇다고 물러설 내가 아니었다. 난 기필코, 반드시, 분명히 아빠의 두 번째 웃음을 봐야만 했다.

"이번에도 백 점 받아야 하는데 말이야."

구시렁거리는 언니의 혼잣말을 뒤로한 채 난 조용히 집을 나섰다. 그런데 막상 밖으로 나오니 갈 곳이 없었다.

동네 골목에서 놀던 사내 녀석들 — 나와 우리 가족들을 힘들게 하고 있는 그 사내 녀석들 말이다 — 몇 명이 내가 나오는 것을 보곤 반가워했다.

"어이, 준비 잘 돼가고 있어?"

"꼭 한 달 남았다. 잊지 마."

그 소리에 갑자기 마음이 급해졌다. '아빠를 위한 앙코르 공연'과 '동네 사내 녀석들과의 한판 칼싸움', 두 개의 임무를 동시에 훌륭하고 완벽하게 잘 수행해야 했으니까.

사내 녀석들의 낄낄거리는 소리를 뒤로하고 난 뒷산으로 올라갔다. 그곳에는 가끔 찾아가는 굴이 있었다.

나라고 왜 외롭지 않겠는가. 나에게도 말 못 할 외로움과 슬픔이 늘 가슴 한편에 남아 있었다. 나보다 두 살 위의 오빠, 나랑 소꿉놀이도 하고 전쟁놀이도 하고 뜀박질도 했던 오빠가 끝내 병명을 알지 못했던 심한 병을 앓다가 어느 날 갑자기 우리 가족 곁을 떠나 버린 뒤 아빠와 엄마 못지않은 슬픔이 내게도 남아 있었다. 다만 내색하지 않았을 뿐이었다. 왜냐하면 아무리 내가 슬퍼도 엄마와 아빠만큼 슬플까 하는 생각이 들었기에.

그런데 사실 내가 제일 슬펐던 것 같다. 우습게 들릴 수도 있겠지만, 엄마 아빠는 아들을 또 낳을 수 있어도 나에겐 오빠가 다시 생길 수 없는 거니까. 남동생이라면 몰라도.

하지만 그렇게 철없는 말은 누구에게도 하지 않았다. 아무리 어리다 해도 난 이미 국민학교 3학년이나 되었으니까. 오빠가 국민학교 1학년 때 우리 곁을 떠났으니 난 오빠보다 오래 산 셈이었다.

아무튼 난 오빠가 생각날 때면 오빠와 함께 놀러 갔던 뒷산의 여우 굴을 찾곤 했었다. 지금 생각해 보니 그건 큰 하수구였는데 우리는 여우 굴이라고 불렀다.

입구는 햇볕이 들어서 밝았지만, 조금만 안으로 걸어 들어가면 컴컴해져서 아무것도 보이지 않았다. 그냥 바닥에 질펀한 물만 고여 있는 컴컴한 동굴이었으니까.

그곳에서 오빠와 나는 옆집 깜둥이 형제 — 둘 다 얼굴이 까매서 그렇게 불렀다 — 와 키다리 형제 — 둘째는 아닌데 첫째가 키가 무척 컸다 — 를 골려 줄 궁리를 하곤 했다. 그 녀석들은 심심하면 나와 오빠를 골리곤 했으니까 말이다.

얼굴이 하얘서 첫눈에 보기에도 허약해 보이는 오빠는 형제애로 똘똘 뭉친 그들에게 늘 놀림감 그 자체였다. 그리고 그럴 때마다 오빠는 나를 찾곤 했다. 내가 달려가면 그 녀석들이 슬슬 뒷걸음질 치곤 했기에. 내가 뭐 싸움을 잘한다거나 주먹이 센 것은 아니었지만 달리기라면 자신 있었다.

그 녀석들이 오빠를 괴롭히면 난 소리를 빽 지르고는 나 잡아 봐라 놀리며 요리조리 피해 다녔다. 그러면 형제끼리 앞서거니 뒤서거니 하면서 따라오다가 제풀에 지쳐서 그만 털썩 주저앉곤 했다. 그러니 오빠에겐 자기를 놀린 녀석들을 지쳐 쓰러지게 해 준 내가 늘 든든한 보디가드였던 셈이다.

그 당시 〈황금박쥐〉라는 만화 영화가 있었는데, 난 오빠에게 황금박쥐 그 이상이었다.

"어디? 어디? 어디에서 왔느냐~ 황금박쥐! 박쥐만이 알고 있다."

이런 주제곡을 따라 부르곤 했는데, 오빠에겐 내가 황금박 쥐로 부족함이 없었다.

오빠와의 추억이 있는 여우 굴. 이제 그곳에 나 혼자 가고 있었다. 황금박쥐가 아닌 아빠를 위한 앙코르 공연을 준비하 는 우리 집 스타로 말이다.

그런데 비가 오려는지 햇볕이 들지 않은 여우 굴은 그날따 라 음산했다. 바닥에 물도 흥건했다. 신발이 금방 젖을 정도였 다. 그래도 최고의 연습 장소였다. 아무에게도 방해받지 않고 혼자 노래 부르고 춤출 수 있는 가장 완벽한 장소. 더군다나 방음 시설도 잘 되어 있어서 누구에게도 들리지 않았고, 오히 려 메아리처럼 울려서 정말 가수가 된 기분이었다.

"거짓말이야. 거짓말이야. 거짓말이야. 거짓말이야. 거짓말 이야."

〈거짓말이야〉 노래는 '거짓말이야'를 모두 다섯 번을 연달 아 부른다. 처음 '거짓말이야'는 다소 냉랭하게, 두 번째 '거 짓말이야'는 좀 더 격정적으로, 서너 번째 '거짓말이야'는 애 절하게, 그리고 마지막 '거짓말이야'는 거의 피맺힌 목소리로 절규하듯이 불러야 했다.

그런데 다섯 번의 '거짓말이야'를 각각 다르게 부른다는 게 결코 쉬운 일은 아니었다. 사실 그 노래 가사를 쓴 사람이 왜 다섯 번이나 똑같은 단어를 썼겠는가. 각각의 '거짓말이야'에 담겨 있는 의미가 각각 다르기 때문 아니겠는가.

난 이미 그때 그 노래에 담긴 깊고 오묘한 뜻을 간파하고 있었다. 그래서 그날 난 '사랑도 거짓말, 웃음도 거짓말'이라는 두 번째 소절보다 다섯 번의 '거짓말이야'에 비중을 두고 연습을 했다. 나중에는 거의 목이 쉬어서 '거짓말이야'라는 첫 번째 마디에서 그만 목소리가 막혀 버릴 정도로.

그런데 얼마나 불렀을까. 갑자기 밖에서 천둥 번개 치는 소리가 들렸다. 너무 소리를 지르다 보니 내 소리에 묻혀서 밖에서 나는 소리가 들리지 않았던 것이다.

깜짝 놀라서 몇 걸음 걸어 밖으로 나와 보니 천둥 번개보다는 굵은 빗줄기가 문제였다. 집까지 가려면 내 달리기 실력으로도 10분은 족히 걸릴 거리였다. 산에서 내려가려면 비를 쫄딱 맞아야 했다.

'어떡하지?'

하필이면 그날따라 새 옷을 입고 있었다. 봄 소풍 때 입으라고 엄마가 며칠 전 백화점에서 사 주신 초록색 원피스였다. 아껴두었다가 소풍날 입으려고 했는데, 앙코르 공연을 위한 예행연습을 준비한답시고 입고 온 것이 문제였다.

결단을 내려야만 했다. 옷이 망가지는 위험을 감수하고라도 빗속을 뚫고 집을 향해 달려가느냐, 아니면 새로 산 옷을 지키기 위해 비 그치기를 기다리느냐 둘 중 하나를 선택해야 했다.

그런데 마음 한구석에서 비 그치기를 기다려야 한다는 목소리가 더 크게 울려왔다. 솔직히 말하자면 이번처럼 예쁜 옷을 사기는 쉽지 않았다. 더군다나 오로지 나를 위한 옷, 그것도 원피스였다.

언제나 언니가 입던 옷을 무슨 훈장처럼 물려 입던 내게 오롯이 나를 위한 옷을 사 입는 것은 큰 소원이었다. 더군다나 이번엔 치마, 그것도 원피스였다. 그렇게 소원하다가 겨우 얻은 원피스가 망가지는 일은 절대 있어서는 안 될 일이었다.

더군다나 양 갈래로 머리카락을 가지런히 땋고 다니는 언니와 달리 내 머리 스타일은 늘 쇼트커트였다. 오죽하면 간호사 언니가 나를 아들로 보았겠는가! 그러니 누가 봐도 백 퍼센트 딸로 봐 줄 수 있는 원피스야말로 내가 아들이 아니고 딸임을 증명해 줄 수 있는 가장 확실하고 완벽한 옷차림이었다.

비가 그치기를 기다리기로 결심하고 나니 이젠 밖이 어두워지는 것보다 비가 그치지 않는 것이 더 불안해지기 시작했다. 오빠와 함께 2년 넘게 뛰어다녔던 뒷산 길은 구석구석 손바닥 안처럼 훤했다. 그러니 아무리 밤길이라 해도 집으로 가는 길을 잃을 염려는 없었다. 문제는 비였다. 비만 그치면 되었다.

〈거짓말이야〉는 노래는 물론 표정과 몸동작까지 완벽하게 보여 줄 수 있는 경지에 도달했다. 이젠 어서 빨리 집으로 가서 아빠에게 앙코르 공연을 보여드리면 되는 거였다.

세차게 내리는 빗줄기를 보면서 최근 몇 년 사이 우리 집에 닥친 슬픔이 노래 가사처럼 정말 모두 '거짓말'이었으면 참 좋겠다는 생각을 했다. 오빠의 죽음도, 아빠의 절망도, 엄마의 슬픔도, 언니의 불만도 그리고 나의 외로움도 모두 모두 거짓말이면 좋겠다는…….

혼자 이런저런 생각을 하니 갑자기 눈물이 나기 시작했다. 처음엔 훌쩍거리다가 차츰 엉엉 우는 소리로 변했다. 왜 갑자기 눈물이 났는지 모르겠다. 혼자 여우 굴에 있어 무서워서는 아니었다. 사실은 오빠가 보고 싶어서였다.

얼마 전까지만 해도 오빠와 함께 놀던 곳이었는데…… 깜둥이 형제랑 키다리 형제가 아무리 놀려도 오빠와 함께 있으면 든든했다. 비록 내가 오빠를 지켜 주는 황금박쥐였지만, 그래도 좋았다. 내가 누군가를 지켜 줄 수 있다면 그것으로 되었다. 충분했다.

오빠 생각이 나자 눈물이 걷잡을 수 없이 쏟아지기 시작했다. 나중에는 빗소리보다 내 울음소리가 더 크게 들렸다.

그런데 갑자기 어디선가 사람들 소리가 났다.

"지수야! 지수야! 어디 있니? 어디 있어?"

"지수야, 어디 있는 거야? 거기 있으면 말을 해."

많이 듣던 목소리였다. 아뿔싸! 엄마와 아빠의 목소리였다.

밖을 보니 이미 깜깜한 밤이었다. 울다가 시간 가는 것도 모르고 있었던 것이다.

이를 어쩌나. 내가 늦게까지 집에 오지 않으니 나를 찾아 이곳 뒷산까지 찾아오신 것이다.

비는 이미 그쳤다. 나갈까 말까 잠시 고민에 빠졌다. 지금

나가면 아빠의 벼락같은 불호령이 떨어질 것은 불 보듯 뻔했다. 하지만 그렇다고 나가지 않으면 엄마 아빠는 정말 내가 없어졌거나 혹은 죽었다고 생각할지도 몰랐다. 두 분에게 또다시 슬픔을 안겨 줄 수는 없었다. 슬픔은 오빠 한 명으로 충분했다.

할 수 없이 여우 굴속에서 힘없이 일어서려는데, 순간 다리를 삐끗하면서 첨벙 주저앉고 말았다. 그것도 흙탕물 가득 고인 하수구 바닥에. 오랫동안 쭈그리고 앉아 있다 보니 발에 쥐가 났던 것이다.

"쿵! 아이코!"

여우 굴 아니 하수구에서 울리는 큰 소리가 뒷산 전체에 울려 퍼졌다. 쿵 하는 소리에 엄마와 아빠가 달려오셨다. 그 모습을 보며 나는 자지러지게 울어댔다. 그건 아빠의 심하게 일그러진 얼굴이 무서워서가 아니었다. 너무 놀라 하얗게 질린 엄마의 얼굴을 보고 미안해서가 아니었다.

아빠가 손에 들고 있던 손전등에 비친 내 초록색 새 원피스가 흙과 물로 뒤범벅되어 검은 흙색으로 변해 버린 것을 보았기 때문이다. 난 기절할 듯이 울어 버렸다.

너무 울어서 눈물, 콧물 범벅이 된 나를 아빠는 아무 말 없이 업고 산에서 내려오셨고, 엄마는 앞에서 조심조심 손전등을 비추어 주셨다.

그날 아빠의 넓은 등은 정말 따뜻하고 포근했다. 그날 이후로 난 다시는 새 원피스 따위는 입어 볼 기회도 생각도 없었지만, 〈거짓말이야〉 앙코르 공연을 하지 않아도 아빠가 나를 정말 사랑한다는 생각을 하게 되었다. 이유는 잘 모르겠지만, 다 큰 딸을 업고 산에서 내려가는 아빠의 가쁜 숨 속에서 난 사랑을 느낄 수 있었다.

사실 난 졸리지 않았지만, 일부러 쌔근쌔근 자는 척했다. 그래야 집에 가서 혼나지 않을 거라고 치밀히 계산했기 때문이다. 하지만 나도 모르게 그만 잠이 들어 버렸다. 그리고 아빠의 그 넓고 따뜻한 등에 업혔던 기억은 이후 오랫동안 나를 지탱해 주는 커다란 힘이 되었다.

아버지의 눈물

날씨가 매우 화창했다. 초가을 하늘이 참 예쁜 날이었다. 이런 날이면 아빠는 공장에 나가 사무실을 한번 휘둘러보고 뒷산에 올라가시거나 차를 타고 청평이나 우이동 계곡을 향해 차를 몰고 나가셨다. 그리고 저녁 무렵 돌아오실 때엔 과자와 사탕을 한 봉지 가득 들고 들어오셨다.

그래서 그런 날엔 나는 억지로 잠을 참으면서 말똥말똥 아빠가 들어오시기만을 기다렸다. 그래야 제일 먼저 아빠의 선물을 열어 보는 기쁨을 맛볼 수 있었기 때문이다. 사실 그래 봤자 맛있는 것은 늘 언니 몫이긴 하지만.

방 안에 틀어박혀 공부만 하다 아빠의 인기척이 들리면 미적미적 나와 꾸벅 인사하고 들어가는 언니는 내가 마룻바닥 가득 펼쳐 놓은 과자 더미 속에서 자기가 제일 좋아하는 것 두세 개를 골라 냉큼 다시 방으로 들어가 버렸다. 동생은 아예 먹을 수 없으니 언니와 내가 어떤 과자를 고를까 고민하는 모습을 보면서 까르륵거리는 것이 전부였다.

그런데 웬일인지 오늘은 아빠가 온종일 집에만 계셨다. 가끔 시계를 들여다보거나 창밖을 내다보거나 하는 일이 전부였다.

엄마가 부엌에서 달그락거리며 저녁을 준비하는 소리가 날 때쯤이었다. 집 앞 도로에서 차가 멈추는 소리가 들렸다.

아빠는 아시는지 모르시는지 방 안에서 무엇인가 하고 계셨다. 누굴까? 궁금한 걸 참지 못하는 게 내 특기였다. 이럴 때는 내가 나서야 했다. 언니는 방 안에서 꼼짝 않고 책 속에 파묻혀 있고, 동생은 마루의 흔들의자에서 쌔근쌔근 잠이 들어 있었다.

현관문을 열고 안마당으로 살며시 나가 보았다. 굳게 닫혀 있는 철문 사이 구멍을 통해서 누가 왔는지 살펴보았다. 청색 점퍼를 입은 남자가 운전석에서 급히 내리는가 싶더니 또 다른 남자가 앞좌석에서 내렸다.

낯선 사람들이었다. 동네에서 흔하게 볼 수 있는 차가 아니었다. 그런데 앞좌석에 앉아 있던 남자가 뒷문을 조심스럽게 열자 안에서 정말 반질반질 윤이 나는 대머리의 뚱뚱보 아저씨가 천천히 걸어 나왔다. 약간 거드름을 피우면서 말이다.

난 거드름 피우는 사람들을 잘 안다. 그런 사람들은 별로 내세울 것이 없어도 자기가 가진 것을 내세우면서 사는 사람들이다. 언젠가 집으로 오는 길에 보았던 어떤 아저씨도 그랬다.

검은색이 유난히 반짝거리는 큰 차였다. 차 앞에는 멋진 문양이 붙어 있었는데, 어린 내가 보기에도 비싼 차 같았다. 아이들 몇 명이 그 차를 보고 감탄사를 연발했다.

"와, 멋지다. 끝내준다."

그러자 또 한 아이가 말했다.

"저게 바로 그 유명한 캐딜락이라는 거야, 인마."

"캔디, 뭐? 그게 뭐야?"

"어휴, 무식하긴. 저 차가 바로 미국에서 제일 좋은 차라고. 우리 작은아버지도 저 차 타는데 소리도 안 나면서 잘 굴러가더라. 마치 구름 위를 달리는 것 같다니까."

눈이 휘둥그레진 아이들이 차를 보다가 그중 한 명이 차를 만졌다.

"와, 느낌도 좋아. 이거 봐. 한번 만져 봐."

그 친구의 말에 옆에서 말똥말똥 보고 있던 아이들이 우르르 차를 향해 몰려갔다. 그러자 갑자기 운전석 문이 열리면서 깡마른 몸집의 신경질적으로 생긴 아저씨가 튀어나와 소리를 질렀다.

"인마, 저리들 비키지 못해. 이게 어떤 차인 줄 알고. 차 망가져. 어서 절로 가. 어서, 빨리."

갑자기 빽 소리를 지르자 아이들이 흠칫 놀라서 뒤로 물러섰다. 아이들이 당황해 도망가려고 하자 뒤 창문이 스르르 열리면서 얼굴에 개기름이 줄줄 흐르는 아저씨가 야릇한 미소를 지으며 말했다.

"허허, 아이들이 신기해서 그러는 걸 갖고 뭘 그러나. 어이, 최 기사 그만하고 이제 갈 준비하지. 재네들이야 평생 이런 차 한번 못 볼지도 모르니 놔두게."

그러면서 내심 만족스러운 표정을 지었다.

아저씨는 허허 웃으며 괜찮다고 말했지만, 이렇게 생각하고 있는 게 분명했다.

'자식들, 부럽지? 너흰 나 같은 아빠 없지? 우리 아이들은 이런 아빠 두어 좋겠지? 너흰 평생 이런 차 한번 타보지도 못 할 거다. 낄낄낄.'

난 사람들이 무언가를 말할 때 그 속에 담긴 뜻을 읽을 수 있는 신비스러운 능력을 갖추고 있는 아이라고 자부한다. 그래서 그 개기름 아저씨가 그만두라면서 허허 웃음 짓는 모습 뒤엔 망가뜨리기만 하면 가만두지 않을 거라고 생각하는 못된 마음이 도사리고 있음을 알 수 있었다. 그 아저씨는 정말 그럴 것이다.

차 안에서 천천히 나오던 그 대머리 뚱뚱이 아저씨를 보는 순간 왜 그때 일이 생각났는지는 잘 모르겠지만, 어쨌든 그 아저씨는 한껏 거드름을 피우고 있었다.

딩동! 초인종이 울리자 나는 기다렸다는 듯이 철문을 향해 뛰어나갔고, 잠시 뒤 응접실 소파에 앉은 그 대머리 아저씨는 우리 아빠와 마주 앉아서 이야기를 주고받았다. 그 아저씨는 연신 맞장구치면서 교활한 웃음을 지었고, 아빠는 표정 없이 그냥 몇 마디를 하실 뿐이었다.

부엌에선 보글거리며 찌개 끓는 소리가 났고 엄마는 아무 말 없이 찬장에서 그릇을 꺼내셨다. 몇 분이 흘렀을까.

뚱뚱이 대머리 아저씨가 말했다.

"헤헤, 한 사장님 고맙습니다. 공장은 걱정하지 마세요. 뭐 워낙 능력 있으신 분이니 무엇을 하셔도 잘하실 겁니다. 헤헤."

대머리 아저씨는 두 손을 내밀면서 연신 웃고 있었고, 아빠는 아무런 표정 없이 손을 잡으셨다.

뚱뚱이 대머리 아저씨가 돌아간 뒤 엄마는 서둘러 저녁상을 차리셨고, 나는 평소처럼 언니를 부르며 2층으로 올라가려는데 전화벨이 울렸다. 받아 보니 평소 아빠와 친하게 지내는 동네 복덕방 아저씨였다.

사실 친하게 지낸다기보다는 걸핏하면 아빠를 불러서 술을 사달라고 졸라대는 아저씨였다. 순간 아빠 안 계시다고 할까 하다가 혹시 그랬다가 나중에 알게 되면 아빠에게 혼날 것 같았고 무엇보다 어른에 대한 예의가 아닌 듯싶었다.

결국 마지못해 아빠가 집에 계시다고 했더니 말이 끝나기가 무섭게 당장에라도 집으로 달려올 기세였다. 그리고 정말 채 몇 분이 지나지 않아 복덕방 아저씨는 우리 집 초인종을 눌러댔다. 그것도 연거푸 빠르게 세 번씩이나.

문을 열어 주기가 무섭게 얼씨구나 집으로 들어선 복덕방 아저씨는 아빠의 소매를 이끌고 다짜고짜 나가자고 했다. 아빠도 그러겠다고 대답하며 거실 탁자에 있던 모자를 집어 드셨다.

엄마는 내심 불편한 표정이었지만, 아빠가 나가시는 모습을 물끄러미 바라보고만 계셨다. 그런데 왠지 아빠의 뒷모습이 불안해 보였다. 걸어 나가는 뒷모습이 평소 아빠의 모습이 아니었다. 물론 요즘 힘이 없는 게 사실이었지만, 오늘만큼은 아니었다.

'안 되겠어. 오늘은 내가 나서야 해!'

이럴 땐 황금박쥐가 따라나서야 했다.

"엄마, 나도 같이 다녀올게요."

다른 날 같으면 다 큰 애가 어딜 따라가느냐고 눈치를 주셨겠지만, 그날은 오히려 은근히 안도하는 표정이셨다. 국민학교 3학년 딸도 이럴 때는 쓸모가 있다는 것처럼.

엄마는 아빠 곁에 잘 붙어 있으라며 신신당부하셨다. 마치 내가 아빠의 황금박쥐가 되어야 한다는 것처럼 말이다.

엄마의 정식 허락도 받았으니 난 거칠 것이 없었다. 망토나 칼이 없는 것이 아쉬웠지만 그래도 난 자랑스럽게 아빠의 뒤를 따라나섰다.

그러자 복덕방 아저씨가 나를 흘긋 쳐다보았다. 왜 따라 붙느냐는 표정이었다.

하지만 상관없었다. 아빠가 아무 말도 안 하셨으니 말이다. 아빠의 침묵은 때로는 강력한 허락을 뜻하기도 한다. 아무 말 없다는 것은 그렇게 하라는 뜻이었다. 그러니 복덕방 아저씨가 설령 못 따라오게 한다 해도 난 갈 수 있는 거였다.

얼마나 갔을까. 골목길을 벗어나 시장 한복판에 위치한 식당 '개성골'에 들어간 아빠와 아저씨는 이미 와 있는 무리와 합류했다. 그 사람들은 너나 할 것 없이 아빠를 향해 악수를 청하거나 손뼉을 치면서 말했다.

"아이고 한 사장님, 그동안 고생 많으셨습니다. 이제 공장도 정리하셨으니 편히 지내세요."

"맞습니다. 돈도 많이 벌어 놓으셨으니 이제 좀 쉬면서 또 다른 일을 준비하시면 되죠, 뭐."

"아무튼 오늘은 그냥 아무 생각하지 마시고 술이나 드시죠. 어이, 개성댁 뭐해? 여기 한 사장님 오셨어. 어서 술 좀 거하게 차려와 봐."

잠시 뒤 이게 웬 횡재냐 싶은 표정을 지으며 개성골 아줌마가 정말 큰 쟁반 한가득 거하게 상을 내왔다. 그런데 가만히 보아하니 돈은 아빠가 내야 할 것 같은데 사람들은 마치 자기들이 사는 것처럼 쉴 새 없이 주문을 해댔다.

"여기 소주 세 병 추가요!"

"제육볶음 두 접시 더 갖고 와요. 아, 막걸리도 다 떨어졌네."

사람들은 비싸고 맛있는 메뉴만 골라 계속 주문했다. 난 화가 나서 속이 부글부글 끓고 있는데, 아빠는 아무 말 없이 그들이 하는 모습을 그냥 지켜보셨다. 그리고 잘 드시지 못하는 술을 권하는 대로 받아서 마시셨다.

　'이대로 지켜만 볼 수는 없어!'

　더는 안 되겠다 싶었다. 지금이야말로 '정의의 사도, 황금박쥐'가 나설 때였다.

　'어디 보자. 누구부터 손을 봐야지?'

　복덕방 아저씨는 벌써 벌겋게 취해서 해롱거리고 있었고, 동네 과일 가게 아저씨는 주인아줌마와 수다를 떠느라 정신이 없었다. 자전거 수리점을 하고 있는 용식이 아빠는 자고 있는지 취했는지 방 한쪽 구석에서 혼자 무어라고 중얼거리고 있었다.

　황금박쥐는 아무나 무찌르지 않는다. 상대가 될 만한 적들이 있을 때 비로소 나타나는 것이다. 싸울 상대가 못 되는 사람들을 쳐부수는 것은 황금박쥐가 스스로 체면을 구기는 아주 야비한 행동이었다.

　그런데 아무리 쳐다봐도 무찌를만한 적이 없었다. 황금박쥐가 할 일이 없었다.

　'어라? 이제 어떻게 하지? 이대로 사라질 수는 없는데…….'

　잠시 고민에 빠진 나는 할 수 없이 아빠라도 잘 보호해 드려야겠다고 생각했다. 문득 아빠 곁에 있으라고 했던 엄마 말씀이 생각났다.

그런데 아빠가 보이지 않았다. 조금 전까지만 해도 복덕방 아저씨가 권해 주는 술을 연거푸 마시고 계셨는데…… 입술이 바짝 말랐다. 이건 비상사태였다. 누군가가 황금박쥐를 노리고 아빠를 납치한 것인지도 모른다.

황금박쥐를 잡기 위해서 그가 사랑하는 사람들을 납치한 뒤 비밀 장소에 가둬 놓고 황금박쥐를 유인하는 것은 악의 무리가 즐겨 쓰는 아주 야비한 방법이었다. 황금박쥐가 사랑하는 사람을 구하기 위해 악의 소굴에 들어가는 순간 함정에 빠지는 것이다.

그래도 아빠를 찾아야 했다. 복덕방 아저씨도 과일 가게 아저씨도 용식이 아빠도 이젠 황금박쥐가 신경 쓸 것이 못 되었다. 아빠를 구해야만 했다.

식당 아줌마는 계산하느라 정신이 없었고, 홀에서 일하는 언니는 껌을 짝짝 씹으면서 모르겠다고 퉁명스럽게 말했다.

'그럼 정말 어디 가신 거지?'

혹시나 하는 생각에 식당 뒤에 있는 마당으로 가 보았다. 개성골은 바깥채는 식당이었지만 뒤로 돌아가면 작은 집이 있었고, 그 집엔 작은 마당이 있었다. 가끔 마당에서 강아지 짖는 소리가 들렸기 때문에 알 수 있었다.

살금살금 뒷마당으로 들어서려는데 인기척 소리에 강아지

가 멍멍 짖어댔다. 강아지는 생각보다 작고 귀여웠다. 난 강아지는 종류와 관계없이 무조건 좋아한다. 하얀 털에 군데군데 노란 털이 섞여 있는 강아지를 보는 순간, 나는 잠시 아빠를 잊고 강아지를 향해 다가갔다.

한번 쓰다듬어 보고 싶어서였다. 강아지도 꼬리를 흔들면서 반가워했다. 그런데 강아지를 막 만지려는 순간, 어디선가 "진규야" 하는 소리가 들렸다.

작은 소리였지만 똑똑히 들을 수 있었다. 진규는 오빠 이름이었다.

'누가 오빠 이름을 부르지?'

잘못 들었나 싶어서 멈칫 걸음을 멈추었다. 아무 소리도 들리지 않았다. 내가 헛소리를 들었나 보았다.

강아지는 여전히 꼬리를 흔들면서 혀를 날름거리고 있었다. 다시 강아지를 만지려는 순간 이번에는 더 크고 똑똑한 소리가 들려왔다.

"진규야, 어디 있니? 어디로 갔니? 흑흑흑……."

순간 난 온몸에 짜릿한 전율을 느꼈다. 아니 두 팔과 두 다리에 소름이 돋았다. 아빠였다. 아빠가 오빠를 애타게 부르시는 거였다.

어둠 속을 찬찬히 살펴보니 아빠가 뒷마당 한쪽에 엎드려 계셨다. 아빠 옆에는 소주병이 아무렇게나 놓여 있었다.

살그머니 아빠 곁으로 다가갔다. 그리고 그 이후 난 아빠가 하시는 말을 모두 들을 수 있었다. 아빠는 혼잣말처럼 또 누군가와 이야기하듯 말씀하셨다.

"진규야, 내 아들 진규야. 아빠도 너를 따라가고 싶구나. 너 혼자 가는 걸 못 보겠구나. 혼자서 얼마나 무섭고 외롭니? 다 이 아빠 잘못이다. 다 내 잘못이야. 너를 살리지 못한 것도, 너를 떠나보낸 것도…… 이 아빠가 지지리도 못나서 너를 보냈구나. 아빠를 용서해 다오. 아빠를 용서해. 나도 따라가고 싶구나."

더러는 열 살짜리 여자아이가 이해할 수 없는 말도 있었지만, 분명한 것은 아빠가 오빠를 따라가고 싶다고 몇 번이고 되풀이하셨다는 것이다. 처음 그 말을 들었을 땐 무슨 말인가 싶었는데 곰곰이 생각해 보니 온몸이 오싹해지면서 떨려왔다.

그러다가 정말 아빠가 오빠를 따라가면 어떻게 하나 하는 생각이 들자 무서워졌다.

'아빠까지 가면 어떻게 되는 거지?'

갑자기 난 아빠에게 큰 배신감을 느꼈다.

'아니? 오빠만 자식인가? 그럼 언니와 나는 뭐야? 이제 막 태어난 동생은? 보글보글 곱슬머리가 예쁜 동생은 그럼 도대체 뭐냔 말이야? 예쁘고 착한 우리 엄마는? 아빠까지 떠나고 나면 우리 가족은 어떻게 살라고? 도대체 뭐야?'

어느새 난 아빠를 지켜 주는 황금박쥐가 아니라 아빠를 쳐부숴야 하는 정의의 사도 황금박쥐가 되어 있었다. 그런

데 어떻게 아빠를 쳐부수겠는가. 아빠는 저렇게 쓰러져 있는
데…….

쓰러져 있는 사람을 공격하는 것은 황금박쥐가 아니었다.
정의의 사도는 싸울 수 없는 사람을 공격하는 비겁한 행동 따
위는 하지 않는다.

'할 수 없다. 아빠가 기운을 차리고 나와 싸울 때까지 기다
리는 수밖에…….'

그리고 그날 밤 나는 아빠 곁에서 아빠가 정신을 차리고 다
시 일어설 때까지 좋든 싫든 아빠를 지켜드려야만 했다. 밤이
새도록 말이다.

복덕방 아저씨도 비틀거리며 가 버리고, 과일 가게 아저씨
도 노래를 고래고래 부르면서 가 버리고, 용식이 아빠는 용식
이 엄마가 와서 업고 가다시피 가 버렸다. 그러나 난 그날 밤
개성골 안마당에서 아빠를 지켜드렸다.

내가 옆에 있다는 것을 아는지 모르는지 아빠는 그날 밤 땅
바닥을 손으로 내리치며 개성골 안마당에서 울음으로 밤을 새
우셨다.

아무도 뭐라 하는 사람이 없었다. 개성골 아줌마도, 개성골
아줌마의 전화를 받고 새벽에 달려오신 엄마도. 아무도……
물론 나는 밤새도록 아빠 곁에서 아빠를 지켜드렸다. 한숨도
자지 않고 말이다.

나중에 안 일이었지만 그날은 아빠가 15년 동안 피땀 흘려

키워왔던 스웨터 공장을 대머리 뚱뚱이 아저씨에게 팔아넘긴 날이었다.

오빠가 소리도 없이 어느 날 훌쩍 떠나 버린 뒤 사무실 나가는 일이 점점 뜸해졌던 아빠는 언제부터인가 일을 그만두고 싶다는 말을 입버릇처럼 하셨다.

처음엔 일하지 않으면 뭘 하겠느냐며 만류하시던 엄마도 체념 반 기대 반 아빠 뜻대로 하라며 허락하셨다. 엄마의 말이 떨어지기가 무섭게 아빠는 마치 기다렸다는 듯이 공장을 정리해 버리셨다.

그날 이후 아빠는 오빠의 이름을 다시는 부르지 않으셨다. 물론 오빠를 따라가겠다는 말도 다시는 하지 않으셨다. 어쩌면 스산했던 그 초가을 새벽, 모두가 떠나 버린 개성골 안마당에서 아빠의 등에 엎드려 함께 울면서 당신의 곁을 지켰던 둘째 딸의 마음을 아셨던 건 아닐까.

"아빠 울지 마, 아빠 가지 마!"

아니면 차갑게 얼어 버린 두 손으로 연신 아빠의 옷자락을 붙잡으며 매달렸던 어린 딸의 바람이 아빠를 다시 아빠의 자리로 되돌려 놓은 것인지도 모른다.

대낮 고추 습격 사건

거울에 비친 내 얼굴이 스스로 보기에도 점점 사내 녀석처럼 변한다고 생각할 때쯤이었다.

학교 갔다 돌아오기가 무섭게 깜둥이 형제와 키다리 형제와 한바탕 치르게 될 칼싸움을 준비하던 날이었다.

지난번 아빠 곁에서 아빠를 밤새도록 지킨 덕분에 엄마는 100원짜리 빳빳한 지폐 한 장을 내게 주셨다.

"야호!"

그길로 난 시장에 있는 오랜 단골 문방구를 향해 달려갔다. 그동안 모아둔 거금 750원을 들고 말이다. 이걸로 최신식 무기는 충분히 살 수 있을 거라는 기쁨에 들떠서.

그런데 못 보던 얼굴이 문방구를 지키고 있었다. 처음 보는 그 사람은 내게 다짜고짜 말을 붙여왔다.

"녀석, 뭐 사러 왔니?"

녀석이라니? 여자아이에게도 녀석이라고 하나?

잘 몰랐지만 처음 만난 사람과 시비 붙기 싫어 아무런 대꾸 없이 신제품이라는 빨간 딱지가 붙은 총과 칼을 보고 있었다.

그러자 못 보던 얼굴은 찬찬히 무기를 살펴보는 내가 흥미로운 듯 칼집에서 칼을 빼 들고는 나를 향해 다가왔다.

"칼 고르는 거야? 조금 전에도 남자아이 두 명이 이 칼 샀는데. 너도 이거 한번 써 볼래?"

내가 흠칫 놀라니까 그 사람은 깔깔 웃으면서 내 머리를 획 쓰다듬었다.

"아니 뭔 사내 녀석이 이렇게 놀라? 그래서 어디 군대나 가겠니?"

아니 사내 녀석? 그러고 보니 이 못 보던 얼굴은 내가 사내 녀석이라는 생각으로 계속 말을 붙여왔던 것이 분명했다.

'아니, 뭐 이런 사람이 다 있어?'

엄연히 우리 동네에서 소문난 딸 부잣집 둘째 딸을 보고 사내 녀석이라고 하다니. 뭐라고 쏘아붙이려는 순간, 못 보던 얼굴은 다시 다정하게 말을 건넸다.

"가만, 그러고 보니 어디선가 결투의 냄새가 나네. 너희, 혹시 칼싸움하려는 거야? 그런 거니?"

갑자기 말을 건네는 바람에 나는 그만 고개를 끄덕이고 말았다. 그리고 일단 마음을 조금 열어야겠다는 생각이 들었다. 가까이 보니 얼굴이 하얀 게 사람이 나빠 보이지는 않았다.

"그래? 그렇다면 내가 좀 도와줄까? 가만히 보니까 저쪽은 형제고 넌 혼자 싸워야 하는 것 같은데……."

싱긋 웃을 때 보니 치아도 고르고 하였다. 난 치아가 고른 사람을 보면 왠지 친근한 느낌이 드는 묘한 버릇이 있었다. 사람을 만났을 때 언뜻 보기에 잘생겨서 호감을 느끼고 말하려는데, 순간 울퉁불퉁 뻐드렁니가 보이면 그만 정이 똑 떨어져 버린다. 반면에 치아가 고른 사람은 생김새와는 상관없이 호감이 생겼다.

단박에 얼굴 하얀 오빠에게 호감이 생겼다. 마른 체격에 얼굴까지 하얘서 오히려 자기야말로 군대에 갈 수 있을지 의심스러웠지만, 왠지 친해지고 싶었다. 조금 전 사내 녀석 운운할 때는 주먹으로 한 대 때려 주고 싶을 만큼 화가 났지만.

하얀 얼굴에 고른 이 때문인지 오히려 이 오빠에게 무언가 도움을 청해야겠다는 강한 충동을 느꼈다. 내가 만족스러운 얼굴을 하자 오빠도 신이 나서 새로 나온 무기부터 오래되어 겉 비닐 봉투에 때가 꼬깃꼬깃 묻어 있는 구식 무기까지 다양하게 걸려 있는 진열대 사이를 오가면서 친절하게 설명해 주었다.

"음 이건 말이야. 좀 끝이 날카로워서 위험하긴 한데 일단 칼을 빼는 순간부터 상대방의 기를 팍 꺾어 주는, 뭐랄까 뭔가 폼이 나는 칼이야. 그리고 이건 멋있긴 한데 새로 나온 거라서 좀 비싼 게 흠이고. 아, 이거 어때? 조금 전 왔던 키다리 형제가 만지작거리다가 간 건데 손잡이가 번쩍거리고 칼집도

황금색이어서 멋있지. 봐, 왠지 들고 있으면 왕 같은 느낌이
들잖아? 걔네들도 사고 싶어 했는데 가격이 만만치 않아 포기
했어."

키다리 형제라면 바로 옆집의 재식이, 재형이 형제였을 것
이다. 그 녀석들이 갖고 싶어 했다고 하니 구미가 당겼다. 내
가 사서 가면 녀석들 눈이 휘둥그레지겠지? 가격이 비싸서 못
샀다고 하니 더 갖고 싶어졌다.

"얼만데요?"

다짜고짜 물어봤다.

그러자 오빠는 씩 웃으면서 무슨 뜻인지 알겠다는 표정을
지었다.

"이건 500원이야. 다른 게 300원인데 많이 비싸지. 꼭 이걸
살 필요는 없어. 다른 것도 찾아보면 얼마든지 많으니까. 걔네
들을 이길 만한 칼은 또 있으니까. 칼만 살 거니?"

그러나 이미 내 마음은 황금 칼에 강하게 꽂혀 있었다. 키
다리 형제 이제 두고 보자. 코를 납작하게 만들어 줄 테니까.

다짜고짜 지갑에서 빳빳한 100원짜리 지폐 5장을 꺼내어
오빠 앞에 내밀었다. 빨리 달라는 무언의 압력과 함께.

"잠깐만 기다려 봐. 너 이거 없지?"

그러자 오빠는 씩 웃으면서 안으로 들어가더니 빨간 망토
하나를 들고 나왔다. 아니 그건 텔레비전에서 보던 황금박쥐
의 망토였다. 끝이 황금색 띠로 둘러싸인 황금박쥐 망토! 나

는 뛸 듯이 기뻤다. 망토만 있으면 이번 결투에서 승리는 내 것이 분명했다. 녀석들이 아무리 떼로 덤벼도 황금박쥐 망토만 있으면 문제없었다.

난 정말 좋고 놀라서 입을 다물지 못했다. 그런 내 모습을 보고 오빠가 다시 말했다.

"결투가 언제니? 형이 가서 응원해 줄까? 보아하니 넌 형제도 없이 혼자 싸워야 할 것 같은데 말이야."

형제도 없이 혼자 싸워야 할 것 같다는 오빠의 말에 갑자기 울컥 눈물이 쏟아졌다.

"엉엉엉……."

갑자기 눈물이 왜 나왔는지 모르겠다. 형이라는 말에 내가 여전히 사내 녀석으로 보이는 게 창피해서 그런 건지, 혼자 싸워야 할 것 같다는 말에 오빠 생각이 나서 그런 건지, 아니면 키다리와 깜둥이 형제에 맞서 싸워야 할 내 신세를 생각하니 무서워서 그랬는지.

아무튼 난 오빠가 주는 황금박쥐 망토를 입은 채 문방구 입구에 서서 엉엉 울고 말았다. 그러자 안에서 주인아줌마가 달려나왔다.

"아니 이게 누구야? 딸 부잣집 둘째 딸 지수 아냐? 지수야, 왜 우니? 무슨 일 있었니?"

그러고는 너무 놀라 얼굴이 더욱 하얘진 오빠를 향해서 눈을 흘겼다.

"박 군! 왜 아이를 울리고 그래? 애 누군지 몰라? 애가 바로 저기 저 2층 양옥집 둘째 딸 지수잖아. 가뜩이나 힘든데, 무슨 일이야?"

박 군이라는 오빠는 금세 내 정체를 알아 버렸다. 내가 사내 녀석이 아니라는 것도, 거금 500원이나 되는 황금 칼을 겁 없이 살 수 있는 집안 배경을 가진 아이라는 것도. 그리고 딸 부잣집 둘째 딸이라는 것도.

'그런데 가뜩이나 힘든 데는 무슨 말이지?'

암튼 만약 내가 울음을 그치지 않았거나 박 군 오빠가 아무런 영문도 모르겠다는 표정을 짓지 않았더라면, 또 딸 부잣집 둘째 딸이 거금 500원이나 되는 칼을 사지 않았더라면 주인아줌마는 그날 하루 동안 쌓인 모든 스트레스를 온통 박 군 오빠에게 퍼부었을 것이다.

아침저녁 등하굣길에 연필과 도화지를 사러 들릴 때면 꾸부정한 모습으로 아이들이 달라는 것을 하나둘씩 챙겨 주는 남편을 향해 주인아줌마가 잔소리를 퍼붓는 것을 익히 보았기 때문에 알 수 있었다. 친구들 사이에선 문방구 아주머니는 잔소리꾼 아줌마로 통했다.

다행히 한껏 멋을 부린 예쁜 아줌마가 들어와 연필 한 다스와 스케치북, 칼과 자, 컴퍼스 등등 자질구레한 문방용품을 달라고 하면서 잔소리꾼 아줌마의 잔소리는 멈춰졌다.

덕분에 나도 울음을 멈추고 잔소리꾼 아줌마에게서 벗어날 수 있었고 박 군 오빠도 밖으로 나오는 나를 따라 나올 수 있었다.

"흠, 그랬었구나. 여자아이였네. 미안, 암튼 내가 결투는 좀 도와줄게. 결투가 언제니? 사실 나도 한주먹 하거든."

오빠는 두 주먹을 불끈 쥐고 허공을 향해 날리는 시늉을 했다. 그런데 그 모습이 너무 어설퍼 보여서 나도 모르게 깔깔 소리 내서 웃어 버렸다.

"어라? 웃는 모습을 보니 예쁜 여자아이 맞구나. 하하."

그리고 그날 우리는 남매가 되었고 결투 일까지, 아니 그 이후에도 오랫동안 남매로 지내게 되었다. 물론 결투를 앞두고 작전 계획을 함께 짠 것은 말할 것도 없고.

남매라고 했으니 말인데 오빠와 내가 서로 '우리 이제부터 남매가 되자'고 말한 적은 없었다. 그건 이른바 어려운 말로 말하자면 '암묵적 합의'였다. 공공의 적과 싸움을 앞두고 의기투합한 두 남녀가 맺은. 뭐 삼국지의 유비, 관우, 장비가 맺었다는 도원결의까지는 아니더라도 문방구에서 수시로 만나 '문방구 결의' 비슷한 것을 했으니 말이다.

어찌 되었든 그날 난 문방구 오빠가 준 황금박쥐 망토와 황금 칼을 조심스럽게 품에 안고 집을 향해 의기양양하게 달려갔다. 며칠 뒤에 있을 피비린내 나는 결투의 후유증은 미처 상상하지도 못한 채 말이다.

시간은 잘도 흘러 결투 일이 내일로 다가오자 난 괜히 안절부절못했다. 그건 어느 무협지에서 읽었던 "전쟁에선 2등은 없다, 2등은 곧 죽음이다."라는 말이 생각나서이기도 했지만, 그보다는 우리 딸 부잣집의 명예를 걸고 반드시 이겨야만 하는 싸움이었기 때문이다. 그리고 이번 대결에서 내가 이기게 되면 키다리 형제와 깜둥이 형제는 내게 다시는 "계집아이가 뭘 알아?"라는 말 따위는 하지 않기로 맹세했다.

그런데 만약 그들이 이기게 되면? 사실 그건 생각하고 싶지도 않은 거였지만, 만약 그런 일이 벌어지면 난 그때부터 머리를 기르고 치마를 입고 다니기로 약속했다.

지난번 초록색 원피스 사건이 있긴 했지만 사실 난 치마가 취향에 맞지 않았다. 일단 치마를 입으면 뛰기도 불편하고 딱지치기할 때도 불리한 점이 많았다. 구슬치기할 때는 어떤가. 구슬치기할 때 치마를 입고 있으면 목표물을 향해 정확히 조준하기가 쉽지 않았다. 혹시나 팬티가 보일까 봐 엎드려서 맞춘다든지, 뛰어가면서 맞춘다는지 하는 행동에 상당한 제약이 따르기 때문이다. 그리고 바로 그 점 때문에 그들은 의도적으로 그런 약속을 받아냈던 것이다.

사실 딱지치기와 구슬치기로는 녀석들이 나를 따라올 수 없었다. 깡마른 몸집이었지만 유난히 손가락 힘이 강했던 나는 딱지 하나로 뒤집기, 돌리기, 넘기기, 날리기 등등 갖은 재주를 다 부릴 수 있었고 사물에 대한 조준 능력도 뛰어나서 목표로 삼은 구슬을 향해 정확하게 구슬을 날릴 수 있었다.

그러니 그들이 내가 패배하면 날마다 치마를 입고 다닌다는 약속을 받으려 하는 것은 사실 나의 행동반경을 좁혀 동네 구슬치기와 딱지치기 판을 평정하리라는 야비한 음모가 도사리고 있었던 것이다. 그러니 난 반드시 이번 결투에서 승리의 면류관을 써야만 했다.

문방구 오빠 '박 군'은 매일 오후 나와 함께 작전 계획을 세워 주었다. 잔소리꾼 주인아줌마는 처음엔 내가 오면 뭐라도 사러온 줄 알고 반기다가 차츰 내가 아무것도 사지 않고 오빠와 무엇인가 속닥거리는 것을 보곤 실망하는 눈치가 역력했다.

그러다가 한번은 대놓고 싫은 내색을 하기에 난 괜히 필요도 없는 연필을 그것도 한 다스씩이나 주인아줌마 보란 듯이 사기도 했다.

내일이 결투 일이라는 것을 알게 된 오빠는 작은 상자 안에서 무슨 훈장 같은 것을 꺼내 주었다. 나중에 알게 된 것이지만 그건 보안관이 쓰는 배지였다. 나쁜 놈들을 물리치기 위해선 일종의 공권력이 필요했다. 그런 공권력을 나타내기 위해서는 어떤 표시가 필요했는데 그게 바로 배지였다.

'난 황야의 보안관이다. 난 너희를 혼내 주러 왔다.'

사실 황금박쥐 망토와 보안관 배지는 잘 어울리지 않았지만, 황금박쥐는 그런 것을 갖고 있지 않았으니 할 수 없었다. 황금박쥐 망토에 번쩍거리는 배지를 달아 주면서 오빠가 말했다.

"결투는 눈빛에서 반은 먹고 들어가는 거야. 상대방이 나타나면 절대로 눈을 피하지 마. 처음부터 끝까지 눈빛으로 싸우는 거야. 눈빛으로 상대의 코를 납작하게 만들어 주는 거지. 상대가 벌벌 떨면서 싸울 의욕을 잃게 하는 게 중요해. 가능하면 차갑고 잔인한 눈빛을 해야 해. 그래야 이길 수 있어. 알았지?"

그렇게 말하는 오빠의 눈빛이 정말 차갑고 잔인해 보여서 난 깜짝 놀랐다. 평소 하얗고 고른 이를 드러내면서 착한 웃음을 짓던 오빠가 아니라 완전히 다른 사람처럼 변해 있었다.

'눈빛 하나가 사람을 다르게 만드는구나.'

난 그때 그걸 처음 알았다.

그날 집으로 돌아오자마자 난 거울 앞에 섰다. 가능하면 '차갑고 잔인한 눈빛'을 지어 보려고 말이다. 그런데 그게 쉽지 않았다. 자꾸만 웃음이 나왔다. 거울 앞에서 이상한 눈빛을 짓다가 또 웃다가 또 내 딴에는 무서운 표정을 짓다가 또 웃다가 하는 나를 언니가 흘끗 보더니 어이없다는 표정을 지었다.

"너 도대체 뭐하는 거니?"

언니는 아무것도 몰랐다. 사실 말한 적도 없었지만 만약 내가 이 피비린내 나는 결투의 모든 내막을 말했다 해도 언니의 반응은 뻔했다. 참 할 일도 없다며 그럴 시간 있으면 공부나 하라고 쏘아붙이며 차갑게 비웃었을 것이다.

그러니 언니에겐 아무 말도 하지 않는 것이 상책이었다. 말해 봤자 도움도 안 될뿐더러 오히려 엄마나 아빠에게 이르기라도 하면 두 달 가까이 준비해 온 결투가 모두 엉망이 되고 말 테니까.

아무튼 언니의 냉랭한 반응을 보곤 난 똑똑한 언니에게서 무언가 그럴듯한 승리의 비결을 들을 수 있지 않을까 내심 바랐던 기대마저 일찌감치 접어 버렸다.

언니의 비웃음에도 아랑곳하지 않고 난 그날 저녁 내내 차갑고 잔인한 눈빛을 쉬지 않고 연습했다. 어찌나 눈에 힘을 주고 연습했는지 나중엔 머리가 아플 정도였다.

다음 날 아침, 어디선가 닭이 힘차게 우는 소리에 잠에서 깼다. 다른 날엔 닭 우는 소리가 잘 들리지 않았는데, 그날따라 이상하게도 유난히 크게 들렸다.

평소 어른들이 "암탉이 울면 집안이 망한다"며 여자들이 집안에서 큰 소리로 말하는 것을 못마땅하게 말씀하시던 것이 생각났다. 하지만 오늘은 아니었다. 난 오늘 반드시 그들을 이겨야 했다. 큰 목소리로 기를 팍 죽이든, 차갑고 잔인한 눈빛으로 상대를 쓰러뜨리든 어떠한 방법을 쓰더라도 이겨야만 했다.

마침 토요일이어서 수업은 일찍 끝났지만, 난 수업이 끝나자마자 집으로 달려왔다. 친구 남희가 자기 집에 가서 떡볶이를 먹자는 것도 마다하고. 떡볶이라는 말에 잠깐 군침이 돌긴 했지만, 배가 너무 부르면 민첩하게 싸울 수 없음을 잘 알고 있기에 난 남희의 유혹을 단호히 뿌리치고 집을 향해 달음질 쳤다.

집으로 돌아오니 다행히 엄마는 보이지 않았다. 동생 지희는 흔들의자에서 쌔근쌔근 잠을 자고 있었다. 언니도 보이지 않았지만, 아마도 방 안에 틀어박혀서 책을 읽거나 수학 문제를 풀고 있으리라.

그런데 그러기엔 하늘이 매우 푸르고 맑았다. 이렇게 좋은 날 언니는 왜 네모난 책상 앞에 앉아 책이나 보고 있을까. 언니가 참 한심하다는 생각을 잠시 했다.

그래도 다행이었다. 혹시나 언니가 눈치 없이 어디 가느냐고 물어보거나 못 나가게 방해했더라면 오늘의 결투는 물거품이 될 것이 뻔했다. 천만 다행히도 언니는 언니가 하고 싶은일 말고는 전혀 관심이 없었다. 동생이 깜둥이 형제나 키다리형제를 상대로 결투를 벌이건 딱지치기를 하건 구슬치기를 하건 말이다.

사실 언니의 그런 무관심 덕분에 난 골목에서도 늘 자유로웠다. 동화책이건 위인전이건 책이라면 무엇이든지 꼭 한쪽팔에 끼고 다녔던 언니는 학교 갔다 집에 오는 길에 골목길에서 딱지치기하고 있는 나를 보면 그냥 힐끗 보고 지나갈 뿐이었다. 마치 철없는 동네 꼬마들의 장난질을 본 듯이 말이다.

아, 물론 가끔은 한심하다는 표정을 짓곤 했다. 그런 날은 언니가 학교에서 상장을 받은 날이었다. 공부를 잘했건 그림을 잘 그렸건 글짓기를 잘했건 무엇이든지 잘해서 상을 탄 날은 더더욱 골목길에서 쓸데없는 장난을 하고 있는 내가 한심해서 죽겠다는 표정을 짓곤 했다.

하지만 난 상관없었다. 아니 상관하지 않았다. 난 아들이니까. 딸은 저렇게 방 안에 틀어박혀서 책을 읽거나 그림을 그리거나 글을 쓰거나 해도 되었지만 아들은 아니었다. 아들은 커서 부모님을 모셔야 하기에 힘을 길러야 했다. 무거운 것도 들어야 하고 장차 군대에 가서 이 나라를 지켜야 했으므로 어렸을 때부터 노는 것부터 달라야 했다.

어찌 되었든 오늘은 정말 행운의 여신이 내 편인 듯싶었다. 학교 다녀오기가 무섭게 방 안에 박혀 공부하는 언니, 집에 안 계시는 엄마, 그리고 마루 흔들의자에서 쌔근쌔근 잘 자고 있는 동생. 모든 것이 완벽했다. 이제 몇 가지 무기만 잘 챙겨 뒷동산으로 달려가기만 하면 되었다.

문방구 오빠가 준 황금박쥐 망토는 마치 맞춘 것처럼 내게 딱 맞았다. 그리고 황금 띠가 둘려진 긴 칼 역시 내 키에 알맞았다. 이제 남은 건 오빠 말처럼 차갑고 잔인한 눈빛을 짓는 거였다.

차갑고 잔인한 눈빛! 현관에서 신발을 신으면서 입구에 걸린 거울을 향해 다시 한 번 그 눈빛을 지어 보였다. 처음엔 영어색했지만 여러 번 연습하는 동안 내게선 놀라운 마력 같은 것이 느껴졌다. 절대 거역할 수 없는 악마의 눈빛마저 볼 수 있었다.

'으흐흐흐, 좋았어. 그래 바로 이거야!'

스스로 흐뭇한 미소를 지으면서 난 힘차게 뒷동산을 향해 달려갔다.

결투 시간은 5시. 아직 10분 정도 시간이 남아 있었다. 깜둥이 형제와 키다리 형제의 모습은 아직 보이지 않았다. 오늘 내가 대결해야 할 상대가 누군지는 정확히 알 수 없었다. 두 형제가 대결한 뒤에 이긴 자와 싸우기로 되어 있었기 때문이다.

깜둥이 용식이 용철이 형제는 작아도 민첩했다. 키다리 재식이 재형이 형제는 삐쩍 말라서 힘은 없었지만 큰 키로 나를 압도하곤 했다.

과연 누가 오늘의 대결 상대가 될까? 궁금하면서도 내심 걱정되었다. 상대를 잘 알아야 전략을 세울 텐데. 시간이 유난히 더디게 흐르는 것 같았다. 아빠가 해외 출장길에 사 오신 디즈니 캐릭터가 그려져 있는 손목시계를 보니 어느새 5시 5분이었다.

'자식들, 내가 무서워서 못 나오는 건가?'

한편으로는 정말 내가 무서워서 안 나왔으면 좋겠다는 생각이 들었지만, 앞으로 녀석들에게 계집애가 뭘 아느냐는 말을 듣지 않으려면, 또 치마를 안 입고 다니려면 난 반드시 이번 결투에서 이겨야만 했다. 하지만 15분이 지나도 아무도 나타나지 않았다.

'비겁하게 내가 무서워서 피하는 것이 확실해.'

그렇다고 마냥 기다릴 수는 없었다. 이럴 땐 쳐들어가는 수밖에 없었다. 키다리네 집은 문이 굳게 잠겨 있었다. 보통은 문이 활짝 열려 있었는데 아마 가족 모두 외출한 듯싶었다.

'흠, 비겁하네. 내가 무서워서 가족 전체가 모두 피신했군.'

아마 키다리 형제 중 둘째 재형이가 엄마를 졸라서 나가자고 했을 것이다. 그렇지 않고서야 이렇게 문이 잠겨 있을 리가 없었다.

'할 수 없다. 깜둥이 형제라도 쳐부술 수밖에.'

이번엔 황금박쥐 망토를 펄럭이며, 큰 칼을 휘두르면서 깜둥이 형제네 집으로 달려갔다. 마당에는 아무도 없었다. 그런데 방에서 작은 신음이 들렸다. 깜둥이 형제가 쓰고 있는 문간방이었다.

가만히 방문에 귀를 대고 들어보니 깜둥이 형제 중 누군가가 내는 소리였다. 어떻게 할까 잠시 망설이다가 이윽고 방문을 활짝 열고 들어갔다. 그랬더니 거기에는 깜둥이네 첫째 용식이가 이불 속에 누워서 끙끙거리고 있었다. 감기인 듯했다.

그렇다고 이대로 그냥 봐줄 수는 없었다.

"야, 왜 약속 안 지키는 거야? 오늘 5시에 결투하기로 했잖아."

용식이는 아무런 말도 못하고 그냥 얼굴만 빼꼼 내밀었다.

"비겁하게 이게 뭐냐? 설마 아프다고 결투 안 하겠다는 건 아니지?"

그래도 용식이는 여전히 아무 말도 하지 않고 얼굴을 찌푸리면서 나를 노려보았다.

난 용식이의 그런 모습에 더 화가 났다.

"자식, 왜 아무 말도 안 해? 너 죽을래?"

여전히 용식이는 아무런 대꾸도 안 하고 그냥 인상만 팍팍 쓰고 있었다. 난 더 이상 참지 못했다. 그리고 마침내 용식이가 꽁꽁 덮고 있는 이불을 확 걷어차 버리고 내친김에 새로 산 번쩍거리는 황금 칼을 용감하게 빼 들고 용식이를 향해 내리쳤다.

그런데 배를 향해 내리친다는 것이 그만 배 아랫부분을 향해 칼을 꽂고야 말았다. 아니 꽂았다기보다는 헛맞았다는 표현이 더 알맞다.

나는 기세 좋게 황금 칼을 휘둘렀는데 갑자기 용식이가 외마디 비명을 질렀다.

"아이고, 나 죽는다. 엄마! 엄마!"

용식이는 거의 비명에 가까운 소리를 질러댔다. 덕분에 용식이네 마당에 붙은 쌀가게에서 일하던 용식이 엄마가 한달음에 달려왔으니까.

그리고 그다음은 사실 생각조차 하기 싫다. 아니 너무 당황스럽고 창피하고 미안하기까지 한 일이었으니까 말이다.

내가 황금 칼을 휘둘러서 찌른 곳이 하필이면 그 사내 녀석들이 금쪽같이 아끼는 바로 거기였는데, 하필이면 그날 용식이는 고추 수술을 받은 것이다. 그래서 말도 못하고, 어디 나가지도 못하고 끙끙 앓고 있었는데, 나는 아무런 대꾸도 않는 용식이가 내 말을 무시한다고 생각하고 그만 일을 저질러 버린 것이었다.

암튼 그날 난 용식이 엄마의 손에 질질 끌려서 집까지 와야 했다. 정말 질질 끌려서.

화가 머리끝까지 난 용식이 엄마가 다짜고짜 우리 엄마를 불렀다.

"지수 엄마, 이리 좀 나와 봐요. 어서요!"

그날 내가 본 용식이 엄마는 평소 우리 엄마에게 나긋나긋하게 굴던 그 용식이 엄마가 아니었다. 아니 표독스럽게 독이 오른 한 마리 암캐처럼 눈에 불을 켜고 우리 엄마에게 달려들었다.

"아니 무슨 일이세요?"

눈이 휘둥그레져서 손에 묻은 물기도 채 닦지 못하시고 황급히 뛰어나온 엄마는 용식이 엄마가 나를 개 끌듯이 끌고 온 모습을 보고 놀라서 입을 다물지 못하셨다.

"이것 좀 보세요, 지수 엄마."

용식이 엄마는 분을 이기지 못하고 계속 씩씩거렸다.

얼굴이 하얗게 질린 불쌍한 우리 엄마는 용식이 엄마와 나를 번갈아 쳐다보셨다.

"아니 글쎄, 지수 이 계집애가 우리 금쪽같은 아들 거기
를 때려서 지금 거의 죽게 생겼어요. 아이고, 내 참 기가 막혀
서…… 딸이라고 어디서 선머슴 같아서 원. 사내 녀석도 아닌
것이 하는 짓 하고는 정말……."

그러자 엄마는 대충 상황을 짐작하고 서둘러 불을 끄려 하
셨다.

"아니, 어쩌다가요. 용식이 많이 다쳤나요?"

엄마의 말이 끝나기가 무섭게 용식이 엄마는 기다렸다는 듯
이 말을 이었다.

"오늘 우리 용식이가 그 뭐시기냐. 내 참 말하기도 남사스
러워서. 암튼 우리 아들이 그, 그러니까 오늘 고, 고추 수술을
받았는데 이 가시나가 바로 거기를 요, 요 뾰족한 칼로 그냥
찔렀어요. 하필이면 수술받은 날 거기를 요 칼로…… 내 참
어이가 없어서……."

엄마가 아무 말도 못 하고 쩔쩔매자 용식이 엄마는 더욱 기
세등등해져서 말을 퍼부었다.

"도대체 애 교육을 어떻게 시키는 건지. 허구한 날 동네 사
내새끼들이랑 딱지치기에 구슬치기를 하지 않나. 골목에서 칼
싸움을 하질 않나. 사내 녀석이라면 또 몰라. 이거야 원 계집
아이가 사내새끼처럼. 그래, 막말로 아들 없다고 아들 노릇 시
키겠다는 건지……."

용식이 엄마는 그날 큰 실수를 하고 말았다. 스스로도 마지막 말을 뱉으면서는 아차 하는 모습을 나도 똑똑히 보았으니까. 아들 잃은 지 몇 년 되지 않은 집에 와서 용식이 엄마는 결코 말해서는 안 될 말을 내뱉어 버렸다.

그런데 일은 거기서 끝나지 않았다. 하필이면 바로 그때, 정말 하필이면 바로 그때 외출했다 들어오신 아빠가 용식이 엄마가 던진 마지막 말을 듣고 말았다.

순간, 얼굴이 정말 빨갛다 못해 시퍼렇게 변해 버린 아빠는 용식이 엄마에 뒤통수에 대고 버럭 소리를 지르셨다.

"뭐라고요? 이거 어디 와서 막말이야? 당장 나가지 못해요?"

한창 기세등등해져서 엄마를 잡아먹을 듯이 소리 지르던 용식이 엄마는 마치 호랑이 앞의 강아지처럼 깨갱 소리 한번 지르지 못하고 걸음아 날 살려라 도망쳤다.

순식간에 벌어진 사건에 엄마는 입을 다물지 못하셨는데, 아빠는 아직 분이 안 풀리셨는지 뛰어나가는 용식이 엄마의 머리채라도 잡을 기세로 따라 나가려고 하셨다.

그러자 조금 전까지만 해도 울먹거리시던 엄마가 갑자기 단호한 표정으로 아빠의 소매를 잡으셨다.

"어떻게 하시게요?"

단호한 목소리로 엄마가 완강하게 말리시자 놀라신 건 아빠였다.

"아니 뭐야? 그럼 저 여잘 가만두라고?"

"가만 안 두면 어떻게 하게요?"

엄마도 지지 않으셨다.

"아니, 이 여자가. 이거 놓지 못해?"

엄마가 가녀린 팔목으로 아빠의 소매를 단단히 붙잡은 것을 의식하신 아빠는 황당하다는 표정으로 엄마를 쳐다보셨다.

"그냥 두세요. 용식이 엄마 말이 틀린 것도 아니잖아요. 아들 없어서 딸아이를 그렇게 키우는 것도 사실이니까."

그렇게 말씀하시는 엄마의 표정이 참으로 쓸쓸해 보였다. 엄마는 더 이상 아빠의 소매를 붙잡고 있기가 힘드셨는지 힘없이 팔을 놓으셨다. 그러고는 말없이 부엌으로 들어가 버리셨다.

엄마의 마지막 말이 아빠를 더욱 놀라게 했을까. 붉으락푸르락하던 아빠의 얼굴이 힘없이 풀리면서 아빠는 거실 소파에 털썩 주저앉아 버리셨다.

이젠 내 차례였다. 이 모든 일의 원인 제공자는 바로 나였으니까. 아니 도대체 고추 수술이 뭐길래 용식이 엄마가 그렇게 기세등등해져서 우리 집까지 쳐들어왔는지. 도대체 고추 수술이 뭐길래…….

잘은 몰라도 뭔가 치명적인 꿍꿍이가 있었던 것이 분명했다. 난 그 와중에도 '그러고 보면 고추 없기'가 참 다행이라고 잠시 생각했다. 그런데 다행스러움도 잠깐 또 다른 사건이 터졌다. 부엌에서 타는 냄새가 났던 것이다.

깜짝 놀라 부엌으로 들어가 보니 조금 전 부엌으로 들어가신 엄마는 보이지 않고 프라이팬에서 생선이 정말 새까맣게 숯덩이처럼 타고 있었다. 난 재빠른 동작으로 불을 끄고 부엌 창문을 열어젖혔다. 부엌에 자욱이 낀 연기를 손부채로 휘이 휘이 내쫓으면서.

그날 밤 언니와 나는 맨밥에 된장찌개 하나를 올려놓고 밥을 먹어야 했다. 용식이 엄마가 집으로 돌아간 뒤에 엄마는 이불을 뒤집어쓰고 소리 죽여 우셨고, 아빠는 거실 소파에서 혼자 술을 드시면서 〈하숙생〉을 부르셨다.

"인생은 나그넷길 어디서 왔다가 어디로 가는가. 구름이 흘러가듯 정주고 가는 길에 정일랑 두지 말자. 미련일랑 두지 말자……."

언제부터인가 아빠가 술만 드시면 부르는 노래여서 나도 모르게 가사를 줄줄 외워 버렸다.

된장찌개와 밥 한 그릇. 그건 배고프다고 투정부리는 언니를 위해 내가 차린 밥상이었다. 하지만 난 한 숟갈도 먹을 수 없었다. 배에서는 계속 꼬르륵 소리가 났지만 차마 밥알이 목구멍으로 넘어가지 않았다. 그러다가 갑자기 눈에서 뜨거운 것이 주르륵 흘렀다.

새로 산 황금 칼을 한번 제대로 휘둘러보지 못하고 싱겁게 끝나 버린 결투 때문이었을까. 아니면 계집애라고 놀려대는

깜둥이 형제와 키다리 형제에게 분풀이하지 못해서였을까. 그
것도 아니면 용식이 엄마에게 들은 말도 안 되는 욕지거리 때
문이었을까.

그러나 모두 아니었다. 그건 바로 아들이 되고 싶어서, 아들
노릇 하면서 살고 싶어서, 아들처럼 뛰어놀기로 작정했던 딸
부잣집 둘째 딸이 흘리는 눈물이었다.

그날 아빠는 아무런 말도 하지 않으셨다. 만약 아빠가 소리
를 지르셨거나 회초리를 드셨다면 오히려 마음이 가벼웠을 것
이다. 다만, 그날 밤 아빠는 내 방에 들어와 이불을 덮어 주시
면서 이렇게 혼잣말을 하셨다. 아빠는 아마도 내가 자는 척한
다는 것을 아신 듯하다.

"잘했다. 사내새끼들은 그렇게 혼내 줘야 정신 차린다. 앞
으로 또 계집애라고 놀리면 참지 마라. 그렇다고 아파 누워
있는 사람을 때리는 건 안 돼. 그건 비겁한 짓이야. 다음부턴
정정당당히 싸워라."

아빠가 방을 나간 뒤 나는 펑펑 울었다.

'아빠, 엄마. 잘못했어요. 이제 얌전한 딸이 될게요. 딱지치
기도 안 하고 구슬치기도 안 할게요. 동네 골목길에서 칼싸움
도 안 할게요. 그냥 딸이 될게요. 얌전한 딸이…….'

속상한 마음에 나는 오빠에게도 말 편지를 썼다.

'오빠, 내가 오빠에게 약속했던 거 기억해? 오빠 대신 아들
하면서 살겠다고 한 거. 그런데 그게 잘 안 돼. 난 아들이 될

수 없나 봐. 오빠 미안해. 오빠, 어디 갔어? 어디 있냐고……
말 좀 해 봐. 그렇게 웃고 있지만 말고…… 오빠, 오빠, 오빠
야…….'

기합 소리

'대낮 고추 습격 사건'이 있고 난 뒤 며칠 지나지 않아서였다. 엄마는 무슨 생각에서였는지 학교에 다녀온 내 손을 붙잡고 길 건너 예쁜 기와지붕 집을 찾아가셨다. 겉에서 볼 때는 그냥 일반 집이었는데, 나무로 만든 대문을 열고 들어가니 안에서 피아노 소리가 들렸다.

우리 집에도 피아노가 있었는데 언니만 가끔 딩동 거릴 뿐 아무도 만지는 사람이 없었다. 그런데 그 집에는 3개의 피아노가 놓여 있었다. 나무 바닥으로 되어 있는 마루에 하나, 그 뒤에 있는 두 개의 방에 각각 하나씩 모두 3개였다.

눈이 휘둥그레진 나는 그곳이 '피아노 집'이라는 것을 알 수 있었다. 우리 반 여자애들 중 같은 동네에 사는 아이들은 모두 이 집에서 피아노를 배우고 있다고 며칠 전 남희가 말해 준 것이 생각났다.

그런데 갑자기 웬 피아노? 어리둥절해 있는 나에겐 아무 말도 없이 엄마는 피아노 집 원장이라는 뚱뚱한 아줌마에게 나를 인사시켜 주셨다.

"아직 아이가 철이 없어서요, 잘 좀 부탁해요. 매일 빼먹지 않게 제가 잘 보낼게요."

아니 갑자기 내가 뭔 철이 없다는 건지, 빼먹지 않고 뭘 매일 잘 보내겠다는 건지. 나에겐 한마디 말도 없이 왜 피아노를 배우라는 것인지. 모든 것이 의문투성이였지만 난 뭐라 말하려다가 꾹 참았다. 아직은 조용히 지내야 할 때라는 것을 잘 알고 있었기 때문이다.

'대낮 고추 습격 사건' 이후 엄마는 내게 치마 입고 학교에 가라 하셨고, 나는 엄마의 매서운 눈빛을 차마 거스를 수 없어서 아침마다 허리까지 오는 하얀색 타이츠를 신고 치마를 입어야 했다.

아직은 엄마의 말씀에 절대 복종해야 할 때였다. 사실 피아노는 쳐다보기도 싫었지만 말이다. 계집애처럼 페달을 밟으면서 딩동 거리는 건 영 나에게 맞지 않았다. 학교에서도 쉬는 시간이면 여자아이들은 쪼르륵 풍금 앞으로 달려가서 그날 배운 노래를 치곤 했다. 특히 "잘 자라, 우리 아가……" 노래를 부르면서 〈자장가〉를 칠 때면 난 당장에라도 그만두라고 소리 지르고 싶었지만, 그랬다가는 선생님께 혼날 것이 분명했기에 그냥 꾹 참곤 했었다. 그런데 내가 바로 이 좁은 방 안에 앉아 그 자장가나 치면서 신나는 오후 시간을 보내야 한다니.

갑자기 눈앞이 노래졌다.

　엄마는 이미 작정한 듯이 두툼한 하얀 봉투를 뚱뚱한 원장 선생님에게 내미셨고, 선생님은 흡족한 표정을 지으면서 나를 한번 홀깃 쳐다보았다. 그러고는 내가 한숨 섞인 표정을 짓자 재빨리 말했다.

　"처음부터 좋아하는 아이가 있나요? 꾸준히 치면 다 좋아하게 되어 있어요. 그러니 너무 걱정하지 마세요."

　'아니? 뭐라고? 꾸준히 친다고? 오, 맙소사!'

　그건 절대 안 될 말이었다. 이번 한 달만 엄마 눈치 보면서 치려 했는데, 꾸준히 친다니. 이건 정말 청천벽력 같은 말이었다. 나에 대한 일종의 선전포고였다. 아니 내 청춘을 송두리째 말살해 버리려는 또 다른 음모였다. 그것도 치밀하게 잘 짜인 음모!

　그날 난 원장 선생님과 엄마 앞에서 바이엘 1번을 열심히 딩동 거려야만 했다.

　도레미도레미도

　미레도미레도미

　도레미레파미레도……

　뭐 이렇게 치는 거였는데 생각보단 재미있었다. 그래도 이건 아니었다. 계집애처럼 피아노 건반을 두드리고 있는 내 신세가 한없이 처량하고 슬프게 느껴졌다.

　그날 첫 수업이 어떻게 지나갔는지 모르겠다. 확실한 건 그

다음 날도 또 그 다음 날도 난 어김없이 정해진 시간에 조금도 늦지 말고 피아노 집 안마당에 들어서야 한다는 것이었다.

왜 안마당이었느냐면 피아노는 겨우 3대였는데, 같은 시간대에 수업이 있는 아이들은 늘 대여섯 명씩은 되었다. 그래서 조금이라도 늦게 가면 차례가 밀리기 일쑤였고 다행히 시간에 맞춰서 간다 해도 앞에서 치는 아이들이 숙제를 안 해 와서 남게 된다든지 선생님이 식사하신다든지, 아니면 전화가 온다든지 하면 자연스럽게 순서가 밀리게 되었다.

보통 10분에서 20분은 기본이었고 어느 날은 한 시간도 넘게 기다려야 하는 경우도 종종 있었다. 그래서 30분 레슨을 받는데 보통 1시간에서 길게는 2시간씩이 걸리기도 했다.

아, 나의 금쪽같은 청춘이여!

하루는 엄마에게 들으라는 듯이 혼잣말처럼 중얼거려 보았다.

"도대체 한번 가면 치는 시간보다 기다리는 시간이 더 길어. 짜증 나! 숙제도 많은데."

그러자 엄마는 오히려 활짝 웃으며 말씀하셨다.

"그게 다 그분이 워낙 잘 가르치시니까 학생들이 많아서 그런 거지 뭐니. 너도 조금만 늦게 등록했으면 못 배울 뻔했다. 언니가 워낙 착실하게 잘 배웠으니 네가 동생이라고 가르쳐 주시는 거야. 언니 고마운 줄 알아."

아니 도대체 시간 관리 못 하고, 피아노가 학생 수보다 턱없이 부족하고, 선생님이 한 분뿐이어서 이렇게 아까운 청춘을 버려야 하는 건데, 엄마는 그게 모두 선생님이 뛰어나신 덕분이라는 말도 안 되는 주장을 하셨다.

기가 막혀서 말이 안 나왔다. 그 뒤로 엄마의 말도 안 되는 주장을 몇 번 더 듣고 나서 난 다시는 그 문제에 대해서는 말도 꺼내지 않았다. 다만 나 스스로 해결책을 찾기로 했다.

금쪽같은 내 청춘을 피아노 순서를 기다리면서 한 시간씩 보낼 수는 없었기 때문이다. 그런데 하늘이 도왔는지 그렇게 결심한 며칠 뒤 나에게 운명 같은 일이 벌어졌다.

하루는 — 그날도 5명도 더 되는 아이들이 마당에서 옹기종기 모여서 자기 순서를 기다리고 있는 날이었다 — 가방을 던져 놓고 내 순서를 기다리고 있는데, 피아노 소리가 잠시 멈춘 사이 피아노 집 뒤편에 있는 5층 건물에서 기합 소리가 들려왔다.

'어? 갑자기 웬 기합 소리?'

궁금한 건 못 참는 나였다. 나는 바로 내 뒤에서 차례를 기다리는 아이에게 순서를 기억해 준다는 다짐을 받고 기합 소리가 나는 곳을 향해 달려갔다.

소리가 들리는 건물 입구에 '문우성 태권도장'이라는 글씨가 쓰인 간판이 보였다. 빨갛게 5층이라고 쓰인 것을 본 나는 자석에 이끌리듯 소리 나는 곳을 향해 계단을 올라가기 시작했다.

한 계단 한 계단 가까워질수록 기합 소리는 더 크게 들렸다. 가쁜 숨을 헐떡이며 5층에 올라서자 그곳에는 하얀 도복에 까만 띠를 허리에 두른 덩치 큰 아저씨가 아이들 앞에서 우렁찬 기합 소리를 내며 제자리에서 공중을 향해 다리를 힘껏 뻗었다가 내리는 동작을 하고 있었다.

와! 아이들은 모두 탄성을 지르며 손뼉을 치면서 좋아했다. 나중에 알았지만 그건 바로 이단 앞차기였다.

나 역시 와 하는 짧은 감탄 소리를 내며 덩치 큰 아저씨가 하는 동작을 눈여겨보기 시작했다. 아이들도 그 덩치 큰 아저씨도 태권도에 열중하느라 내가 와서 구경한다는 것을 눈치채지 못했다.

그 덩치 큰 아저씨는 처음엔 하나하나 동작을 보여 주다가 나중엔 한 명씩 이름을 불러 앞으로 나오게 한 뒤 따라 하게 했다. 유심히 살펴보니 제법 잘하는 아이도 있었지만 힘없이 자리에 털썩 주저앉아 버리는 아이도 있었다.

발차기하던 아이들이 몸을 비비 꼬면서 하기 싫은 표정을 짓자 덩치 큰 아저씨는 이번엔 재빨리 무슨 동작 같은 것을 보여 주었다.

"좋아. 이번엔 팔괘 품새를 배워 볼까?"

'어라, 팔괘 품새? 그건 또 뭘까?'

호기심이 발동한 나는 지금 내가 피아노 학원에서 차례를 기다리고 있었다는 것도 까마득히 잊은 채 아이들이 그 남자를 따라 하는 동작을 눈으로 따라 하기 시작했다.

다리를 옆으로 올려서 찼다가 다시 내리고, 두 팔을 앞으로 뻗었다가 다시 내리고 한쪽 팔만 올렸다가 다시 내리는가 싶더니 어느새 얼굴을 막으면서 다음 동작으로 자연스럽게 연결되고…… 암튼 한 동작 한 동작이 정말 멋져 보였다.

게다가 덩치 큰 아저씨의 말은 내 마음을 온통 흔들어 놓았다. 팔괘 5장 품새까지 끝나고 나자 아저씨는 마룻바닥에 앉아 있는 학생들을 한 명 한 명 눈여겨보면서 쩌렁쩌렁한 목소리로 이렇게 말했다.

"너희 태권도를 왜 배우냐?"

뜻밖의 질문에 학생들은 저마다 한마디씩 소리를 질렀다.

"건강해지려고요."

"멋있어 보여서요."

"대회 나가서 금메달 따려고요."

모두 목청껏 대답했다.

그러자 덩치 큰 아저씨는 온화한 얼굴이지만, 절도 있는 목소리로 이렇게 말했다.

"태권도는 싸움이 아니다. 그렇다고 단순한 운동도 아니다. 태권도는 우리나라의 민족정신이 깃들어 있는 고유의 무술이다. 그리고 무술을 하는 사람은 반드시 명심해야 할 것이 있다. 무술은 남을 이기거나 해치기 위해서가 아니라 남을 보호하기 위해서 하는 것이다. 그래서 더욱 조심스럽게 배워야 한다. 잘못 배우게 되면 오히려 남을 해치고 자신도 다치게 된다. 만약 오늘 여기 있는 학생 중 한 사람이라도 태권도를 배워서 남을 해치거나 괴롭히겠다고 생각한다면 그 학생은 내일부터 안 나와도 된다. 아니 절대로 나오지 마라. 알겠나?"

"네, 알겠습니다. 태권!"

'와, 최고다!'

나는 뭉클한 감동으로 거의 쓰러질 뻔했다. 물론 민족정신이니 고유의 무술이니 하는 뭔지 모를 말도 있었지만, 나를 감동시킨 대목은 '태권도는 남을 이기거나 해치기 위해서가 아니라 남을 보호하기 위해서 하는 것'이라는 부분이었다.

칼싸움이나 총싸움처럼 남을 이기거나 해치기 위한 것이 아니라 남을 보호하기 위해서 하는 운동이라니! 얼마 전 키다리 형제와 깜둥이 형제에게 정식으로 결투를 청하고 고추 습격 사건을 벌였던 일이 생각나면서 너무나 부끄러워졌다. 그러면서 순간 저렇게 멋진 태권도를 배우지 않고 피아노나 딩동 거려야 하는 내 신세가 더더욱 처량하게 느껴졌다.

거기까지 생각이 미치자 그제야 피아노가 떠올랐다. 난 굴러가듯이 태권도장이 있는 5층에서 1층까지 숨도 쉬지 않고 뛰어 내려갔다. 그리고 피아노 집을 향해 달음박질쳤다.

마당으로 들어서자 이미 아이들은 보이지 않았다. 맨 마지막 방에서 뚱땅거리는 소리가 들리는 것을 보니 아직 치고 있는 아이는 있는 것 같았다. 나 다음으로 차례를 기다리던 아이는 벌써 치고 갔는지 보이지 않았다.

가쁜 숨을 헐떡이며 마루로 올라서다가 밥상을 들고 안방에서 나오는 뚱뚱이 원장 선생님과 마주쳤다.

"아니, 넌 왜 지금 오니?"

난 지금 온 게 아니라고 말할까 하다가 그럼 또 어디 갔었냐고 물어보실까 봐 얼버무렸다.

"배가 아파서 누워 있다가 오느라고……."

그렇게 말하면서도 혹시나 원장 선생님이 엄마에게 확인 전화를 해 보셨을까 봐 가슴이 두근거렸다. 다행히 원장 선생님은 바쁘셨는지 전화는 안 해 보신 것 같았다.

"그래, 그럼 여기 마루에서 쳐보자. 숙제는 해 왔지?"

숙제라고 해야 바이엘 5번을 20번 쳐오는 것이니 난 그냥 고개만 끄덕였다. 바이엘은 언니가 늘 치던 것을 어깨너머로 본 적이 있어서 굳이 연습하지 않더라도 처음 몇 장은 식은 죽 먹기였다.

그날은 어둑어둑해져서야 집으로 돌아왔지만 마침 동생 지희가 앙앙 울고 있는 바람에 엄마는 나를 힐끗 보시고는 동생을 업고 부엌으로 들어가셨다.

"오늘은 많이 쳤나 보네? 어서 들어가서 씻고 저녁 먹자."

그날 밤 나는 꿈속에서 태권도장에 가는 꿈을 꿨다. 꿈에서는 내가 구경꾼이 아니라 사람들이 나를 구경하고 있었다.

"와, 저 아이 참 잘한다. 제일 잘하는걸. 최고다. 대단한데!"

웅성거리면서 놀랍다는 표정을 지었다. 난 우쭐해져서 두 다리와 두 주먹에 더 불끈 힘을 주었다. 그날 밤 난 꿈속에서 커다란 기합 소리를 지르며 태권도 하는 나를 자랑스럽게 보고 있었다.

한번 해 볼래?

다음 날도 나는 태권도장을 찾아갔다. 그날따라 나무 대문 피아노 학원 집에는 아이들이 몇 명 없었다. 그래서 기다릴 필요도 없었는데 난 태권도장에 가고 싶은 마음에 뒤에 온 친구에게 선심 쓰듯 순서를 양보했다.

두꺼운 뿔테 안경에 피아노 가방이랑 주판이 담긴 가방이랑 주렁주렁 들고 온 작달막한 몸집의 여자아이였다. 그 아이는 내 제안에 좋아라 입을 헤벌리면서 냉큼 마루로 올라갔다.

나는 피아노 학원만 다니면 되니 그나마 다행이다 싶어 씩 웃으면서 뛰어나오려는데 원장 선생님이 나를 불렀다.

"지수야, 어디 가니? 피아노 쳐야지."

"아, 책을 두고 와서요. 집에 가서 갖고 올게요."

내가 얼떨결에 얼버무리자 선생님께서 이렇게 말씀하시는 게 아닌가.

"책 없으면 어때? 선생님 것으로 보면 되지. 그냥 이리 와."

"네."

이럴 수가! 완전히 망했다 싶어 힘없는 목소리로 대답하고는 피아노 의자에 앉았다. 그런데 놀랍게도 의자에 앉아 피아노 악보를 보는데 글쎄 피아노 악보의 검은색이 그 덩치 큰 아저씨가 허리에 매고 있던 검은 띠처럼 보이는 것이 아닌가.

검은 악보를 따라가는 것이 아니라 검은 띠의 동작을 따라가는 것 같은 착각 속에서 난 어떻게 피아노를 쳤는지 모르겠다. 다만 선생님께서 여러 번 주의를 시키셨다.

"오늘따라 손가락에 힘이 많이 들어갔네. 피아노는 손가락 힘도 중요하지만, 강약도 중요해. 아무 때나 힘을 주는 것이 아니라 꼭 필요한 부분에서만 이렇게, 자 이렇게 마치 달걀을 손에 쥐고 있는 것처럼 부드럽게, 그러면서도 힘을 주고 딱딱 매듭을 짓듯이 치는 거야."

그러면서 선생님은 손가락으로 가볍게 건반을 두드리는 동작을 보여 주셨다.

"자, 이런 게 바로 스타카토라는 거야. 스타카토."

"아, 네. 스타카토."

날아갈 듯한 동작으로 피아노 건반을 두드리는 선생님의 손가락을 눈으로 따라가면서 난 건성으로 대답했다. 눈은 선생님의 손가락을 따라가고 있었지만, 머릿속은 온통 태권도 생각으로 꽉 차 있었다.

피아노 교습이 끝나기가 무섭게 난 다시 그 5층에 있는 태권도장을 향해 달려갔다. 늦어서 그런지 어제 보았던 내 또래들이 아니라 중학생 오빠 정도로 보이는 학생들이 수업을 받고 있었다. 그리고 그중엔 검은 띠를 허리에 맨 아이들도 몇 명 눈에 띄었다. 어젠 하얀 띠와 노란 띠, 파란 띠뿐이었는데 말이다.

그런데 확실히 검은 띠를 맨 아이들이 공격 자세는 물론 방어 동작도 잘했다. 주먹을 앞으로 후려치는 모습도 더 강해 보였고, 발차기할 때 하얀 도복에서 쉭쉭 바람 스치는 소리도 들렸다. 어제와는 사뭇 다른 분위기였다.

덩치 큰 아저씨의 얼굴도 약간 긴장된 표정이었다. 수업이 끝나자 아이들은 덩치 큰 아저씨에게 깍듯하게 경례하고는 옷을 갈아입으러 탈의실로 들어갔다.

나도 슬그머니 계단을 내려왔다. 집으로 오는 골목에서 아무도 없는 것을 확인한 나는 오늘 보았던 동작을 혼자 연습해 보았다. '앞돌려차기'라는 것과 '얼굴막기'였다. 앞돌려차기는 상대방의 얼굴을 때릴 때 쓰는 동작이고, 얼굴막기는 상대방이 내 얼굴을 치려고 할 때 막는 동작이었다.

둘 다 멋있었다. 그런데 그냥 하려니 재미없었다. 혼자 작은 소리로 "얍, 얍" 기합 소리도 넣어 보았다. 훨씬 그럴듯했다.

그날 이후로 난 피아노 학원에서 잠시라도 기다릴 시간이 생기면 부리나케 태권도장을 향해 달려갔다.

그렇게 한 달쯤 지났을까. 하루는 태권도장 입구 바닥에 앉아 아이들이 하는 동작을 찬찬히 보고 있었는데, 덩치 큰 아저씨 — 그분이 바로 문우성 사범님이었다 — 가 나를 불렀다.

　"너 잠깐 이리 좀 와 볼래?"

　난 깜짝 놀라서 주위를 둘러보았다. 혹시나 다른 아이를 부르는 것이 아닌가 해서.

　그랬더니 사범님이 얼굴에 재미있다는 웃음을 지으면서 나를 향해 뚜벅뚜벅 걸어왔다.

　"너, 오늘도 왔구나. 왜 한번 해 보고 싶니?"

　뜻밖의 제안에 난 아무런 말도 하지 못했다.

　'오늘도 왔다고? 그럼 그동안 내가 왔다는 걸 알고 있었나?'

　물론 입 안에서는 해 보고 싶다는 말이 뱅뱅 돌았지만, 난 잠자코 사범님 얼굴만 빤히 바라보았다.

　그러자 사범님은 다시 한 번 말씀하셨다.

　"한번 해 봐. 나도 네가 하는 것을 보고 싶으니까."

　더 이상 뭉그적거리고 있을 수 없었다. 난 가만히 고개를 끄덕였다. 그러자 사범님도 기다렸다는 듯이 말씀하셨다.

　"그럼 안에 들어가서 옷부터 갈아입고 하자. 치마 입고는 못 하지."

　앗! 그러고 보니 그날따라 나는 치마를 입고 있었다. '대낮 고추 습격 사건' 이후로 아침마다 옷장에서 치마를 꺼내 입을

것을 강요하시는 엄마 덕분이었다. 그날도 마침 음악 시간이
있다며 엄마는 치마를 입혀 주셨다.

치마 입고는 당연히 할 수 없다는 생각에 난 사범님이 손가
락으로 가리킨 탈의실에 들어가 도복을 주섬주섬 입기 시작했
다. 어떻게 입는 것인지 잘 알고 있었다. 남자아이들은 탈의실
안이 아니라 도장 내에서도 옷을 갈아입곤 해서 안 보는 척하
면서 눈여겨 보아둔 덕분이었다.

잠시 후 전신 거울에 비친 아이는 딸 부잣집 둘째 지수가
아니라 다시 더벅머리 사내아이 지수였다.

도장으로 나온 나를 보고 사범님은 흐뭇한 미소를 지으셨다.

"넌 도복 입는 폼부터 왠지 다르구나. 한번 해 볼까? 자, 주
춤새 품새부터 따라 한다. 자, 하나 둘 하나 둘, 태권 태권 태
권 태권도."

난 사범님의 구령에 맞춰 주춤새 품새부터 내가 좋아하는
앞돌려차기와 얼굴막기를 차례로 따라 했고 팔괘 1장도 거뜬
히 따라 했다. 팔괘 품새는 1장부터 8장까지 있는데 한 달 동
안 들락거리면서 3장까지는 얼추 외워둔 덕분이었다.

한 시간 남짓 연습했을까. 마지막으로 자유겨루기를 마치고
나자 사범님은 나를 보며 크게 손뼉을 쳤다.

"와! 정말 대단한걸. 근데 너 언제 정식으로 태권도 배워 본
적 있니?"

사범님은 호기심 반 궁금증 반 표정을 지으며 물어보셨다.

난 부끄럽고 떨리는 목소리로 겨우 말을 했다.

"아뇨, 오늘이 처음인데요."

그러자 사범님은 믿기지 않는다는 표정을 지으셨다.

"와! 정말? 그렇다면 넌 태권도를 위해 태어났구나. 진짜 잘하는데? 동작도 좋고 힘도 있고 무엇보다 체격이 되는 것 같고."

순간 난 정말일까 하고 생각했지만, 어찌 되었든 기분이 나쁘지는 않았다. 하지만 기쁜 마음도 잠시 밖을 보니 어느새 컴컴했다.

'크, 큰일 났다. 오늘도 늦으면 엄마에게 혼날 텐데.'

서둘러 옷을 갈아입고 도장을 나오려는데 사범님이 급히 나가는 내 뒤통수에 대고 말씀하셨다.

"혹시 또 해 보고 싶으면 언제든지 와라. 넌 정말 태권도를 위해 태어난 아이니까."

"감사합니다, 사범님."

난 다른 아이들이 하는 것처럼 허리를 90도로 숙이고 인사하고는 서둘러 계단을 뛰어 내려갔다. 흥분과 기대로 발갛게 달아오른 얼굴을 하고.

피아노를 대충 치고 집까지 달려가는 내 귓가에 '넌 태권도를 위해 태어난 아이야'라는 말이 계속 들려왔다.

'그래. 난 태권도를 위해 태어난 아이가 틀림없어. 태권도를 할 때가 제일 행복해.'

내 마음속에서는 이런 소리도 들려왔다.

'지수야, 잘 들어. 넌 피아노나 동당 거릴 계집아이가 아니야. 넌 태권도 천재, 태권도 소녀라고.'

그날 밤 나는 또다시 잠을 이루지 못했다. 언니가 옆에서 불을 환하게 켜놓고 공부하고 있지 않았더라면 난 이불 위에서 태권도 연습을 했을 것이다. 자정이 되어도 언니는 잠잘 생각을 하지 않았다.

아니 무슨 중학생이 자정까지 공부하느냐고. 난 답답하고 한심한 생각에 언니의 뒤통수를 향해 주먹을 날렸지만, 언니는 아는지 모르는지 뭐라고 알아듣지 못하는 꼬부랑말로 열심히 책을 읽고 있었다.

'암튼 못 말린다니까!'

난 내심 심통이 났지만 할 수 없었다. 언니는 그렇게 생긴 사람이니까. 내가 사범님 말씀처럼 태권도를 위해 태어났다면 언니는 공부를 위해 태어난 사람이니까. 내가 이해하는 수밖에 없었다.

허공을 향해 주먹을 날리다가 갑자기 덩치 큰 사범님이 했던 말씀이 떠올랐다.

"무술을 연마하는 사람은 세상을 향한 포용력도 있어야 한다."

무슨 말인지 의미는 잘 몰랐지만 어찌 되었든 멋있는 말 같았다.

'세상을 향한 포용력이라…….'

그날 밤 난 꿈속에서 태극기가 가슴에 그려진 멋진 도복에 검은 띠를 하고 많은 사람 앞에서 태권도 팔괘 품새를 보여 주는 꿈을 꿨다. 큰 강당 같은 곳에 사람들이 빽빽이 앉아 있었고, 한 동작 한 동작 할 때마다 모인 사람들이 우레와 같은 박수를 보내며 환호했다.

천장에는 눈부신 조명이 나를 비추고 있었고 나는 모든 사람의 시선을 받으며 이단 앞차기로 나무판자 두 장을 거뜬히 격파했다. 강당에 모인 사람들이 일제히 일어나서 큰 박수를 보내 주었다. 앞줄 오른쪽에서는 엄마가 나를 보고 환하게 웃고 계셨다.

정말 오랜만에 보는 엄마의 환한 웃음이었다.

'아, 엄마. 저, 지수예요. 태권 소녀, 지수. 엄마 나 보고 있죠?'

엄마와 사람들을 향해 허리를 숙여 인사하면서 난 기쁨의 눈물을 흘렸다. 그런데 갑자기 누군가가 내게로 달려와 얼싸안는 것이 아닌가. 난 순간 내 열렬한 팬이 꽃다발을 들고 온 줄 알았다.

"야, 지수야. 너 괜찮니? 엉? 괜찮아?"

깜짝 놀란 나는 눈을 번쩍 떴다.

그랬더니 언니가 눈이 휘둥그레져서 나를 빤히 쳐다보고 있었다.

"자다 말고 웬 발길질이야. 무슨 꿈을 꾸었길래?"

아, 이럴 수가. 모든 게 꿈이었다. 커다란 강당에서 태권도를 한 것도, 이단 앞차기로 무려 두 장의 송판을 보기 좋게 격파한 것도, 그리고 엄마의 환한 웃음도.

난 정말 김이 팍 샜다. 꿈이었다면 깨지 말아야 했는데. 나의 실망에는 아랑곳없이 언니는 자다 놀라서 깬 것이 짜증 난다는 듯이 나를 획 쳐다보곤 그대로 이불을 확 뒤집어썼다.

"야, 불은 네가 꺼."

언니에게 미안한 마음과 꿈이 깬 아쉬움이 범벅된 채 그날 밤 난 오랫동안 잠을 이루지 못했다. 꿈일망정 정말정말 신나는 꿈이었으니까. 나도 언니처럼 이불을 푹 뒤집어쓰고 똑같은 꿈을 다시 꾸길 바라면서 밤새도록 몸을 뒤척였다.

돌아오라, 박 군!

　문우성 사범님에게서 '태권도를 위해 태어난 아이'라는 말을 들은 날부터 난 더는 골목에서 깜둥이 형제나 키다리 형제와 어울리지 않았다. 걔네들은 정말 동네 조무래기에 불과했다. 난 태권도를 위해 태어났으니 정말 태권도를 해야만 했다. 그러려면 어쭙잖은 칼싸움이나 구슬치기 따위는 하지 말아야 했다. 그건 정말 태권도를 위해 태어난 나와는 맞지 않는 놀이였으니까.

　더군다나 난 당분간은 반성의 시간을 가져야만 했다. 아직 그놈의 '대낮 고추 습격 사건'의 후유증이 남아 있었기 때문이다. 그 사건 이후로 용식이 엄마는 나만 보면 잡아먹을 듯이 눈을 부라렸고, 엄마는 시장 다녀오시는 길엔 애써 그 집 앞을 피해 한 바퀴 돌아서 다니셨다.

　사실 억울하기로는 나만큼 억울한 사람은 없을 것이다. 최후의 결전 일에 키다리 재식이 재형이 형제가 엄마와 함께 영화를 보러 간 것도 비겁한 행동이었지만, 깜둥이 용식이 용철이 형제 특히 용식이가 하필이면 그 많고 많은 날 중에서 바로 그날 왜 고추 수술을 받았느냔 말이다. 이거야말로 명백한 규칙 위반이었고 신의를 저버린 행동임이 분명했다.

따라서 엄밀하게 말하자면 앞뒤 전후 상황을 미루어 볼 때 피해자는 그들이 아니고 바로 나였다. 오직 그날을 위해서 한 달하고도 열흘을 치밀하게 준비하면서 쏟아부은 시간과 노력과 용돈을 생각하면 정작 가장 큰 피해를 본 사람은 다름 아닌 바로 나 — 한지수 — 라고 해도 과언이 아니었다.

그럼에도 마치 내가 무지막지하고 단순무식한 가해자이고, 용식이는 아무런 방어도 못 한 채 일방적으로 당해야 했던 한없이 선량하고 불쌍한 피해자인 듯 상황은 묘하게 굴러갔다. 어디 그뿐인가? 난 그 일 때문에 딸 부잣집 둘째 지수가 아니라 천방지축 말썽꾸러기 지수라는 오명까지 뒤집어써야 했다.

이거야말로 자다가도 벌떡 일어나 태권도 이단 옆차기를 해도 시원찮을 노릇이었다. 아무튼 '대낮 고추 습격 사건' 때문에 용식이는 물론 용식이 엄마가 그토록 애지중지하는 그 소중한 보물단지에 약간의 상처가 난 이후로 엄마와 나는 용식이네 집 앞을 피해 다녀야만 했다.

다행히 반이 달라서 학교에서 마주칠 일은 별로 없었지만, 동네 골목길에서라도 만나게 되면 괜히 딴청을 부린다든지 마치 무슨 급한 일이 있는 것처럼 빠른 걸음을 옮기곤 했다.

껄끄러워진 용식이네와 우리 집 관계는 딸을 아들 녀석처럼 키운 엄마와 아들 노릇을 하겠다며 방방 뛰어다닌 내가 감수해야 할 어쩔 수 없는 몫이었다.

하지만 사건은 거기에서 끝나지 않았다. 그날의 결전을 위해 기세 좋게 사용했던 그 치명적인 황금 칼과 황금박쥐 망토의 출처가 바로 시장 안에 있는 문방구라는 것이 밝혀지자 용식이 엄마는 당장에라도 문방구로 쳐들어갈 기세였다. 나아가 문방구를 폐쇄할 묘안까지 짜내고 있다고 용식이 동생 용철이가 코딱지를 후비면서 보란 듯이 떠벌렸다.

사내새끼 같은 계집아이에게 그렇게 치명적인 무기를 팔았다는 것이 문방구 폐쇄라는 극단적인 조치를 취할 수밖에 없는 이유라는 것이었다.

용철이에게서 그 말을 전해 듣는 순간 갑자기 난 눈앞이 하얘지는 것 같았다. 문방구를 폐쇄하게 되면 돈만 아는 잔소리꾼 아줌마는 알 바 아니지만 꾸부정한 어깨의 불쌍한 아저씨도 그렇고 무엇보다 하얀 얼굴의 박 군은 어떻게 되는 거지? 괜히 사내 녀석 같은 나 때문에 문방구에서 쫓겨나고 오갈 데 없이 황량한 거리를 배회하게 되는 것은 아닐까?

'문방구 결의'를 했던 유일한 동지였음은 물론 내 주위에 있는 단 한 명의 사내 녀석 같지 않은 사내였는데. 하얀 얼굴의 박 군 오빠를 생각하니 마음이 급해졌다.

왼쪽 코를 후비다가 이젠 오른쪽 코까지 후비면서 메롱 거리는 용철이를 밀쳐내고 난 시장을 향해 달렸다. 혹시라도 박 군이 쫓겨나게 되면 나라도 주인아줌마에게 싹싹 빌어야겠다고 생각하면서.

그런데 가쁜 숨을 몰아쉬며 막상 문방구에 도착하자 들어갈 용기가 나지 않았다. 안에 들어가서 박 군 오빠가 있는지 없는지 눈으로 확인하고 싶었지만 무슨 일인지 발걸음이 떼어지지가 않았다. 얼마 전 황금 칼을 사러 기세 좋게 들어갔던 것과는 달리 한 발짝도 안으로 들여놓을 수 없었다.

괜히 이리저리 기웃거리면서 안을 엿보던 내 뒤에서 누군가가 헛기침하는 소리에 나는 화들짝 놀랐다.

"누구냐? 뭐 사러 왔으면 들어가지 않고 거기서 뭐 하는거여?"

꾸부정한 어깨의 주인아저씨였다.

난 아무 말도 못 하고 그냥 쭈뼛거리고 서 있었다.

"왜? 돈이 없어서 그려? 녀석, 허허. 필요한 물건이 있으면 사야제? 학교 준비물인겨? 뭔데 그려? 말을 혀 봐, 뭔지 들어보고 꼭 필요한 거면 이 아저씨가 줄겨. 자자, 들어가. 어여, 들어가 봐."

아! 잔소리꾼 아줌마가 꾸부정한 어깨의 주인아저씨에게 왜 매일 잔소리를 해대는지 그때 난 비로소 알 것 같았다.

'에구 이러니까 늘 아줌마에게 혼나시는 거로구나.'

괜히 어물거리다가 주인아줌마에게 걸리면 나는 물론 주인

아저씨도 돈만 아는 아줌마에게 된통 혼날 것이 뻔했다.

난 개미 소리만 한 목소리로 겨우 말을 했다.

"아, 아녜요. 돈 갖고 내일 다시 올게요. 오늘은 그냥……."

하면서 뒷걸음질해 나오려는데 안에서 아줌마의 앙칼진 목소리가 들려왔다.

"여보, 거기서 뭐 해요? 박 군이 없으면 당신이라도 물건 정리를 해야지. 거기서 또 뭘 구경하고 있는 거예요?"

'뭐? 박 군이 없으면? 그럼 정말 하얀 얼굴의 박 군이 쫓겨났단 말인가. 나 때문에?'

나의 불안함과 놀라움을 아는지 모르는지 어깨 꾸부정한 아저씨는 헛기침하면서 안으로 들어가려 했다. 순간 난 더 이상 가만히 있을 수 없었다.

"아저씨, 용서해 주세요. 박 군 오빠 잘못이 아니에요. 바로 저 때문이에요. 제가 그랬어요. 제가요, 흑흑……."

난 거의 울상이 되어 하고 싶은 말을 단숨에 뱉어냈다. 그러자 어깨 꾸부정한 아저씨는 무슨 말인가 싶어서 어리둥절한 표정으로 나를 빤히 쳐다보셨다.

"저 때문에 그런 거니까 박 군 오빠를 다시 오라고 해 주세요. 제가 책임질게요. 제가 다 잘못했어요. 저 때문이에요. 저 때문에 박 군 오빠가…… 엉엉."

울먹이면서 주인아저씨에게 황금 칼을 둘러싼 사건의 전모를 털어놓으려는데 어깨 꾸부정한 아저씨는 어리둥절한 표정으로 이렇게 말씀하셨다.

"아니 꼬마 아가씨, 박 군을 어떻게 다시 오라고 혀? 그리고 꼬마 아가씨가 뭘 책임진다는겨? 혹시 우리 박 군을 좋아하는겨?"

아저씨는 놀랍다는 얼굴로 나를 빤히 쳐다보셨다.

"아니 정말 박 군을 좋아하는겨? 요 쪼그만 아가씨가? 에이 아니지? 그냥 오빠로 좋아하는 거지? 설마 남자로 좋아하는 건 아니지?"

난 꾸부정한 아저씨가 도대체 무슨 말을 하는지 알 수 없었다. 그런데 의아한 표정을 짓기는 아저씨도 마찬가지였다.

그러다가 아저씨는 나를 향해 빙긋 웃으면서 이렇게 말씀하셨다.

"꼬마 아가씨, 박 군 오빠 보고 싶으면 편지나 써. 근디 군인 아저씨에게 편지 써본 적 있는겨? 박 군은 며칠 전에 군대 갔으니까 잘 다녀오라고 편지 써. 허허 참, 괜히 엉엉 울지만 말고. 또 알아? 오빠가 제대하고 오면 우리 꼬마 아가씨 제일 먼저 찾아올지? 허허, 그것참. 요즘 아이들은…… 참, 허허허."

꾸부정한 아저씨가 재미있다는 듯이 허허거리면서 문방구 안으로 들어간 뒤에도 난 한참을 멍하니 서 있었다. 박 군 오빠가 먼지떨이로 문방구 입구에 진열되어 있던 농구공이며 축구공이며 칼이나 총 따위를 털어내던 모습을 떠올리면서.

"아니 뭔 사내 녀석이 그렇게 놀라? 그래서 어디 군대나 가겠니?"

이렇게 놀리던 박 군 오빠. 황금 칼을 사던 바로 그날, 내 머리를 쓰다듬어 주던 하얀 얼굴의 박 군 오빠……. 지금은 옆에 없지만, 만약 오빠가 곁에 있었더라면 눈물과 콧물로 범벅된 나를 귀여워 못 견디겠다는 듯이 쓰다듬으면서 커다란 웃음을 터뜨렸을 것이다. 난 마음속으로 오빠에게 잘 다녀오라는 인사를 남겼다.

이 줄 맨 마지막 남학생

'얌전한 딸이 되겠노라'고 다짐한 뒤로 난 피아노 학원을 열심히 다니는 것으로 부모님께 달라진 모습을 보여드리기로 했다. 하지만 얌전한 딸이 된다고 해서 태권도를 향한 나의 열정과 관심까지 얌전해질 수는 없는 노릇이었다.

그래서 피아노를 열심히 치는 것만큼 조금이라도 시간이 나면 태권도장으로 달려갔다. 아직 바이엘을 끝내지 않았으니 내 속마음을 엄마, 아빠에게 말씀드리기엔 일렀다. 언니처럼 바이엘을 끝내고 난 뒤 체르니로 들어가기 전에 말씀드리는 것이 현명한 선택이었다. 그렇지 않고 섣불리 피아노 대신 태권도를 배우겠다고 말씀드렸다간 불호령이 떨어질 것이 뻔했다. 아니 아빠는 몰라도 엄마는 단단히 화를 내실 것이 분명했다.

아직은 때가 아니었다. 난 호시탐탐 기회를 엿보았다. 그러면서 하루라도 빨리 바이엘을 끝내려고 학교 갔다 오면 가방을 던지고 제일 먼저 피아노 앞에 앉았다. 내 치밀한 꿍꿍이 속을 모르는 엄마는 딩동딩동 건반을 두드리고 있는 모습을 흐뭇하게 바라보시곤 했다. '역시 여자아이는 저렇게 자라야 해' 하는 표정을 지으시면서.

엄마의 그런 표정을 볼 때면 난 속으로 뜨끔하며 일종의 죄책감을 느껴야 했지만 할 수 없었다. 아빠의 눈물을 보면서 '난 반드시 우리 부모님을 지켜드리는 든든한 아들이 될 테야' 했던 단단한 결심은 쉽게 사그라지지 않았다. 아니 오히려 '대낮 고추 습격 사건' 이후로 더욱 단단해졌다.

'도대체 그놈의 고추가 뭐 그리 대수라고.'

평소 엄마 앞에서 사모님, 사모님 하면서 굽실거리던 용식이 엄마가 두 팔 걷어붙이고 '고거 참 잘 걸렸다' 하는 사나운 얼굴로 덤벼들던 일을 잊을 수 없었지만, 도대체 그놈의 고추가 뭐길래 그리도 애지중지 할까 하는 궁금증에 묘한 질투심까지 일었다.

그래서 난 매일 5층 태권도장으로 올라가 곁눈질로 태권도를 배웠다. 아직은 때가 아니지만 언젠가는 자랑스럽게 태권도복을 입으리라는 굳은 결심을 하면서.

그런데 기회는 생각보다 빨리 찾아왔다. 아침 조회 시간에 담임 선생님께서 중요한 수업이 있다고 말씀하셨다. 그 중요한 수업은 다름 아닌 태권도 수업이었다. 이번 달부터 일주일에 한 번 전교생이 태권도를 배워야 한다는 것이다. 운동장에서 단체로 말이다.

그때는 아프리카 가봉 공화국의 봉고 대통령이 한국을 방문해서 양국 간의 경제 협력과 친선 도모를 약속함은 물론 한국의 국기(國技)인 태권도를 그 나라의 공식 무술로 정하겠다는 뉴스가 들려오면서 그 어느 때보다도 태권도 열풍이 온 나라를 떠들썩하게 할 때였다. 그러니 특별활동 시간에 전교생이 태권도를 함께 배운다는 것은 사실 별로 놀라운 일도 아니었다.

그런데 아이들의 반응은 영 신통치가 않았다. 난 속으로 쾌재를 불렀는데 말이다. 이젠 정말 공식적으로 태권도를 배울 수 있게 되었으니 난 정말 신이 났다.

'아, 정말 하늘이 도왔어!'

우리 반 아이들이 좋아하건 말건 정말 그 다음 주부터 일주일에 한 번 전교생이 운동장에 모여 태권도를 배우게 되었다. 난 이미 문우성 태권도장에서 어깨너머로 배운 것이 있어서 주춤새 품새부터 앞지르기, 발차기, 옆차기 등등 기초 동작을 정말 식은 죽 먹기처럼 따라 했다. 아니 따라 했다기보다는 모처럼 마음 놓고 태권도 동작을 연습할 수 있었다.

덕분에 난 태권도장에 다니지 않아도 태권도를 자연스럽게 배울 수 있었다. 그리고 태권도를 마음껏 할 수 있는 수요일이 일주일 중 제일 기다려지는 날이 되었다.

그렇게 몇 주가 흘렀을까. 어느 날, 교단 위에서 태권도 시범을 보이는 학교 사범님을 따라 태권도 동작을 열심히 하고 있는데 갑자기 마이크를 잡은 사범님이 큰 목소리로 누군가를 부르셨다.

"아, 저기 이 줄 맨 끝에 있는 남학생 잠깐 이 앞으로 나와 봐라."

순간 전교생의 시선이 이 줄 맨 끝에 있는 남학생에게 일제히 쏠렸다.

난 누굴까 싶어서 친구들의 시선을 따라가 봤다. 아, 그랬더니 바로 이 줄 맨 끝에 있는 남학생이 나였다.

어리둥절해 있는 나를 보고 사범님은 더 큰 목소리로 부르셨다. 그것도 손짓까지 하면서.

"그래 바로 너. 어서 빨리 이 앞으로 뛰어와 봐."

아, 그때의 부끄러움과 놀라움 그리고 가슴 한편에서 쿵쾅거리는 흥분을 어떻게 설명할 수 있을까. 난 주저하지 않고 이때다 싶어서 앞으로 뛰어나갔다.

앞으로 뛰어나온 나를 보고 사범님은 순간 당황하셨다. 멀리서 볼 때 남학생이라 생각했는데, 가까이서 보니 쇼트 머리 여학생이었던 것이다. 그래도 사범님은 개의치 않고 전교생에게 시범을 보여 주라고 하셨다. 앞차기에 이어 앞돌려차기와 뒷발차기, 심지어는 이단 앞차기까지 말이다.

사실 이단 앞차기는 아무나 할 수 있는 것이 아니었다. 다소 뚱뚱했던 사범님은 다리가 충분히 올라가지 않으셨으니까.

난 몸도 가볍고 근력도 있었기에 충분히 멋진 동작을 보여줄 수 있었다. 전교생이 내 동작을 보곤 일제히 "와!" 하면서 외마디 탄성을 질러댔다. 사범님의 얼굴에도 만족스러운 미소가 흘렀다.

그리고 그날부터 난 전교생을 대상으로 태권도를 가르치는 이른바 '조교'가 되었다. 국민학교 5학년 꼬마 조교. 그런데 내 꼬마 조교 생활은 시작부터 그리 순탄치만은 않았으니 내가 전교생 앞에서 태권도 시범을 보인다는 소식이 엄마의 귀에까지 들어가고야 말았던 것이다.

어느 날 집에 들어오자마자 피아노 연습을 하는 척 의자 앞에 앉은 나에게 엄마는 다짜고짜 물으셨다.

"지수, 너 바른대로 말해! 네가 전교생 앞에서 태권도 시범을 보인다는 게 사실이야?"

엄마는 궁금증과 놀라움이 반반씩 섞인 얼굴로 나를 뚫어져라 쳐다보셨다.

'엄마가 어떻게 아셨을까?'

난 바로 대답하지 못하고 우물쭈물했다.

그러자 엄마는 재차 물으셨다.

"네가 태권도를 어떻게 한다고 그러고 있어? 남들 보기 창피하지도 않니?"

내가 대답하지 못하자 엄마는 목소리를 더욱 높이셨다.

"피아노 배우러 다니면서 이제 좀 계집애가 되나 싶었는데…… 갑자기 무슨 태권도를 한다고 그래."

내가 여전히 고개를 떨어뜨리고 있자 엄마는 이걸 어쩌나 하는 표정을 지으셨다.

마침 학교 갔다 돌아오던 언니가 이 광경을 보고야 말았다.

"엄마, 왜요?"

언니는 내가 또 사고 쳤다는 것을 눈치채고도 짐짓 시침을 떼며 물어보았다. 그러자 엄마는 하소연할 때가 생겼다는 듯 언니를 붙잡고 모든 일을 낱낱이 털어놓기 시작하셨다.

"지은아, 너 마침 잘 왔다. 그러니까 지수 얘가 학교에서 태권도를 가르친다지 뭐니. 전교생이 보는 앞에서 태권도 시범을 보인다는구나. 이거야 원 동네 창피해서."

엄마는 마치 내가 무슨 큰 잘못을 해서 동네 사람들에게 창피를 당한 것처럼 고개를 흔드셨다. 그러자 언니는 별일 아니라는 듯 씩 웃어넘겼다.

"엄만, 참. 그냥 두세요. 뭐 어때요? 태권도라도 잘하면 되는 거지 뭐. 난 또 무슨 사고나 친 줄 알았네. 자기 좋아서 하는 거니까 그냥 내버려두세요."

하면서 방으로 쏙 들어가 버렸다. 내 편이 되어 주는 듯한 언니가 고마웠지만, 한편으론 은근히 화가 났다.

'뭐? 태권도라도 잘하면 된다고? 아니 그럼 난 뭐 잘하는 것이 없다는 말인가. 언니만큼 공부를 못하니까 태권도라도

잘하면 된다고?'

이건 뭐 완전히 사람을 무시하는 말투였다. 사실 공부벌레 책벌레 언니는 늘 그런 식이었다. 공부 못하는 애들은 아예 언니의 관심 밖에 있었다.

그래도 언니의 그 말 덕분인지, 아니면 동생 지희가 갑자기 앙앙 울어댄 덕분인지 엄마는 머리를 절레절레 흔드시며 지희가 울고 있는 안방으로 황급히 뛰어들어가셨다.

그날의 위기 상황은 다행히 그렇게 넘어갔다. 그리고 한동안 엄마는 더 이상 전교생 앞에서 태권도 시범을 보이는 문제에 대해서는 꾸짖거나 캐묻지 않으셨다.

그렇게 매주 수요일 특별활동 시간을 기다리는 동안 여름이 지나고 가을이 되었다. 그 사이 내 피아노 실력도 제법 늘어서 바이엘 상하권을 모두 떼고 체르니 시작을 앞두고 있었다.

2학기가 시작되었고 피아노를 배우겠다는 아이들의 숫자도 점점 늘어나자 원장 선생님께선 더 이상 줄 서서 기다려야 하는 학생들 보기가 미안했던지 새로운 선생님 한 분을 모셔오셨다. 피아노 선생님께서 엄마에게 지수가 피아노에 소질이 있는 것 같으니 계속 시키시는 것이 좋겠다고 말씀하신 것도 바로 그즈음이었다.

다음 달 레슨비를 내려고 오셨다가 그 말을 들은 엄마의 눈이 반짝하고 빛이 났다. 엄마는 내가 피아노에 소질이 있다고 믿으신 게 분명했다. 하지만 난 그렇게 생각하지 않았다. 선생님도 늘었는데 학생 수가 줄어들면 학원을 운영하는 데 문제가 있다고 생각한 원장 선생님의 속 보이는 칭찬 발림이었으니까.

그러나 엄마는 반색하며 기뻐하셨다.

"그래요? 그렇다면 당연히 계속 해야죠. 이제 겨우 시작인데……."

아니, 이건 정말 생각지도 못한 복병이었다. 왜 하필이면 내가 바이엘 상하권을 뗄 때 새로운 선생님이 오신 건지.

내 인생엔 체르니는 없었다. 나는 운명적으로 '태권도를 위해 태어난 소녀'였기에 바이엘에 이어 또다시 체르니나 딩동거리고 있을 시간이 없었던 것이다.

'어떻게 이 절체절명의 위기 상황을 극복해야 할까?'

내가 고민의 고민을 거듭하고 있던 때에 행운의 여신은 다시 한 번 내 편이 되어 주었다.

바로 너였구나

가을 단풍이 곱게 물든 학교 언덕길에 걸린 대학 가을 축제 현수막을 보면서 정말 가을이 되었다고 생각하던 날이었다. 다니던 국민학교가 대학교 병설 학교인 까닭에 봄에는 봄 축제로 학교 안팎이 시끌벅적했고, 가을에는 또 가을 축제로 아무 관계 없는 국민학교도 덩달아 어수선했다.

더군다나 그 해에는 대학교에서 새로 지은 음대 건물 — 우리는 그 건물을 '크라운 관'이라고 불렀는데 건물이 왕관 모양이었다 — 개관식이 있어서 유치원부터 대학교에 이르기까지 다양한 축제를 준비하고 있었다.

마침 우리 학교에서도 가을 학예 발표회를 음대 크라운 관에서 하기로 해서 학년별로 독특한 행사를 준비한다고 유난히 호들갑스러웠다.

그날 종례 시간에 담임 선생님께선 4~5학년은 각 반에서 악기를 잘 다루는 아이들 몇 명을 뽑아서 고학년 합주단을 만든다고 하셨다. 그러니 할 수 있는 악기라곤 고작 피아노뿐이고 그것도 이제 겨우 바이엘 하권을 끝낸 것뿐이니 나는 학예 발표회 때 손뼉이나 열심히 쳐야겠다고 생각하고 있었다.

그러면서도 마음 한편으로는 보기에도 멋진 크라운 관에서 나도 친구들과 학부모 앞에서 무엇이라도 해 봤으면 참 좋겠다는 생각을 했다.

'얼마나 근사할까?'

황금색 꼭지 장식을 단 하얀색 왕관 모양의 크라운 관은 나는 물론 친구들에게도 인기 최고의 건물이었다. 한번은 수업이 끝나고 집에 가는 길에 친구들 몇 명과 함께 그 건물 앞에 서서 멋진 폼을 잡으며 마치 왕자나 공주가 된 것처럼 으스대던 적도 있었다.

그 멋진 곳에서 나만의 재주를 보여 줄 수 있다면 얼마나 멋있을까 행복한 상상을 하며 선생님 말씀을 듣는 둥 마는 둥 하던 때였다. 갑자기 교실 문이 드르륵 열리면서 특별활동 시간을 맡고 계신 박 사범님이 교실 안으로 성큼성큼 들어오셨다.

"어이쿠 오셨군요."

담임 선생님은 사범님이 등장할 거라는 걸 이미 알고 계셨다는 듯이 반갑게 맞아 주셨다. 그러자 사범님은 교실 교탁 위로 올라가 우리 반 학생들을 한번 휘둘러보셨다. 마치 먹잇 감을 찾는 굶주린 사자처럼.

그런데 갑자기 사범님의 시선이 어느 한 곳에서 딱 멈췄다.

특별활동 시간마다 그 우람한 체격에 '하나 둘 하나 둘' 굵은 목소리로 구령을 붙이면 전교생은 마치 한 명처럼 움직였다. 그런 카리스마 덕분인지 사범님의 시선이 멈춘 곳으로 우리 반 아이들 모두 시선을 따라 고개를 돌렸다.

그런데…… 어라? 이게 웬일? 사범님의 시선이 나에게 확실하게 꽂혀 있었다.

"어, 녀석! 바로 너였구나. 여기 있었네. 조 선생님, 제가 찾고 있던 학생이 바로 저 학생입니다."

가을 학예 발표회 때 태권도 시범이 있을 거라는 이야기는 들었지만, 내가 거기에 뽑힐지는 생각도 못 했다. 그런데 지금 사범님께서 나를 가리키고 있지 않은가.

사범님이 드디어 찾았다는 안도의 표정을 지으시자, 담임 선생님은 다소 의아하다는 표정이셨다.

"아, 지수 말씀이셨군요. 지수는 운동이란 운동은 다 잘합니다만. 여자아이라서 어떨지…… 부모님 허락도 받아야 하고요."

아니 도대체 학예 발표회 시간에 태권도 시범을 보이는데 여자아이라서 무슨 문제가 된다는 것인지. 난 기쁜 것도 잠시 나를 계집애라고 무시하는 듯한 담임 선생님의 말에 은근히 화가 났다.

반 친구들도 덩달아 술렁거리기 시작했다. 뒤에서 평소 나를 계집애라고 업신여기던 구칠이가 큰 소리로 말했다.

"맞아요. 선생님, 계집애가 무슨 태권도예요. 남자애들 시켜요."

그러자 사범님께선 단박에 교실 분위기를 눈치채곤 이렇게 말씀하셨다.

"학생 선발은 내가 합니다. 조 선생님, 부모님께 허락받아야 한다면 제가 연락드리도록 하지요. 저 학생, 종례 끝나면 교무실로 보내 주세요."

학생들의 웅성거림이 더 커지기 전에 사범님께선 이야기를 마치시고 교실을 나가셨다. 다른 교실에 가서 또 다른 학생들을 찾아야 한다고 하셨다.

사범님이 교실을 나가자 구철이가 또다시 소리를 질렀다.

"선생님, 지수는 안 돼요. 계집애니까요. 낄낄낄."

그러자 뒤에 앉아 있던 몇 명 남학생들도 덩달아 낄낄대면서 웃었다.

나는 더 이상 참을 수 없었다. 그 자리에서 벌떡 일어나 그 아이들을 향해 주먹을 날리는 시늉을 했다. 얼마나 세게 날렸던지 내 옷소매에서 휙 하고 바람 스치는 소리가 났다.

그러자 낄낄대고 웃던 구철이가 흠칫 놀라서 웃음을 멈췄다. 나는 내친김에 다리차기 시늉까지 할까 하다가 옆에 앉아 있던 미현이가 옷소매를 잡아당기는 바람에 그냥 씩씩대며 자리에 앉고 말았다.

'어디 너 두고 보자.'

그러고는 구철이를 매서운 눈초리로 째려보았다.

그날 방과 후에 교무실로 찾아간 나는 처음으로 특별활동 담당 박 사범님과 대화를 나눌 수 있었다. 어렴풋이 호랑이처럼 무서운 분이라고 생각했는데, 가까이서 보니 피부도 고왔고 웃는 얼굴이 마음씨 좋은 이웃집 아저씨 같았다.

사범님께서는 나에게 언제부터 태권도를 배웠느냐고 물어보셨다.

"넌 언제부터 태권도를 배웠니?"

난 순간 뭐라고 말해야 할지 몰라 우물쭈물 머뭇거렸다. 매일 피아노 학원 순서를 기다리는 동안 태권도장에 찾아가 눈으로 배웠노라고 말하기도 쑥스러웠고, 그렇다고 한 번도 배운 적이 없다고 하면 안 될 것 같았기 때문이다.

내가 뭐라고 말해야 할지 몰라서 계속 꾸물대고 있으니까 사범님은 빙긋이 웃으면서 말씀하셨다.

"괜찮아. 부모님껜 내가 잘 말씀 드릴게. 내가 보니까 넌 정말 태권도에 소질이 많은 것 같더구나. 자세도 잘 잡혀 있고 힘이 있어서 동작도 멋있고. 무엇보다 순발력이 있어. 암튼 너처럼 발차기 잘하는 아이는 본 적이 없었다."

'아, 난 정말 태권도를 위해 태어난 아이가 맞아!'

사범님께 집 전화번호를 알려 주면서 난 조심스럽게 물어보았다.

"그런데 사범님, 저희 부모님께 뭐라고 말씀하시게요?"

사범님은 다시 빙그레 웃으시면서 대답하셨다.

"지수라고 했지? 걱정하지 마라. 혼나지 않게 할 테니. 아니 꼭 이번 학예 발표회 때 태권도 시범을 보이게 할 거니까 걱정하지 마라. 참, 그런데 넌 하고 싶니?"

사범님께선 제일 중요한 것을 이제야 물으셨다. 사범님이 교실에서 나를 가리켰을 때부터, 담임 선생님이 나는 여자아이라서 좀 힘들 것 같다고 하셨을 때부터, 그리고 우리 반 구철이를 비롯한 남자아이들이 나는 계집애라서 안 된다고 할 때부터 난 정말 이렇게 큰 소리로 말하고 싶었다.

"네, 정말 하고 싶습니다! 저 꼭 할 거예요. 꼭 하게 해 주세요!"

얼마나 큰 소리로 대답했던지 교무실에 계시던 선생님 몇 분이 키득 하고 웃으셨다. 사범님께서도 얌전히 고개만 끄덕이던 내가 갑자기 소리치자 큰 소리로 웃음을 터뜨리셨다.

"자식, 알았다. 그럼 어서 집에 가서 있어라. 내가 저녁에 부모님께 전화하마. 그 대신 공부 더 열심히 해야 한다. 태권도를 하느라 공부 못한다고 하면 좋아하실 부모님은 세상에 한 분도 없다. 알았지?"

사범님은 내 어깨를 툭툭 치며 따뜻한 웃음을 지으셨다.

"야호!"

그날 집까지 가는 길이 얼마나 멀게 느껴졌던지. 달려가도 또 달려가도 집까지는 아직 한참이나 멀었다.

"다녀왔습니다."

집에 들어서기가 무섭게 난 큰 소리로 인사했다. 엄마가 황급히 놀라서 마루로 달려나오셨다.

"좀 조용히 좀 해라. 지희 깨겠다. 겨우 잠들었는데."

엄마는 입술에 손가락을 갖다 대며 조용히 하라고 하셨다. 다른 날 같았으면 동생만 예뻐한다고 토라졌겠지만 오늘은 아니었다.

엄마가 뭐라 해도 괜찮았다. 난 이제 정말 태권 소녀가 될 테니까. 태권 소녀는 이렇게 작은 일에 화내거나 슬퍼하지 않으니까 말이다.

그날 난 언제 사범님에게서 전화가 올지 몰라 피아노 학원도 가지 않고 계속 마루에서 건반 두드리는 시늉만 하고 있었다. 혹시나 피아노 소리 때문에 전화벨 소리가 들리지 않으면 어쩌나 싶어 소리를 죽이면서 말이다.

그러자 속 모르는 엄마는 내가 페달을 누르고 있는지도 모르고 한마디 하셨다.

"아니 피아노는 치는데 왜 소리가 안 나니?"

그러자 나는 재빨리 대답했다.

"혹시 지희가 깰까 봐 조용히 치는 거예요."

"아, 그랬니?"

엄마는 내 속도 모르고 흐뭇한 미소를 지으셨다. 난 가슴이 뜨끔했지만 할 수 없었다.

그날따라 시간이 참 늦게도 갔다. 빨리 학원 다녀오라는 엄마의 채근에도 난 조금이라도 더 기다려 보려고 피아노 가방을 들고 미적거리며 신발을 신었다.

"오늘 이상하다. 다른 날은 가라고 하지 않아도 부리나케 가더니. 어서 갔다 와. 더 어두워지기 전에."

내 속을 알 리 없는 엄마는 나를 가볍게 흘겨본 뒤 빨리 다녀오라고 손짓하셨다.

어쩔 수 없이 피아노 학원에 가자 새 선생님이 오신 뒤로 더 뚱뚱해진 원장 선생님이 아주 만족스러운 표정을 지으며 말씀하셨다.

"지수는 다음 주부터 체르니 들어간다."

맙소사! 체르니를 시작한다는 것은 앞으로 1년 동안은 쭉 다녀야 한다는 것을 뜻했다. 이건 말도 안 되었다. 태권도를 위해 태어난 내가 피아노 건반이나 동당 거리고 있어야 한다는 것은. 그건 내 인생에 대한 심각한 배반 행위였다.

난 어서 빨리 사범님께서 엄마에게 전화해 내가 정말 타고난 태권 소녀라는 사실을 알려 주기를 바랐다. 그래서 하루라도 빨리 피아노 원장 선생님이 진행하고 있는 무서운 음모의 늪에서 벗어날 수 있기를 간절히 기대하면서 힘없이 피아노 의자에 앉았다.

그날은 태권도장에도 가지 않고 순서가 되기가 무섭게 피아노를 후딱 치고 뒤도 돌아보지 않고 집을 향해 달려갔다. 얼마나 빨리 달렸는지 평소 10분이 걸리는 거리를 5분이 채 안 돼서 도착했다.

어찌 된 일인지 현관문이 열려 있었다. 가쁜 숨을 몰아쉬고 현관문을 힘껏 밀어젖히고 들어서니 엄마의 조용조용한 목소리가 들려왔다. 평소 나를 향해 소리 지르던 엄마의 목소리가 아니었다.

가만히 신발을 벗고 살금살금 마루로 들어서니 엄마가 누군가와 통화하는 것 같았다. 엄마는 줄곧 대답만 하셨다. 한참을 그러다가 엄마는 통화를 끝내야 한다고 생각하셨는지 말꼬리를 흐리시면서 못마땅한 내색을 은근히 비치셨다.

"네, 말씀은 잘 알겠는데요. 아무리 그래도 아이 아빠와 좀 상의해 봐야겠어요. 물론 아이가 정말 소질이 있고 잘한다고 하면 생각해 봐야겠지만. 사범님께서도 아시다시피 여자애가 그런 걸 한다는 게 좀……."

'그런 게 뭐가 어때서?'

난 엄마의 말에 은근히 화가 났다. 아니 문우성 사범님께서 말씀하셨듯이 민족정신이 깃들어 있는 우리 고유의 무술, 나아가 대한민국의 자랑, 세계 속으로 뻗어 나가는 태권도를 보고 그런 걸이라니. 이건 태권도에 대한 참을 수 없는 모욕이었다. 아니 엄마의 둘째 딸 지수가 갖고 있는 타고난 천재성을 무시하는 발언이었다.

난 당장에라도 들어가서 엄마에게 태권도 할 거라고 소리치려다가 꾹 참았다. 잠시 상황을 지켜보는 게 좋을 것 같았다. 나에게는 히든카드가 있었으니까.

내가 믿을 사람은 아빠뿐이었다. 아빠라면 나를 이해해 주실 것 같았다. 아니 전폭적으로 지지해 주실 것만 같았다. 아들이 아니고 비록 딸이어도. 아니 딸이어서 더 좋은 둘째 지수에게 말없이 보내 주시는 아빠의 격려와 사랑을 나는 일찍이 알고 있었던 까닭이다.

아빠라면 무조건 찬성할 거라고 생각했다. 그런데 그날따라 아빠는 늦게 들어오셨다. 기다리다가 지친 내가 깜박 잠이 들었으니까.

술이 거나하게 취하신 아빠가 양손에 과자랑 선물 꾸러미를 가득 안고 들어오셔서 언니와 내 볼을 아빠의 까칠한 뺨으로 비벼대시는 바람에 난 화들짝 놀라서 일어났다. 언니는 내일 시험이 있어서 일찍 자야 한다며 자기 방으로 휙 하니 들어가 버렸지만, 난 아빠에게 중요한 볼일이 있었기에 졸린 눈을 비비면서 아빠를 따라 안방으로 들어갔다.

동생 지희는 쌔근쌔근 잠이 들어 있었고 엄마는 바느질하다 말고 벌떡 일어나서 비틀거리며 들어오는 아빠를 부축하셨다. 그러면서 내게 어서 가서 자라고 손짓하셨다.

하지만 난 오늘 밤 아빠와 담판을 지을 일이 남아 있었다. 그러니까 내 인생의 중대한 갈림길에서 아빠의 현명한 판단을 기다려야 하는 순간이었던 것이다.

그러나 나의 기대는 물거품이 되었다. 아빠는 방에 들어서자마자 픽 쓰러져서 잠이 들어 버리셨다.

"아이고, 왜 이기지도 못하는 술을 날마다 마시는지."

엄마는 내가 '태권도를 위해 태어났다는 놀라운 사실'은 관심도 없다는 듯이 쓰러져 있는 아빠의 양말이며 잠바며 옷가지를 벗기셨다.

쓰러져서 잠이 드신 아빠와 그런 아빠를 보며 혀를 차고 있는 엄마. 아, 난 정말 가슴이 터져 버릴 것만 같았다. 하지만 오늘 밤에는 아무것도 기대할 수 없음을 알았다.

'작전상 후퇴'라는 말은 이럴 때 쓰는 말인 듯싶었다.

'그래, 내일 아침이 있으니까. 자고 일어나면 새로운 세상이 나를 기다리겠지.'

난 초조한 마음을 애써 감추면서 엄마에게 안녕히 주무시라며 공손히 인사하고 안방을 나왔다. 비록 엄마가 내 편이 안되어 준다 해도 엄마의 기분을 나쁘게 해서는 안 되었다. 사실 아빠가 전폭적으로 내 편이 되어 준다 하더라도 엄마의 비위를 거슬러서는 될 일이 하나도 없었다.

그날 밤은 유난히 길고 지루했다.

마음껏 해 보렴!

식탁에 앉아 밥을 먹으면서도 나는 내내 엄마와 아빠의 눈치를 살폈다. 아빠는 밥은 손도 안 대고 북엇국만 몇 숟가락 드실 뿐이었다. 어젯밤 벌겋게 달아오른 술기운이 아직 아빠의 얼굴에 남아 있었다.

내가 엄마와 아빠를 번갈아 보는 것과는 달리 언니는 책을 읽는 건지 밥을 먹는 건지 자기 공부에만 열중하고 있었다. 엄마는 엄마대로 동생 지희에게 밥을 떠먹여 주느라 둘째 딸 인생의 중대한 결정에 대해서는 관심조차 없는 듯이 보였다.

양 볼에 통통하게 살이 오른 지희는 맛있다는 듯 두 손을 짝짝 마주치면서 엄마가 주는 밥을 날름날름 잘도 받아먹었다. 난 그런 동생이 정말 부러웠다.

말하지 못해도 엄마가 척척 알아서 해 주는 지희가 부러웠다. 난 입이 있어도 말을 못하니…… 이거야 원, 분통 터질 노릇이었다.

학교 갈 시간이 가까워질수록 내 마음은 더욱 초조해지기만 했다. 마루에 걸린 괘종시계의 작은 바늘이 8자를 가리키자 난 더 이상 기다릴 수 없었다.

"엄마, 오늘 나 학교에서 뭐 알아오라고 한 게 있었는데……."

호기 있게 말을 시작했지만 끝은 얼버무리고 말았다. 아무래도 내가 먼저 말하면 불리할 것 같았다.

그러자 엄마는 그제야 생각났다는 듯이 아빠에게 물으셨다.

"참, 그렇지! 여보, 어제 학교에서 전화가 왔었는데. 아, 글쎄. 지수가 학교 대표로 뽑혀서 태권도 시범을 보여야 한다는데 어쩌죠?"

엄마는 내가 끙끙대고 말하지 못한 긴 이야기를 단숨에 내뱉으셨다.

'역시 엄마는 언어의 마술사야.'

그러자 아빠는 무슨 말인가 싶어서 엄마와 나를 번갈아 쳐다보셨다.

엄마는 너무 짧게 말했나 싶었는지 다시 말씀하셨다.

"그러니까 학교 사범님이 전화하셨는데요, 이번 가을 학예발표회 때 지수가 반 대표인지 학년 대표인지에 뽑혀서 태권도 시범을 보여야 한다는 거예요. 그래서 내가 당신 핑계를 대고 대답하지 않았어요. 계집아이가 어째……."

그러면서 나를 살짝 흘겨보셨다. 그 모습에 난 엄마와 아빠의 얼굴을 번갈아 쳐다보았다. 아빠 역시 대수롭지 않게 생각하시고 반대하면 어쩌나 걱정하면서.

그런데 아빠는 신기하다는 투로 엄마에게 물어보셨다.

"뭐? 지수가 태권도 시범을? 학예 발표회에서? 그게 무슨 말이야?"

그러자 엄마는 별거 아니라는 듯 또 한 번 아빠의 동의를 구하셨다.

"그러니까요. 뭔 계집애에게 태권도 시범을 보이라는 건지. 학교에 사내 녀석도 없나?"

엄마는 아빠의 동의를 꼭 구하겠다는 듯 '계집애'라는 단어와 '사내 녀석도 없나'라는 단어를 힘주어 강조하시고는 나와 아빠를 번갈아 쳐다보셨다.

'아, 이렇게 내 인생이 꺾어지는구나.'

엄마에 이어 아빠까지 반대하면 정말 난 더 이상 어떻게 해볼 도리가 없었다.

잠깐의 침묵이 흘렀다. 하지만 그 짧은 순간이 나에겐 마치 몇 시간처럼 느껴졌다. 낙담과 실망, 좌절에 절망까지. 난 밥이고 뭐고 더 이상 식탁에 앉아 엄마와 아빠의 이야기를 듣고 싶지 않았다.

"학교 늦었어요. 다녀오겠습니다."

난 숟가락을 내던지듯 밥상에 올려놓고 재빨리 소파에 놓았던 검정 책가방을 멨다. 학교 마크인 봉황이 그려진 검정 책

가방이 오늘따라 더 무겁게 느껴졌다.

난 그 자리에 더 있고 싶지가 않았다. 사실 속에서 울컥 눈물이 났기 때문이었다.

엄마가 너무 미웠다. 왜 내 마음을 몰라주시는 걸까. 계집애는 태권도 하면 안 되는 법이라도 있다는 말인가. 이래서 난 사내 녀석이 되고 싶었던 거다. 무슨 말을 해도 어떤 행동을 해도 다 이해가 되고 다 용서가 되는 사내 녀석이.

아주 짧은 순간이었지만 난 별별 생각이 다 났다. 쏟아지려는 눈물을 억지로 삼키면서 현관문을 막 나설 때였다.

갑자기 아빠의 입에서 놀라운 말이 튀어나왔다.

"우리 지수가 태권도를 그렇게 잘해? 지난번 당신이 전교생 앞에서 태권도 시범을 보였다는 말을 듣고 어쩌다 한번 그랬나 보다 생각했는데, 정말 잘하나 보네. 그런 거냐, 지수야?"

이제 모든 것이 틀렸다고 생각하고 학교로 가려는 순간, 난 아빠의 칭찬에 울컥 나오려던 눈물이 쏙 들어가 버렸다.

그리고 연이어 튀어나온 아빠의 말씀.

"좋아, 어디 마음껏 한번 해 보렴. 얼마나 좋아. 남들은 하고 싶어도 못하는 걸 우리 지수는 특별히 뽑혀서 한다니. 정말 대단한데. 그리고 당신이야말로 태권도는 뭐 사내 녀석들만 하라는 법 있어? 우리 지수처럼 예쁜 여자애가 하면 더 멋있지. 안 그러냐, 지수야? 하하하."

아빠는 정말 대견스럽고 자랑스럽다는 듯 만족스러운 웃음을 지으셨다.

아빠의 뜻밖의 반응에 놀란 건 오히려 엄마였다. 지희에게 주던 밥숟가락을 놓쳐 버리셨으니까.

엄마는 너무 놀라서 말을 잇지 못하셨다. 엄마가 원한 건 분명 그런 말이 아니었을 거다. 분명히 계집애가 뭘 그런 걸 하느냐며 꾸짖거나 무시하길 기대하셨을 것이다. 그런데 태권도 시범 보이는 것을 전폭적으로 지지하겠다고 하니 엄마는 충격에 휩싸였다.

그러나 지금은 엄마의 기분 따위를 생각할 여유가 없었다. 지금은 나의 미래 — 그러니까 태권도를 위해 태어난 소녀 — 를 이루어 가기 위해 전력으로 질주해야 할 때였다.

엄마가 아빠를 향해 뭐라고 하려던 순간, 지희까지 나에게 도움의 손길을 내밀어 주었다. 물론 전혀 그런 의도로 그런 것은 아닐 테지만.

지희는 다른 건 몰라도 먹는 것만큼은 절대로 참지 못했다. 아침밥이 갑자기 입 속으로 들어오지 않자 집이 떠나가라 울었다. 덕분에 학예 발표회 참가를 완강히 저지하려던 엄마의 계획은 수포로 돌아갔다.

난 매우 기뻐 신발도 벗지 못하고 한달음에 마루로 올라가 양팔로 아빠의 두 어깨를 꼭 감쌌다.

"아빠, 정말요? 고맙습니다. 저 정말 태권도 하고 싶어요.

진짜 잘할 수 있어요. 아빠, 아빠, 아빠!"

갑작스럽게 달려와 어깨에 매달리는 나를 보곤 아빠는 미소 지으며 말씀하셨다.

"허허, 거참. 그렇게 좋으냐? 자식, 그래 한번 멋있게 해 봐라. 누가 뭐래도 아빠는 지수 네 편이니까. 그런데 너 학교 늦지 않았니? 차 태워 줄까?"

역시 아빠는 내 기대를 저버리지 않으셨다. 아니 누가 뭐래도 아빠는 나의 확실한 팬이셨다.

차를 태워 주시겠다는 아빠의 말씀에 난 뛰어가면 늦지 않는다고 말했지만, 아빠는 기어코 나를 학교 앞 정문까지 태워다 주셨다.

학교로 가는 차 안에서 바라본 거리 풍경은 걸어갈 때의 모습과는 사뭇 달랐다. 아니, 어쩌면 내가 너무나 흥분해서 그런지도 모르겠다.

멀리서 구철이가 보였다. 구철이는 늘 노란 모자를 쓰고 다녔기 때문에 한눈에 알아볼 수 있었다. 구철이는 한 손에는 축구공을 또 다른 손엔 도시락 가방을 들고 있었다. 갑자기 차에서 내려 머리통을 한 대 갈겨 주고 싶다는 충동을 강하게 느꼈다.

'흠, 넌 이제 죽었어. 계집애가 무슨 태권도냐고 놀렸지? 내가 보란 듯이 해낼 거다. 두고 봐.'

차가 앞으로 지나가면서 구철이 얼굴이 보였다. 긴 얼굴에 장난기가 가득한 구철이는 내가 주먹을 날리는 것도 모르고 축구공을 흔들어 대고 있었다. 이젠 구철이 따윈 내 적수가 못되었다. 아니 우리 반에서도 우리 학년에서도 아니 학교 전체에서도 나의 적수가 될 사내 녀석들은 없다고 생각하니 어깨가 으쓱거려졌다.

운전하시는 아빠의 옆얼굴에 난 굵은 구레나룻이 그날따라 더 멋지게 보였다.

'역시 우리 아빠가 최고야!'

누가 뭐래도 아빠는 든든한 나의 후원자였다. 아무리 엄마가 다그치고, 언니가 무시하고, 울보 동생이 나를 귀찮게 해도 아빠만은 내 삶을 지켜 주는 등대였고 횃불이었고 기둥이었다.

학교로 가는 차 안에서 난 '하얀 태권도복에 검은 띠를 맨 쇼트 머리의 멋진 태권 소녀'가 멋진 크라운 관에서 수많은 사람의 박수갈채를 받으며 태권도 시범을 보이는 모습을 상상했다.

그리고 그날 학교까지 가는 5분 남짓한 시간 — 아빠의 승낙을 받고 태권도 소녀로 새롭게 태어났던 그 뛸 듯이 기쁘고 흥분되었던 순간 — 이 내 인생에서 잊을 수 없는 또 하나의 장면으로 남게 될 줄은 그땐 미처 몰랐다.

영웅 탄생

    교실 문을 열고 들어서자마자 난 책상에서 수학 공책을 한 장 한 장 넘기면서 빨간 색연필로 채점하고 계신 담임 선생님께 작은 종이를 내밀었다. 담임 선생님은 믿지 못하겠다는 표정으로 아빠의 도장이 들어 있는 학예 발표회 부모님 동의서를 여러 번 훑어보셨다. 그러면서 나에게 쉬는 시간에 엄마와 통화해 봐야겠다고 말씀하셨다.

    어제에 이어 오늘도 담임 선생님의 반응은 시큰둥했다. 마치 내가 엄마 아빠 몰래 도장을 찍어 온 것처럼 생각하는 표정이셨다.

    사람들 아니 어른들은 정말 묘한 습성이 있다. 그건 바로 자신들이 용납하지 못하고 이해하지 못하고 확인하지 못한 것은 다 거짓이고 모두 무례하며 절대로 있지 못할 일이라고 생각하는 것이었다. 그날 아빠의 도장이 찍힌 부모님 동의서를 바라보는 선생님의 표정이 딱 그랬다. 하지만 난 떳떳했으니까 거칠 것이 없었다.

종례 시간에 다시 만난 사범님께서는 아빠가 승낙하셨다는 말씀을 들으시곤 호탕한 웃음을 터뜨리셨다.

"그래, 지수야. 우리 한번 멋있게 해 보는 거야."

태권도 사범님과 우리 아빠는 서로 통화한 적이 없었을 텐데 묘하게도 두 남자가 하는 말이 똑같았다.

"그래, 한번 멋있게 해 보는 거야."

자기가 기대하는 것이 꼭 이루어지길 바랄 때 남자들이 종종 그런 표현을 쓴다는 사실을 그때 처음 알았다.

'맞아. 멋있게 해 보는 거야!'

난 그날부터 시간이 날 때마다 그 말을 속으로 중얼거렸다. 멋있게, 정말 멋있게, 진짜 멋있게 해내고 말리라!

그날 방과 후 박 사범님이 소집한 학생들은 모두 12명이었다. 그리고 그중 계집애는 나 혼자뿐이었다.

시범단 12명은 4학년부터 6학년 각 교실을 돌아다니면서 사범님이 직접 선발한 학생들이었다. 12명 학생을 모두 운동장으로 모이게 한 사범님은 한 명씩 이름을 부르면서 다시 한번 학생들을 관찰하셨다.

"자, 여러분 모두 반갑다. 오늘부터 여러분은 강도 높은 훈련을 받게 될 거다. 석 달 뒤면 학예 발표회라는 것 모두 알고 있겠지? 매일 2시간씩 연습한다. 힘들거나 시간이 안 되는 사람은 미리 말해라. 12명이 한 몸처럼 움직여야 하니까 도중에

한 사람도 지각하거나 결석하거나 포기해서는 안 된다. 알겠
나?"

그날 사범님은 평소 특별활동 시간에 보았던 모습이 아니었
다. 더 엄격하고 더 무서웠다. 난 바짝 긴장했지만, 사범님께
서 이야기 중간중간 나를 보고 씩 웃어 주셔서 안심이 되었다.

그런데 한 가지 문제가 있었다. 뽑힌 아이들은 모두 태권도
를 배우고 있거나 배웠던 학생들이었다. 나처럼 한 번도 배운
적이 없는 아이는 없었다. 파란 띠와 빨간 띠, 검은 띠인 아이
들도 있었다.

'하얀 띠로는 무대에 설 수 없을 텐데.'

흥분과 기대로 들떠 있던 나는 친구들 한 명 한 명이 자기
띠 색깔을 말하자 아무 소리도 못 하고 고개만 숙이고 있었다.

그런데 다행히 사범님께서는 내겐 무슨 띠냐고 묻지 않으셨
다. 대신 모두를 향해 이렇게 말씀하셨다.

"현재 너희가 어떤 단계인지는 중요하지 않다. 중요한 건
오늘부터 3개월 동안 연습하면서 얼마나 향상될 수 있는가 하
는 거다. 훈련을 통해 1단계가 올라갈 수도 있고 2단계나 그
이상 올라갈 수도 있다. 따라서 내가 원하는 것은 여러분 모
두 학예 발표회까지 검은 띠 이상의 실력을 갖추는 것이다.
어때 할 수 있겠나?"

사범님께서는 이렇게 말씀하시곤 우리 모두를 둘러보셨다.
그런데 아무도 대답하지 않자 다시 한 번 큰 소리로 물으셨다.

"자, 크게 대답한다. 그렇게 할 수 있겠나?"

이럴 땐 그냥 큰 소리로 대답해야 하므로 난 주저하지 않고 외쳤다.

"네! 할 수 있습니다, 사범님!"

어디서 그런 용기가 나왔는지 스스로도 깜짝 놀랄 만큼 난 혼자 큰 소리로 대답했다.

그러자 사범님께서는 다시 한 번 큰 목소리로 물으셨다.

"좋았어. 그런데 나머지 11명은 어디로 갔지? 마지막으로 한 번 더 묻는다. 할 수 있겠나?"

계집애 혼자 대답한 것이 분했던지 이번엔 나머지 11명의 남자아이가 큰 소리로 대답했다.

"네. 할 수 있습니다."

그런데 재미있는 것은 난 말끝마다 '사범님'이라는 말을 붙였는데, 남자아이들은 그냥 대답만 한다는 것이었다.

사실 난 봄부터 가을까지 몇 달 동안 문우성 태권도장에 들락거리면서 아이들이 사범님께 하는 인사를 보아둔 덕분에 자연스럽게 사범님이라는 말이 튀어나올 수 있었다.

이렇게 12명의 학생이 박 사범님의 태권도 시범단에 뽑혀 운동장 한복판에서 사범님의 말씀을 듣고 서로 인사하고 있을 때는 마침 종례 시간이 끝나고 학생들이 우르르 교실 밖으로 나오던 시간이었다.

5학년 모란 반, 그러니까 우리 반은 3층에 있었는데 우리 반 친구들도 벨이 울리자 교실 밖으로 용수철처럼 튀어나오고 있었다. 거기에는 구철이를 비롯한 우리 반 장난꾸러기 남자 아이들이 있었다.

제일 먼저 구철이가 나를 발견했다. 나도 구철이와 눈이 딱 마주쳤다. 그러자 구철이는 먼저 고개를 휙 돌렸다. 제 딴에는 자존심이 상했다는 표현인 듯했다.

뒤이어 따라 나온 구철이의 단짝 원일이도 나를 보더니 어이없다는 표정을 지었다. 계집애 주제에 무슨 태권도를 하느냐는 표정이 역력했다.

하지만 난 상관하지 않았다. 어찌 되었든 난 우리 반에서 유일하게 뽑힌 우리 학교 태권도 시범단 학생이었으니까. 이젠 누가 뭐라 해도, 누가 방해해도 난 태권도를 할 수 있게 되었다. '당당하고 자신 있게 그리고 멋있게' 말이다.

구철이와 원일이가 학교 운동장을 가로질러 언덕 아래로 내려가자 이번에는 우리 반 여자아이들이 깔깔거리며 쪼르르 내려왔다. 제일 먼저 남희와 내 짝 미현이가 나를 발견했다.

"와, 저기 지수잖아. 지수야, 멋있다. 최고야!"

남희는 두 손을 모아 나팔을 만들어서 나를 향해 소리를 질렀고 미현이도 부러운 듯 나를 쳐다보았다.

난 조금 쑥스러웠지만 은근히 뿌듯했다.

'그래 두고 봐. 한번 멋있게 해 볼 거야. 그래서 우리 반 사내 녀석들 코를 납작하게 해 줄 거야. 그리고 우리 엄마 아빠

에게 자랑스러운 딸이 될 거야. 아들보다 더 든든한 딸이 되고 말겠어.'

마음속으로 되뇌고 또 되뇌었다.

이렇게 1명의 계집애와 11명의 남자아이가 우리 학교 태권도 시범단에 뽑힌 날은 또 내가 우리 학교의 '새로운 영웅'으로 탄생한 날이기도 했다.

다음 날 난 학교 가정 통신문 가을 학예 발표회 태권도 시범단 명단에서 '5학년 모란 반 한지수'라고 적혀 있는 내 이름 석 자를 보았다.

가정 통신문은 교장 선생님 이름으로 학부모들에게 전달되는 알림장이어서 내 이름 석 자가 들어 있다는 것은 전교생은 물론 전교생의 부모님들도 보게 된다는 뜻이었다. 결국 내가 학교 대표 태권도 시범단에 뽑힌 사실을 이젠 우리 부모님과 언니는 물론 깜둥이 형제와 그 부모님, 키다리 형제와 그 부모님 그리고 구철이와 원일이, 또 그 부모님까지 아니 동네 모든 사람이 알게 된 것이다. 그렇다고 생각하니 얼마나 신이 났는지 모른다.

어쩌면 엄마와 언니는 창피하다고 생각할지 모르지만 난 아니었다. 마치 세상이 온통 내 것인 듯 느껴졌다. 난 거칠 것이 없었다. 당시 유행하던 만화 영화 〈태권동자 마루치 아라치〉는 바로 내 이야기였다.

그날 이후로 난 정말 우리 학교에서 전교생이 다 아는 '태권 소녀 아라치'가 되었다. 수업 끝나기가 무섭게 학교 체육관으로 달려가 태권도 하는 내 모습에 기가 죽어서였는지, 송판과 기왓장을 번갈아 깨면서 기합 소리를 내는 내 목소리가 무서워서였는지, 아니면 점점 무서워지고 날카로워지는 내 눈빛에 더는 계집애라고 생각하지 못하게 되었는지 몰라도 어찌 되었건 우리 반 사내 녀석들은 더 이상 나에게 '계집애인 주제에'라는 말은 하지 않았다. 아니 못했다.

그리고 며칠 뒤 우리 반 사내 녀석들뿐 아니라 태권도 시범단 11명 남자아이를 충격 속에 빠뜨린 대사건이 일어났으니 그건 나 스스로도 놀랄 만한 일이었다.

그 사건은 연습을 시작한 지 사흘째 되던 날 벌어졌다. 12명 학생 한 명 한 명을 눈여겨보시던 사범님께서 심각한 표정으로 각 시범 내용별로 제일 잘하는 학생들을 선발하시겠노라고 말씀하셨다.

시범 내용은 크게 세 가지였다. 첫째, 팔괘 8장 품새를 단체와 개인이 하는 것. 둘째, 발차기로 송판 깨기와 주먹으로 기왓장 격파하기. 셋째, 약속겨루기.

팔괘 품새는 1장부터 8장까지 나뉘어 있는데, 그 마지막 장인 8장 품새의 자세가 난이도 면에서나 모양새 면에서 단연 최고였다. 송판과 기왓장 격파의 경우는, 송판은 발차기로 기왓장은 주먹으로 격파하는 것인데 송판은 보통 2장을 기왓장은 5장 정도를 격파했다.

마지막 약속겨루기의 경우, 한 사람이 몸통지르기로 공격하면 상대방은 몸통막기나 얼굴막기로 방어 자세를 취하는 것으로 각자 어떤 동작을 취할 것인지 미리 약속한 뒤 겨루게 되는 일종의 약속된 퍼포먼스였다. 그러니까 12명은 최소한 어느 한 시범은 보이게 되는 것이었다.

사범님의 구령에 맞춰 우리 12명은 긴장과 흥분 속에서 먼저 팔괘 8장 품새를 연습했다. 그런데 12명이 한 몸처럼 팔괘 8장을 보이고 난 뒤 사범님께서는 근엄한 표정으로 이렇게 말씀하셨다.

"한지수, 팔괘 8장 품새는 너 혼자 한다."

사범님 말씀에 남자아이들 입에선 "우우~ 치 뭐야" 하는 비웃음과 놀라움이 섞인 비난이 쏟아져 나왔다.

그러자 사범님께선 고개를 획 돌리며 말씀하셨다.

"너희 가운데 지수처럼 잘할 수 있는 사람 있으면 나와서 한번 시범 보여 봐."

사범님께서 모두 둘러보며 이렇게 말씀하시자 정작 나서는 아이가 없었다.

사범님께서는 다시 한 번 물으셨다.

"할 수 있으면 해 보래도."

그러자 6학년 반장인 철홍이가 나섰다.

"제가 해 보겠습니다."

표정을 보니 꼭 하고 싶었던 것은 아니었고 옆에서 다른 아이들이 옆구리를 찌르자 하는 수 없이 손을 든 것 같았다.

6학년 철홍이는 약간 긴장한 얼굴로 팔괘 8장 품새를 해 보였는데 2번이나 틀리고 말았다. 한 번은 순서를 잊어서 머뭇거렸고, 또 한 번은 발차기 동작에서 박자를 놓치고 말았다.

사범님께서는 말없이 고개를 가로저으셨다. 한마디로 탈락이었다.

철홍이는 얼굴이 붉어져 제자리로 들어갔다.

"어디 더 하고 싶은 사람 있으면 나와 봐."

기회를 더 주었는데도 웬일인지 나서는 아이가 없었다. 반장이 못했으니 자기들은 절대로 못할 것이라고 생각했는지, 자기들도 내가 제일 잘한다고 인정한 것인지는 모르겠지만 어찌 되었든 팔괘 8장 품새 개인 시범은 나 혼자 하는 것으로 결정되었다.

그런데 문제는 두 번째 송판 격파에서 터졌다. 이단 앞차기로 송판 두 장을 깨뜨려야 하는데 이건 쉽지 않은 도전이었다.

발차기는 모두 자신 있었지만 이단 앞차기는 달랐다. 이름처럼 한 사람이 송판을 들고 다른 사람의 어깨에 올라앉아 이단 높이를 만든 뒤 두 팔로 송판을 들고 있으면 달려가 앞발차기로 송판을 격파하는 동작이었다. 한마디로 순발력과 근력 모두가 요구되는 고난도 기술이었다.

근력이 있어도 순발력이 없으면 몸을 날려 송판을 깰 수 없었고, 아무리 순발력이 있어도 근력이 없으면 두 장의 송판을 깨기는 쉽지 않았다. 그러니 한 명 한 명 순서대로 테스트하여도 제대로 할 수 있는 아이가 없었다.

사범님의 얼굴이 막 일그러지기 시작했을 때 사범님께서는 나를 다시 부르셨다.

"한지수, 한번 해 봐라."

그러자 이번엔 내가 채 시범을 보이기도 전에 남자아이들 사이에서 야유가 터져 나왔다.

"에이, 사범님. 지수는 못해요."

"맞아요. 계집아이잖아요. 힘없어서 안 돼요."

"그러니까 시키지도 마세요."

"지수는 팔괘 8장 품새도 하잖아요."

해 보기도 전에 아이들은 나를 비웃고 비난했다.

그래도 사범님은 꿈쩍도 안 하셨다.

"뭐 하고 있나. 한지수, 어서 해 봐라."

이번엔 사범님이 직접 의자에 올라가서 두 팔을 올리셨다. 송판 대신 발차기 패드를 들고.

난 두근거리는 마음을 가라앉히고 심호흡을 했다.

'이번에야말로 내 숨은 실력을 보여 줄 때야!'

사실 난 혼자 집 마당에서 이단 앞차기를 연습했었다. 시범 단에 뽑히기 전부터 말이다. 왜냐하면 다른 동작은 그리 어렵지 않았지만, 이단 앞차기의 경우는 수없이 많은 연습을 해야만 제대로 된 동작이 나올 수 있기 때문이다.

사범님께서 나를 향해 어서 해 보라고 손짓하자 난 두 주먹을 쥐고 앞가슴에 딱 붙인 뒤 침을 꼴깍 삼켰다. 어찌나 긴장했는지 침 넘어가는 소리가 다 들릴 정도였다. 그러면서 천천히 앞을 향해 달려갔다.

그리고 사범님이 발차기 패드를 들고 있는 지점이 가까워지자 빠르고 유연하게 몸을 날린 뒤 오른쪽 다리를 패드를 향해 힘차게 뻗어 올렸다. 얍 하는 기합 소리와 함께.

순간 퍽 하는 소리와 함께 사범님이 들고 계신 패드가 공중을 향해 날아갔다. 발차기는 정확히 패드를 명중했고, 그 충격으로 패드가 날아가 버렸다. 송판을 들고 있었다면 분명히 송판이 부러졌을 것이다.

그러자 박 사범님의 입에서 커다란 감탄사가 쏟아졌다.

"와, 좋았어. 바로 이거야!"

내가 발차기 동작을 준비하는 동안 계속해서 야유를 퍼붓던 아이들이 순간 멍한 표정으로 날아가 버린 패드와 나를 번갈아 쳐다보았다. 그 순간 나도 모르게 찔끔 눈물이 나왔다.

'잘했어, 한지수!'

바로 오늘 이 순간을 위해 내가 얼마나 노력해 왔던가. 그걸 생각하니 나도 모르게 감격과 기쁨의 눈물이 터져 버렸다. 하지만 아무도 내 눈물을 본 사람은 없었다.

사범님은 사범님대로 흥분하셨고 아이들은 말도 안 된다는 표정을 지으면서 사범님의 다음 말을 기다리고 있었기 때문이다.

"자, 여러분 모두 잘 봤지. 이단 앞차기도 한지수 것이다."

그러자 이번에는 5학년 장미 반의 형우가 손을 들었다.

"사범님, 저도 해 볼게요."

형우는 나 혼자 시범을 보이는 꼴은 절대로 볼 수 없다는 듯 비장한 표정으로 도전에 나섰다. 사범님은 대답 대신 고개를 끄덕였고 형우는 양손에 침을 탁탁 바르고 사범님이 들고 계신 패드를 향해 이단 앞차기를 날렸다.

축구 선수인 형우는 나보다 키는 작았지만, 달리기를 잘했다. 그래도 발차기 동작은 어설펐다. 패드 가까이 다리가 올라가긴 했지만, 패드를 명중시키지는 못했다.

사범님께서는 잠시 생각하시는 듯싶더니 흡족한 표정으로 손뼉을 탁탁 치셨다.

"좋다. 형우는 조금만 더 연습하면 되겠어. 그럼 이단 앞차기는 지수와 형우가 한다. 알았나?"

마지막으로 진행된 약속겨루기는 5학년에서 3명, 6학년에서 3명이 선발되었고 어느 것에도 뽑히지 않은 아이들은 마지막에 시범 보이게 될 브이 자(V자) 단체 퍼포먼스인 팔괘 품새 시범에 참가하는 것으로 결정되었다.

그러니 나처럼 단독 시범을 보이는 남자아이는 형우뿐이었다. 사범님께서 사실 나를 배려해서 또 한 명의 단독 시범 학생을 뽑았다는 것을 나중에 ― 그러니까 석 달 뒤 그 사건을 통해 ― 알게 되었다.

나를 향한 아이들의 야유와 부러움 속에 그날 테스트는 그렇게 끝이 났다.

"사범님께 경례."

6학년 반장 철홍이가 마무리 인사를 한 뒤 사범님은 큰 소리로 이렇게 말씀하셨다.

"한지수, 넌 이제 우리 학교 태권도 시범단을 대표하는 최고의 태권 소녀다. 그러니까 오늘부터 건강 관리 잘하고 다치지 않게 조심해야 한다. 알겠나?"

그때 내 심정은 뭐라고 표현할 수 없었다.

'내가 우리 학교 최고의 태권 소녀라니……'

내 가슴은 또다시 쿵쾅거렸다.

"알겠나?"

사범님께선 다시 한 번 큰 소리로 물으셨다.

난 주저하지 않고 우렁찬 목소리로 대답했다.

"네. 알겠습니다, 사범님!"

그날은 사범님 말씀처럼 내가 우리 학교 태권도 시범단을 대표하는 최고의 태권 소녀가 된 날이었다.

'빨리 아빠한테 이 기쁜 소식을 알려 드려야지.'

어둠이 내려앉은 학교 언덕길을 뛰어가면서 난 빨리 이 소식을 가족 모두에게 알리고 싶었다. 온 세상을 모두 얻은 듯

뛸 듯이 기뻤다. 이제 난 누가 뭐래도 '우리 집 아들'이 된 것이다.

그리고 그날은 내가 부러움과 시기심을 한 몸에 받으며 '우리 학교 태권 영웅'으로 새롭게, 정말 새롭게 다시 태어난 날이기도 했다.

언니의 체육복

내가 학교 태권도 시범단에서 단독 시범을 보이게 되었다는 소식을 들으신 아빠는 그날로 당장 문우성 태권도장에 등록해 주셨다. 아무리 학교에서 배운다고 해도 부족함이 있을 거라고 말씀하시면서.

덕분에 난 체르니를 시작하기 전 정말 아슬아슬하게 피아노 학원과 작별하게 되었다. 이제 난 더는 피아노 학원에서 차례를 기다리지 않아도, 태권도장 입구에 앉아 아이들이 하는 모습을 부러워하며 쳐다보지 않아도 되었다.

대신 그렇게 배우고 싶었던 태권도를 문우성 도장에서 좀 더 체계적으로 배울 수 있게 되었으니 일종의 심화 학습을 한 셈이었다.

방과 후에 학교에서 태권도를 배우는 것과 별도로 난 문우성 도장의 관원이 되었고 하루 이틀 시간이 지날수록 내 실력은 그야말로 눈부신 발전을 했다. 한 달이 채 못 되어 노란 띠를 땄고, 두 달이 지날 때는 파란 띠를 허리에 맬 수 있었다.

발로 하는 송판 격파뿐만 아니라 주먹으로 하는 기왓장 격파도 5장은 기본으로 깼다.

난 마음이 급했다. 어서 빨리 검은 띠를 따고 싶었다. 그런데 문제가 생겼다. 너무 훈련에 열중해서였는지 매일 저녁 연습을 마치고 집으로 돌아오면 엄마는 제일 먼저 내 태권도복을 빨아서 말려야 했다.

학교에서 연습을 마치고 저녁을 먹자마자 다시 문우성 태권도장으로 향했으니 태권도복은 늘 땀에 젖어 있었다. 세탁기는 있었지만, 태권도복에 밴 땀은 쉽게 빠지지 않아서 손빨래를 해야 했는데, 흥건히 젖은 태권도복을 손으로 직접 빠는 일은 엄마에겐 여간 성가시고 고단한 일이 아니었다.

그래서 내 딴엔 효도한답시고 생각해낸 것이 학교 박 사범님께 특별 허락을 받아 며칠에 한 번씩은 체육복을 입고 운동하는 것이었다. 물론 태권도복을 입고 운동하는 것보다 모양새는 좋지 않았지만, 그래도 엄마가 힘드신 것보다는 그편이 훨씬 나았다.

그런데 며칠 지나지 않아 새로운 문제가 터졌다. 며칠 동안 이어지던 가을비 때문에 전날 빤 체육복이 채 마르지 않았던 것이다.

엄마가 아랫목에 넣어 두었지만 양팔과 발목 그리고 허리의 고무줄 부분이 아직도 축축했다. 엎친 데 덮친 격으로 전날

빨았던 태권도복도 마르지 않았다.

　엄마는 당황한 표정으로 나를 쳐다보셨다.

　"지수야, 날씨도 추운데 이거 어쩌니?"

　하지만 난 주저하지 않고 말했다.

　"엄마, 괜찮아요. 수업 끝날 때쯤엔 마를 거예요. 그냥 가지고 갈게요."

　아무렇지도 않은 듯 보조 가방에 꾸겨 넣으려는데 엄마는 잠시 망설이셨다.

　"아무리 그래도 안 되겠다. 괜히 감기 걸린다. 요즘 환절기 감기가 극성이라는데."

　그러다 불연 생각난 듯 서둘러 옷을 찾으며 말씀하셨다.

　"지은 언니 거 입고 가면 되겠다. 어제 옷 정리하다 보니까 언니 것이 네 것보다 더 새것 같더라. 얼마나 얌전히 입었던지."

　사실 내 체육복이 벌써 무릎 부분이 해어진 건 사실이었지만, 나도 할 말은 있었다. 언니는 운동과는 담을 쌓은 사람이니 당연한 일 아닌가. 학교에서 제일 싫은 시간이 체육 시간이라는 언니와 나를 비교하다니.

　하지만 내가 뭐라 할 사이도 없이 엄마는 벌써 언니 체육복을 들고 나오셨다.

　'이건 아닌데…….'

　난 순간 당황했다.

언니 체육복은 입을 수 없었다. 아니 입고 싶지 않았다.

거기에는 뚜렷한 이유가 있었다. 사실 언니와 나는 나이로만 보면 세 살 차이가 났지만 학년은 4학년 차가 났다. 생일도 2월인 데다가 어렸을 적부터 똘똘했던 언니는 일곱 살 때 국민학교에 들어갔고, 난 11월생으로 나이대로 입학했으니 내가 5학년일 때 언니는 중3이었다.

한두 해도 아니고 4년이나 차이가 났으니 언니가 국민학교에 다니던 시절과 내가 다니던 시절엔 달라도 한참이나 다른 것이 많았는데 그중 하나가 바로 체육복이었다. 무슨 말이냐 하면 언니가 입던 체육복과 지금 것은 디자인이 완전히 달랐던 것이다.

가슴에 그려진 학교 마크 봉황도 안 예뻤고 ― 아무리 내가 선머슴 같다고 해도 예쁜 것과 안 예쁜 것은 볼 줄 알았다 ― 목과 소매 그리고 발목 부분의 디자인도 완전히 달랐다.

한마디로 언니 체육복은 유행에 뒤져도 한참 뒤처져 있는 구식 스타일이었다. 그러니 난 차라리 젖은 옷을 입을망정 구식 스타일의 체육복을 입고 싶지는 않았다.

그래서 서둘러 내 체육복을 가방에 구겨 넣고 마루를 지나 현관으로 달려가려는데 눈치 빠른 엄마는 이미 언니 체육복이 담긴 보조 가방을 들고 현관에 서 계셨다. 어딜 도망가 하는 표정으로.

'아, 우리 엄마는 못 당해.'

할 수 없었다. 오늘은 내가 양보하는 수밖에.

난 어쩔 수 없이 내 젖은 체육복을 주섬주섬 꺼내고 대신 엄마가 주는 보조 가방을 들고 학교로 향했다.

'아, 또 그것들이 오늘은 체육복을 갖고 놀리겠구나.'

그것들은 태권도 시범단 11명의 남자아이들이었다. 뽑힌 아이들은 4학년, 5학년 그리고 6학년이므로 동생과 오빠들도 있었지만, 나에겐 모두 '그것들'에 불과했다. 오빠들이라고 의젓해서 존경심이 생기는 것도 아니었고, 남동생이어서 귀엽다고 봐줄 수도 없었다.

내가 막무가내 안하무인이어서 그들을 '그것들'이라고 부르는 것은 아니었다. 난 언제나 예의 바르고 위아래를 구분할 줄 아는 공손한 아이였다. 그런 내가 그들을 모두 그렇게 부르는 데는 분명한 이유가 있었다. 왜냐하면 11명이나 되는 녀석들이 모두 하나로 똘똘 뭉쳐서 나를 무시하고 놀리고 때로는 완전히 골탕 먹이는 일이 종종 있었으니까 말이다.

내가 시범단의 단독 시범 선수로 뽑힌 뒤부터는 아주 노골적으로 나를 괴롭혔다. 예를 들면 사범님께서 연습 시간을 30분 늦추었을 때 반장인 6학년 철홍 오빠가 일부러 내게만 전달하지 않아서 혼자 추운 체육관에서 30분 동안 떨어야 했다. 또 언젠가 대학교 체육관에서 연습한다고 그곳으로 집합하라고 했는데, 나만 모르고 있다가 헐레벌떡 언덕을 넘어 뛰어가야 했다.

이렇게 그들은 아주 비열하고 졸렬한 방법으로 나를 따돌렸다. 사실 나는 '그것들'의 입장에서 보면 '태권도를 자기들보다 잘하는 기분 나쁜 계집애'였을 테니 이해는 되었지만, 때로는 아주 말도 안 되는 이유를 갖고 놀리거나 무시하는 경우도 종종 있었다. 그러니 내게 그들 모두는 그냥 '그것들'이거나 '자식들'일 뿐이었다.

학예 발표회까지는 아직 한 달이라는 시간이 남아 있었고, '그것들'이 나를 얼마나 더 괴롭히고 놀릴지 걱정되었지만 마음 한편에서는 '어디 한번 해 볼 테면 해 봐라' 하는 은근한 배짱도 있었다. 난 혼자였지만 결코 혼자가 아니었기 때문이다.

문우성 태권도장 사범님께서는 언제나 '내가 태권도를 위해 태어난 아이'라고 칭찬해 주셨고, 학교 박 사범님께서도 나의 재능을 인정해 주셨다. 또 내 뒤에는 나를 응원해 주고 격려해 주는 아빠가 계셨고 마음속 깊은 곳에 오빠가 있었다.

아, 또 다른 사람도 있었다. 우리 반 남희와 미현이는 누가 뭐래도 나를 믿어 주는 든든한 친구였다. 그들에게 나는 우리 반 여자아이들을 개구쟁이 남자아이들로부터 구해 주는 '태권 소녀 아라치'로 남자아이보다 더 태권도를 잘하는 멋진 친구였다.

남희의 동그란 눈과 덩치 좋은 미현이의 웃음이 떠오르자 언니의 체육복 때문에 은근히 짜증이 났던 마음이 스르르 풀렸다.

종례 시간이 끝나고 체육관으로 가기 전 교실에서 언니의 체육복으로 갈아입던 나는 윗도리 허리 밑단에 '한지은'이라고 쓰여 있는 이름을 보았다.

"에이, 언니 이름도 쓰여 있잖아."

난 허리 밑단을 한 겹 말아 올렸다. 혹시나 '그것들'이 언니의 이름을 부르면서 놀리는 것을 용서할 수 없었기 때문이다.

'감히 우리 언니 이름을 갖고 놀리면 가만두지 않을 거야.'

사실 동생이 지금 어떤 고민을 하고 있는지, 동생이 정말 태권도를 위해 태어났는지 도통 관심 없이 오로지 책과 공부만 파고드는 무심한 언니였지만 내겐 우리 언니가 이 세상에서 제일 똑똑하고 훌륭한 언니였다.

중학교에 들어가서도 반에서 1등을 놓친 적이 없었고 언니 방 책꽂이에 꽂혀 있는 빽빽한 책은 아빠가 사다 주기 무섭게 언니의 독서 카드에 깨알 같은 글씨로 정리가 되어 버렸다.

아마도 언니의 머릿속에는 세상의 지혜와 지식이 책꽂이의 책처럼 빽빽이 들어 있을 거라고 언니의 도수 높은 안경을 보면서 생각하곤 했다.

그러니 내가 그렇게 좋아하는 멋진 언니를 두고 '그것들'이 놀리지 않도록 난 '한지은'이라고 쓰여 있는 허리 밑단을 꼭꼭 숨겨 놓았던 것이다. 바로 '한지은'이라는 언니의 그 이름 석 자 덕분에 그날 내가 그야말로 구사일생으로 목숨을 건지리라고는 상상조차 하지 못한 채 말이다.

거기, 머리 제일 긴 놈

그날따라 사범님께서는 외부 회의에 다녀오시느라 30분쯤 늦으셨다. 학교 운동장은 축구팀 연습 경기로 쓸 수 없었고, 체육관은 기악팀에서 총연습을 한다고 일찌감치 자리를 차지하는 바람에 우리는 옥상에서 연습해야 했다. 사범님의 빈자리가 더욱 크게 느껴진 날이었다.

6학년 반장 철홍이를 통해서 그런 사실을 전해 들은 '그것들'은 옥상 여기저기에 모여 신나게 뛰어놀았지만, 난 전교생을 대표해서 혼자 보여 주게 될 팔괘 8장 품새를 연습하느라 바빴다.

팔괘 8장 처음에 나오는 앞돌려차기 자세는 자신이 있었지만, 끝 부분에 나오는 뒤돌려차기 자세를 취할 때는 발차기를 끝낸 뒤 다시 되돌아오는 몸통의 자세가 생각만큼 움직이지 않아서 애를 먹었다. 그 부분은 좀 더 절도 있는 자세를 취하라고 사범님께 지적받기도 해서 난 뒤돌려차기를 중점적으로 연습했다.

한 번, 두 번, 세 번, 네 번⋯⋯. 난 스스로 마음에 들 때까지 같은 동작을 여러 번 반복했다.

"하나 몸통 돌리고 둘 힘차게 차고 셋 다시 원위치로 돌아오고."

이렇게 혼자 중얼거리면서 최고 동작을 만들기 위해 땀을 흘리고 있을 때였다. 갑자기 5학년 난초 반의 민호가 나를 불렀다. 3학년 때 같은 반이었던 아이였다. 그때만 해도 짝도 한 적이 있어 친하게 지냈는데, 5학년으로 올라가더니 아는 척도 안 하고 이번에 태권도 시범단으로 뽑힌 뒤엔 웬일인지 노골적으로 나를 무시하는 것이 눈에 보였다.

사실 그런 행동에 이유가 없는 것은 아니었다. 민호네는 무척 부자였다. 당시 우리 동네에 차 한 대 없는 집들이 많았는데, 민호네는 차가 3대나 되었다. 아빠 차와 엄마 차 그리고 회사 차.

아침 등굣길에 민호 아빠가 민호를 태우고 학교 정문 앞까지 오면 정문을 지키는 경비 아저씨까지 뛰어나와서 민호 아빠에게 깍듯이 90도로 인사하곤 했었다. 친구들은 민호 아빠가 해외에서 공부한 유명한 교수라고도 했고 큰 회사 사장님이어서 부자라는 말도 했다.

어찌 되었든 민호는 외국에서 사 왔다는 멋진 재킷이나 정장을 입고 다녔다. 보통 아이들처럼 청바지를 입는다거나 헐

렁한 체육복 차림으로 학교에 오는 적은 없었다. 하얀 얼굴에 머리도 늘 단정하게 빗고 다녔고 공부도 꽤 잘했다. 하지만 운동은 별로였다. 체육 시간엔 이런저런 핑계로 교실에 혼자 남아서 책을 읽는다거나 배가 아프다면서 양호실에 가서 누워 있곤 했다.

그런 민호가 태권도 시범단에 뽑힌 것부터가 좀 이상하긴 했지만, 아무도 그것에 대해서 이야기하지 않았다. 민호는 모두가 다 아는 '학교의 소공자'였기 때문이다. 부자 아빠에 멋쟁이 엄마, 으리으리한 집, 잘생긴 얼굴. 한마디로 민호는 아무도 건드릴 수 없는 그만의 무엇인가가 있었다.

그런 민호가 나를 불렀다. 그것도 아주 거만하고 신경질적인 목소리로 말이다.

"야, 계집애. 너 이리 와 봐."

'뭐? 계집애? 저게 갑자기 왜 저러지?'

민호는 내 이름을 똑똑히 알고 있을 텐데 갑자기 나를 계집애라고 불렀다. 그러자 아이들이 키득키득 웃기 시작했다. 뭔가 볼만한 구경거리라도 생겼다는 표정으로.

난 어떻게 할까 고민하다가 문우성 사범님 말씀이 생각나서 꾹 참기로 했다.

'무술을 연마하는 사람은 세상을 향한 포용력도 있어야 한다.'

그래서 난 아무 말도 듣지 못했다는 듯 아니 관심 없다는 듯 다시 연습에 몰두했다.

내가 아무런 반응이 없자 김이 샜는지 민호는 이번엔 더 큰
소리로 나를 불렀다.

"야, 안 들려? 이 계집애야, 너 이리 좀 와 보라고 했잖아."

아이들이 이번엔 나에게 들으라는 듯 큰 소리로 키득거렸다.

"야야, 민호야. 그냥 내버려둬. 귀머거린가 봐. 그래, 태권도
하는 귀머거리. 지가 뭐 베토벤도 아니고. 킥킥."

"맞아. 계집애는 그냥 둬. 혼자 발차기를 하건 말건. 흥!"

이번엔 도저히 참을 수 없었다. 멀쩡한 나를 두고 귀머거리
라고 하다니. 아마 문우성 사범님께서도 이럴 땐 '세상을 향
한 포용력'을 말하지 않을 것이다. 이렇게 놀림을 당해도 참
는 것은 세상을 향한 포용력이 아니라 '세상을 향한 비겁한
회피'임이 분명할 테니까.

난 동작을 멈추고 똑같이 반항적인 목소리로 대꾸했다.

"왜 이 사내새끼야."

"뭐? 뭐라고? 사, 사내새끼?"

"그래. 내가 계집애면 넌 사내새끼지. 뭐가 틀렸냐?"

나는 민호와 한판 붙을 요량으로 거칠게 나갔다. 어디서 그
런 용기가 나왔는지 나도 몰랐다. 다만 발차기 동작에 열중하
던 사이에 내 안에 숨겨져 있던 강한 승부 근성이 튀어나왔
고, 거기에 이 세상의 모든 딸을 무시하는 '계집애'라는 말이
모든 아들에 대한 질투심과 분노에 불을 붙였던 것이리라.

예상치 못한 나의 강한 반발에 놀란 것은 민호였다. 슬쩍 쳐다본 민호의 얼굴엔 걱정스러운 표정이 역력했다.

사실 민호는 그리 강한 아이가 아니었다. 늘 수줍게 웃고 혹시라도 아빠가 외국에서 사 오신 비싼 옷이 해어질까 봐 걸음도 얌전히 걷는 전형적인 모범생이었다. 아니 마마보이라고 놀리는 아이들도 있었다. 그런 민호가 그날은 무슨 배짱이 생겨 내게 싸움을 걸어왔는지 알 수 없지만, 어찌 되었든 그날 민호는 내게 도전장을 내밀었다. 그것도 평생을 두고 후회하게 될지도 모르는 엄청난 도전장을.

잠시 우리 둘 사이에는 무거운 침묵이 흘렀다. 씩씩거리던 민호는 아무 말도 못 하고 나를 째려보았고 나도 지지 않고 눈빛으로 맞섰다. '대낮 고추 습격 사건'이 있기 전 무려 한 달 정도 연습했던 그 '차갑고 잔인한 눈빛'으로.

그러자 민호는 눈빛으로는 더 이상 안 되겠다고 생각했는지 이렇게 말했다.

"야, 너 계집애가 태권도 좀 할 줄 안다고 우쭐대는 것 같은데. 아무리 그래도 계집애는 계집애지 별수 있어? 안 그래?"

그러면서 친구들의 동의를 구하는 듯 주위를 휙 둘러보았다.

그러자 '그것들'은 이미 다 짠 듯이 맞장구쳤다.

"그래. 그럼, 그렇고말고."

'비겁한 녀석, 자기 혼자 힘으로 안 되니까. 친구들까지 끌어들이다니.'

난 속으로 치솟아 오르는 분노를 삼켰다. 그러면서 그다음 말이 나오기를 기다렸다. 원래 싸움에서는 말 많은 쪽이 불리했다. 그리고 먼저 말하는 것도 불리했다. 상대방이 무슨 말을 어떻게 할지 기다리는 것이 현명한 방법이었다.

내가 아무런 말이 없자 민호는 씩씩거리다가 다시 말했다.

"너, 태권도는 아무나 하는 게 아니야. 담력이 있어야 하는 거라고. 하긴 계집애가 담력이 있을 턱이 있나."

"뭐, 담력?"

사실 담력이라고 하면 자신이 없었다. 시골 외할머니 댁에 놀러 갈 때마다 가장 힘든 건 밤중에 오줌이 마려울 때였다. 난 혼자서는 절대로 할머니 댁 화장실에 못 갔다. 차라리 바지에 오줌을 싸면 쌌지, 마당을 가로질러 덩그러니 서 있는 화장실에 간다는 건 죽기보다 싫었다.

그런 나를 보시곤 할머니는 혀를 끌끌 차곤 하셨다.

"아무리 여자아이라도 담력이 있어야지. 그래서는 어찌 이 험한 세상을 살겠누."

그러니 민호가 담력 이야기를 하니까 갑자기 다리에 힘이 스르르 풀리면서 덜컥 겁이 났다.

'왜 갑자기 담력 이야기를 하지?'

난 궁금함과 불안함에 민호를 흘깃 쳐다보았다. 그랬더니 민호가 내 속을 알아차렸다는 듯 손가락으로 옥상 난간을 가리키면서 이렇게 말하는 게 아닌가.

"야, 너 저기 난간 위로 올라갈 수 있어? 만약 올라갈 수 있으면 내가 이제부터 계집애라고 안 한다."

'뭐라고? 나보고 옥상 난간에 올라가라고?'

학교는 5층 건물이었다. 그리고 옥상에서 내려다보면 운동장에서 뛰노는 아이들이 개미 새끼처럼 작게 보였다. 그래서 아이들은 난간 넘어 보이는 운동장을 내려다보면서도 머리가 어지럽다느니 아찔하다느니 무섭다느니 하면서 어쩔 줄 몰라 했는데 나보고 바로 그 옥상 난간 위에 올라가 보라는 것이었다.

난 순간 눈앞이 캄캄했다.

내가 잠시 말을 못하고 쭈뼛거리고 있자 민호는 그럴 줄 알았다는 듯이 목소리를 높였다.

"거 봐. 계집애가 잔뜩 겁먹었구나. 그러니까 계집애지. 너 앞으로 태권도 좀 한다고 우쭐대지 마. 너도 별수 없는 계집애니까."

"뭐 별수 없는 계집애라고?"

난 완전히 뚜껑이 열리고야 말았다. 내가 비록 계집애이긴 하지만, 별수 없는 계집애는 아니었다. 결단코, 절대로, 진짜로!

더 이상 머뭇거릴 이유도 시간도 없었다. 민호는 내가 아무 소리도 못 하자 의기양양해져서 친구들과 같이 있던 자리로 돌아가려고 했다.

난 망설이지 않고 소리를 빽 지르면서 옥상 난간 위로 단숨에 뛰어 올라갔다.

"야, 오민호! 봐, 올라섰지? 난 별수 없는 계집애가 아니야. 이 사내새끼야."

옥상 난간 위에 올라서서 자기를 향해 소리를 지르는 나를 보고 기절할 만큼 놀란 사람은 내가 아니라 민호였다. 민호는 얼굴이 새파래져서 아무 말도 못 하고 나를 멍하니 쳐다보았다.

그때 그 표정을 사진으로라도 찍어 놓았더라면 정말 좋았을 텐데.

"어, 어, 저게, 저게…… 정말 미쳤나? 야, 너 미쳤어?"

민호는 나를 보고 입을 다물지 못했다.

난 더욱 기세등등해져서 말을 받아쳤다.

"뭐? 미치긴 뭐가 미쳐? 왜 못 올라갈 줄 알았냐? 자, 봐라. 걷기도 한다."

난 옥상 난간 위에 올라서서 사뿐사뿐 몇 발자국을 걸었다. 그러자 민호는 거의 울듯이 소리를 질렀다.

"야, 미쳤어. 어서 내려와. 빨리 내려오라고. 야, 야! 지수 야, 한지수!"

미친 건 내가 아니라 민호였다. 민호는 내 이름을 부르면서 거의 사정하듯이 울부짖었다.

그러자 다음 순간 정말 난 내가 미친 듯싶었다. 민호뿐 아니라 옥상에 있던 10명의 '그것들'이 눈이 휘둥그레져서 하나같이 입을 딱 벌리고 나를 쳐다보고 있었다. 그 모습을 보니 얼마나 통쾌하던지 난 순간 아무 생각 없이 옥상 난간 위에서 달리기 시작했다.

내가 달리기 시작하자 민호는 아예 울고 있었다.

"지수야, 미안해. 어서 내려와. 지수야, 엉엉. 빨리 내려와. 안 돼. 안 돼!"

민호가 엉엉 소리 내어 울자 나도 갑자기 무서워졌다. 민호의 울음소리가 미안해서라기보다 정말 무서워서 내는 소리라는 것을 알았기 때문이다.

무섭기도 했지만 이 정도면 이제 되었다 싶어서 나는 옥상 난간 위에서 바닥으로 사뿐히 내려왔다. 그리고 울고 있는 민호를 향해서 천천히 걸어갔다.

"왜? 내가 하라고 하면 못할 줄 알았냐? 이제부터 또 계집애라고 놀리면 어떻게 되는지 알았지?"

그러고는 11명의 '그것들'을 휙 둘러보았다. 여전히 '잔인하고 차가운 눈빛'을 한 채.

나는 여세를 몰아 한마디 더 했다.

"자, 다음은 누구 차례야? 민호 너부터 할래?"

그러자 겨우 눈물을 닦고 있던 민호는 말도 안 된다는 표정으로 흠칫 놀라서 물러섰다.

난 씩 웃고 나서 이번엔 6학년 반장 철홍이를 향해 도전장을 내밀었다.

"야, 반장. 그럼 너부터 해 봐."

철홍이 역시 미쳤느냐는 표정을 지으며 대꾸도 하지 않았다. 다음엔 나와 함께 이단 앞차기 시범을 보이는 형우였다.

"형우야, 네가 해 볼래?"

그러자 형우는 어디론가 쏜살같이 달아났다.

'치사한 녀석!'

난 속으로는 쿵쾅거리는 심장을 억누르면서 아이들 한 명 한 명을 지목하면서 짜릿한 쾌감을 느꼈다. 사실 속으로 얼마나 무서웠는지 모른다. 그냥 난간을 통해 아래를 내려다보기도 무서웠는데, 30cm가 채 되지 않는 난간의 폭을 따라서 달리기까지 했으니.

그땐 정말 용감했거나 미쳤거나 둘 중 하나였던 것이 분명하다.

'이제 다신 나를 계집애라고 놀리지 못하겠지.'

아이들이 슬슬 나를 피해서 연습하던 자리로 황급히 돌아가는 모습을 흐뭇한 미소로 보고 있던 그때, 갑자기 우리가 있는 옥상으로 6학년 담임을 맡고 계셨던 강 선생님이 올라오셨다.

강 선생님은 학교에서 무섭기로 소문난 선생님인 데다가 학교 규율부장까지 맡고 계셔서 누구라 할 것도 없이 모두 슬슬 피해 다니는 아주 악명 높은 선생님이셨다. 학교 복도에서 마주치면 신발을 질질 끌고 다니지 말라는 둥 껌을 씹지 말라는 둥 오른쪽으로 다니라는 둥 이런저런 이유를 대면서 갖고 다니는 기다란 지휘봉으로 학생들을 혼내곤 했기에 아무 잘못이 없는 아이들도 강 선생님이라면 고개를 흔들었다.

그런 강 선생님이 갑자기 옥상으로 올라오셨으니 아이들은 어리둥절했지만, 난 다시 혼자서 발차기 동작을 연습하기 위해 내 자리로 돌아가고 있었다.

그런데 강 선생님이 갑자기 큰 목소리로 우리를 향해 소리치셨다.

"야, 야! 너 거기 이리 좀 와 봐."

우리는 일제히 누구를 찾나 싶어서 서로 쳐다보면서 어리둥절했다.

그러자 강 선생님은 더 큰 목소리로 소리쳤다.

"야, 야, 야! 거기 머리 제일 긴 놈 말이야."

우린 일제히 민호를 쳐다보았다. 민호는 가지런한 생머리를 늘 단정하게 빗고 다녔는데 그래서 걸을 때마다 찰랑거리는 모습이 마치 여자아이 같았다.

'고것 참 쌤통이다.'

민호를 보면서 씩 웃고 있는데, 정말 황당한 일이 일어났다.

강 선생님이 무리를 향해서 저벅저벅 걸어오시는가 싶더니 바로 내 앞에서 딱 멈추셨다. 그리고 큰 손으로 나를 지목하시면서 이렇게 말씀하시는 게 아닌가.

"바로 너 말이다. 너! 여기서 머리 제일 긴 놈."

인마, 넌 퇴학이다!

너무 놀라고 부끄러워서 난 아무런 말도 못 하고 그냥 강 선생님만 쳐다보고 있었다.

그러자 강 선생님이 고함을 치셨다.

"너 이리 좀 와 봐! 어서, 빨리!"

가뜩이나 무서운 선생님이 소리를 지르니 더 무서웠다. 난 아무 소리도 못 하고 개 끌려가듯 선생님을 따라 6학년 난초 반 교실로 들어갔다.

교실로 들어가자 강 선생님은 문을 쾅 닫으시고는 다짜고짜 소리치셨다.

"인마, 너 이 자식. 조금 전에 뭐 한 거야? 너야 떨어져 죽으면 그만이지만, 너 때문에 죄 없는 담임 선생님은 학교에서 잘리고 교장 선생님은 전근 가셔야 하고. 어디 그뿐이냐? 총장님도 책임지셔야 해."

여기까지 말씀하시던 선생님이 갑자기 정색하고 물어보셨다.

"그런데 넌 사내 녀석이냐? 계집애냐?"

갑자기 진지하게 물어보시는 통에 난 그만 쿡 하고 웃어 버렸다. 절대로 웃어서는 안 되는 상황이었는데도 말이다.

그러자 선생님께선 웃는 내 모습에 더 화가 나 큰 소리로 호통을 치셨다.

"아니, 정말 사내새끼도 아니고 계집아이가 왜 그렇게 사내새끼처럼 방방 뛰고 다녀? 너 정말 계집애 맞아?"

그러시면서 내가 무슨 여장 남자아이 같다는 의혹의 눈초리를 보내시는 것이었다.

"그리고 말이야. 부모님 생각을 했어야지. 부모님이 너 죽으면 어떻게 사시겠느냐?"

선생님 입에서 부모님이라는 말이 나오자 난 정신이 번쩍 들었다. 난 그 생각은 미처 하지 못했다. 아니 사실은 내가 죽을 거라는 생각은 하지 못했다. 난 사람이 병으로만 죽는다고 생각했었다. 오빠처럼 사람은 모두 오랫동안 앓다가 어느 날 갑자기 떠나 버리는 것으로 생각했던 것이다.

난 왜 내가 만화 영화 속 마루치나 아라치처럼 아무리 무서운 상대를 만나도 항상 이기고, 다쳐도 금방 낫고, 죽을 만큼 위험한 순간에도 살 수 있을 거라고 생각했을까. 난 정말 내가 만화 속 '아라치'라고 생각했던 걸까.

부모님이 나를 잃고 어떻게 사시겠느냐는 강 선생님의 말씀에 난 그만 등골이 오싹해졌다.

'맞아. 내가 정말 미쳤었구나. 민호 말대로 내가 미쳤었어. 사내새끼들에게 호기를 부린답시고 정말 무모한 짓을 했구나. 오빠에 이어 나까지 떠나 버리면 정말 우리 부모님은 어떻게 살라고.'

갑자기 아빠가 오빠 이름을 부르며 목 놓아 우시던 모습이 머리에 떠올랐다. 엄마가 애써 눈물을 감추며 절에 가시는 뒷모습도 보였다.

난 갑자기 머리가 복잡해졌다.

'아, 이를 어쩐다.'

그런 내 속을 아는지 모르는지 강 선생님은 계속해서 입에 거품을 물고 호통을 치셨다.

"암튼 넌 이제 퇴학이야. 일단 교무실로 가자. 가서 담임도 만나고 사범도 오라고 하고. 널 당장 학교에서 쫓아낼 테다. 어디서 그런 못된 장난을 쳐."

강 선생님의 서슬 퍼런 눈동자를 보면서 난 속으로 정말 큰일 났다고 생각했다. 학교에서 쫓겨나는 것보다 더 큰 일은 내가 두 달 뒤에 있을 학예 발표회에서 팔괘 8장 품새와 이단 앞차기를 보여 줄 수 없다는 것이었다.

구철이 코를 납작하게 해 줘야 하고, 깜둥이 형제에게 본때를 보여 줘야 하는데. 그리고 키다리 형제가 나에게 잘못했다고 빌게 해야 하는데. 아니, 그보다 더 큰 일은 엄마 아빠가 내 멋진 태권도 시범을 보실 수 없게 되는 것이었다.

거기까지 생각이 미치자 난 정말 어쩔 줄 몰랐다.

'이거 정말 큰일이네. 어떻게 해야 하지?'

할 수 없었다. 마지막으로 강 선생님께 울면서 부탁해 볼 수밖에. 그런데 그게 잘 안 되었다. 명색이 그래도 태권 소녀인데, 이런 일로 울면서 부탁해야 한다니.

난 고민하면서 애꿎은 언니의 체육복 자락을 돌돌 말아 올렸다가 풀기를 반복했다. 그날 그 순간 내가 왜 하필이면 체육복을 돌돌 말아 올리고 풀었는지 지금 생각해도 도통 모를 일이지만, 난 선생님이 당장 교무실로 가자고 손을 잡아끄는데도 꼼짝도 하지 않고 똑같은 동작만 반복했다.

'흠, 나도 고집이 있지. 태권도 시범단에 어떻게 선발되었는데. 그리고 난 태권도를 위해 태어난 소녀란 말이야. 여기서 이렇게 꺾어질 수는 없어.'

이를 악물고 결심하는 순간 내 반복 동작을 어이없다는 듯이 쳐다보시던 선생님이 불쑥 물어보셨다.

"어라? 근데 한지은? 한지은이 누구냐?"

난데없이 언니의 이름을 부르자 놀란 것은 오히려 나였다.

'강 선생님이 어떻게 우리 언니 이름을 아실까?'

나는 정말 모깃소리만 한 작은 목소리로 겨우 대답했다.

"우리 언닌데요."

그러자 선생님은 믿기지 않는다는 표정을 지으셨다.

"뭐야? 그럼 한지은이 바로 네 언니란 말이지? 한진규 누나?"

선생님이 언니는 물론 오빠의 이름까지 또렷이 알고 계시자 난 대답 대신 가만히 고개만 끄덕였다. 그러면서 힐끗 바라본 선생님은 어이없다는 얼굴이었다. 어쩌면 언니처럼 얌전하고 똑똑한 아이에게 저런 괴물 같은 동생이 있을까 하고 생각하셨을지도 모른다.

그때 강 선생님의 얼굴에 아주 짧은 순간이었지만, 모든 것을 알았다는 듯한 표정이 스쳐 갔다. 뒤에 알았지만, 강 선생님은 언니가 국민학교 3학년일 때 담임 선생님이셨고, 그때 1학년으로 같은 학교에 다녔던 오빠가 우리 가족의 품을 떠났으니 자세한 속사정까지 알고 계셨던 것이다.

잠시 무거운 침묵이 흘렀다. 조금 전까지만 해도 소리소리 지르시던 강 선생님께서는 아무 말도 하지 않으시고 잠자코 계셨다.

그러다가 겨우 생각난 듯 한마디 하셨다.

"그래, 지은이는 지금도 공부 잘하니?"

지금의 불편한 상황을 바꾸어 보려고 겨우 생각하신 말 같았다. 목소리까지 바뀐 선생님은 갑자기 다른 사람이 된 듯했다.

조금 전까지만 해도 아무런 말도 못 하고 있던 나는 어디서 그런 용기가 생겼는지 자랑스러운 목소리로 말했다.

"네. 지금도 반에서 매일 1등 해요."

나는 특히 '매일 1등'에 힘을 주어 말했다. 그러면서 내심

'역시 우리 언니니까'라고 생각했다.

그러자 선생님께서는 언니의 모습이 생각난다는 듯 흐뭇한 미소를 지으셨다.

"그래, 내가 그럴 줄 알았다. 매일 책만 보면서 살았지. 참, 기특하게도."

그러고는 부드러운 목소리로 물으셨다.

"넌 이름이 뭐냐?"

"한지수요."

겨우 이름을 얘기하자 선생님은 내 머리를 쓰다듬으며 말씀하셨다.

"아깐 미안했다. 난 사내 녀석인 줄 알았지 뭐냐. 그래, 언니에게 내 얘기 전해라. 보고 싶어 한다고. 공부 잘하라고."

정말 이상한 일이었다. 선생님께서 호통을 치실 때는 남자아이들에 대한 원망과 같은 남자라고 편드는 것 같아 반항심이 치밀어 올랐는데, 따뜻한 목소리로 미안하다고 말씀하시니 갑자기 눈물이 울컥 쏟아졌다. 정말 신기하게도 말이다.

"아까 보니 정말 멋지더구나. 엄마 아빠가 자랑스러워하시겠다. 아까 태권도 연습하는 모습을 잠깐 봤었는데 역시 네가 제일 잘하더구나. 하지만 명심해. 걔네들이 아무리 놀려도 넌 다신 그런 식으로 싸우지 마라. 네가 얼마나 예쁘고 사랑스러운 아인데…… 그런 것들과 앞으로 상대도 하지 마. 태권도만 열심히 하면 된다. 알겠니?"

더군다나 선생님께서 내 어깨를 툭툭 두드리며 응원해 주시자 난 참았던 눈물이 쏟아졌다. 안 울려고 했는데 어쩔 수가 없었다.

그러자 이번엔 강 선생님께서 당황하셨다.

"어? 한지수! 왜 그래? 지금 그 녀석들이 창문 너머로 보고 있어. 당당해야 해! 자, 자. 어깨 쭉 펴고…… 나가서 그 녀석들 다 들어오라고 해. 혼날 녀석들은 네가 아니고 그 녀석들이니까."

선생님께선 놀라 내 등을 가볍게 미셨다. 난 선생님 말씀을 곧 알아채곤 황급히 소매로 눈물을 닦았다. 흘끗 체육복을 보니 녹색 실로 '한지은'이라고 쓰인 언니의 이름이 보였다.

'맞아. 난 자랑스러운 우리 지은 언니의 동생이고 또 우리 집 둘째 딸이야. 이깟 일로 기죽어서는 안 되지.'

난 언제 그랬냐는 듯이 당당하게 아니 활짝 웃으면서 교실을 나갔다. 11명의 '그것들'은 창문 너머로 나와 선생님을 엿보다가 내가 교실 문을 활짝 열고 나오자 호기심 가득한 눈빛으로 내 눈치를 살폈다.

그것들은 내가 선생님께 호된 꾸지람을 듣고 울면서 나오거나 고개를 푹 숙이고 나올 것을 기대했지만, 난 교실을 나가면서부터 키득키득 웃기 시작했다. 일부러 웃은 것은 아니고 생각할수록 신기하고 또 한편으로는 창피해서였다.

만약 아침에 엄마가 언니의 체육복을 챙겨 주지 않았더라면, 그래서 입지 않았더라면 정말 어떻게 되었을까? 그랬더라면 강 선생님께 된통 혼나고 교무실로 끌려가서 담임 선생님께 혼나고 또 사범님께 혼나고 또 교장 선생님께 불려가고, 부모님마저 학교에 불려 오셔야 했을지도 모른다. 정말 생각만 해도 아찔했다.

암튼 난 당당하게 교실을 걸어 나갔고 11명의 '그것들'은 줄줄이 강 선생님께 불려가서 혼이 났다.

그날 언니의 낡은 체육복은 이렇듯 절체절명의 위기 상황에서 나를 구해 주었다.

난 집에 오기가 무섭게 언니 방으로 달려갔다. 마침 언니는 학원에 가고 없었다. 난 지우개 가루가 떨어져 있는 언니 책상을 마른걸레로 말끔히 닦은 다음 어질러져 있는 책과 공책들을 가지런히 정리했다.

방도 쓸고 걸레로 깨끗이 닦았다. 교복의 옷깃도 냉큼 떼어내서 화장실로 갖고 가 깨끗이 빨아 옷걸이에 걸어 놓았다. 내일 아침 일찍 일어나서 다림질도 해 줘야지 생각하면서.

사실 언니가 베풀어 준 은혜에 비하면 이 정도 수고쯤은 아무것도 아니었다. 그날 만약 모범생 언니가 아니었더라면 난 학교의 새로운 영웅 — 태권도 소녀 — 에서 하루아침에 학교를 발칵 뒤집어 놓은 퇴학생 — 말썽꾸러기 소녀 — 으로 곤두박질치고 말았을 테니까.

그날 밤 학원에 다녀온 언니가 깨끗해진 방을 보고 활짝 웃으며 한 말에 난 속으로 뜨끔했다.

"어머, 지수야 웬일이니? 그러잖아도 방 청소 좀 하려 했는데. 고마워."

언니의 칭찬에 난 학교에서 있었던 그 엄청난 사건을 말할까 하다가 꾹 참았다. 괜히 긁어 부스럼 만들 필요는 없었다.

대신 간단히 말만 전했다.

"참, 언니. 오늘 학교에서 만난 강 선생님이 언니에게 안부 전하셨어. 학교 한번 놀러 오라 하시더라."

다행히 언니는 언제 만났느냐, 무슨 말을 하셨느냐, 네가 내 동생인 줄 어떻게 아셨느냐 등 이것저것 캐묻지 않았다.

"응 알았어. 전해 줘서 고마워."

언니는 평소처럼 피곤하다며 옷을 갈아입고 그냥 침대에 쓰러져 잠이 들어 버렸다. 오늘따라 언니는 더욱 피곤해 보였다.

국민학교 때부터 반에서 1등을 놓치지 않았던 언니. 그러기 위해서 남보다 일찍 일어나고 남보다 늦게 자면서 공부 또 공부만 하는 언니. 깡마른 작은 몸집에서 무슨 그런 힘이 넘치는지 알다가도 모를 일이었다.

난 오늘 학교에서 있었던 사건은 알지 못한 채 쌔근쌔근 잠에 곯아떨어진 언니에게 조용히 속삭였다.

"언니, 언니야! 정말 고마워. 언니 아니었으면 난 오늘 정말 큰일 날 뻔했다니까. 언니야! 우리 언니야. 잘 자!"

눈밭에서 달리다

'옥상 난간 질주 사건'이 있고 난 뒤부터 나를 보는 '태권도 시범단 친구들'의 태도가 완전히 달라졌다. 이제 그들은 나를 더는 계집애라고 놀리지 않았고, 나 역시 그들과 쓸데없는 싸움을 하지 않았다. 무엇보다 나도 그들에게 '그것들'이라고 말하지 않았다.

반장인 6학년 철홍이에겐 철홍 오빠라고 불러 주었고 철홍 오빠도 나를 태권도 시범단의 마스코트라면서 동생처럼 대해 주었다. 서서히 그들도 나도 서로를 향해서 마음의 문을 열고 있었던 것이다.

학예 발표회 시간이 가까워질수록 연습 시간이 많아졌고 훈련의 강도도 높아졌다. 두 개 종목에서 개인 시범을 보여야 하는 나는 점차 부담감을 느끼게 되었다.

처음엔 재미로만 배우던 태권도는 알면 알수록 어려웠다. 단순한 동작이나 힘으로 겨루는 무술이 아니라 절도와 품위가 있는 고품격 정신 통일 운동이라는 것도 알게 되었다.

그해 가을 나는 태권도를 통해 사람이 가져야 할 도리와 태도에 대해 배우게 되었다. 그리고 자신의 것을 누군가에게 양보하는 법과 상대방의 마음을 이해하는 법, 세상은 나만의 것이 아니라 함께 나누고 배려하며 살아가는 곳이라는 것도 배우게 되었다.

어쩌면 내 인생의 첫 번째 시련은 학교 대표 태권도 시범단에 뽑힌 단 한 명의 여학생이라는 것에서부터 시작된 것인지도 모른다. 처음엔 멋모르고 마냥 신나기만 했는데, 학예 발표회 날짜가 다가올수록 고민이 생겼다.

다행인지 불행인지 학예 발표회 날짜가 두 달 가까이 연기되었다. 어찌 된 일인지 크라운 관의 완공 날짜가 한 달이나 연기되었던 까닭이었다. 덕분에 난 그사이 문우성 태권도장에서 파란 띠를 따고 곧이어 빨간 띠 승급 심사를 준비하게 되었다.

이래저래 많은 스트레스가 생겼다. 친구들의 이해와 협조와 관계없이 나 혼자만이 풀어야 할 숙제가 있었다. 이렇게 말하면 뭔가 거창하게 들릴지 모르지만, 사실 1천 명이 넘는 사람들 앞에서 혼자 태권도를 선보인다는 것은 시간이 갈수록 강한 압박감으로 다가왔다.

'혹 팔괘 품새를 선보이다가 순서를 까먹거나 건너뛰면 어떻게 하지?'

'송판 격파할 때 깨지지 않거나 다리차기를 하다 넘어지면 어떻게 하지?'

'사람들이 손뼉을 쳐주지 않거나 실망하면 어떻게 하지?'

난 매일 밤 잠자기 전에 이런저런 걱정에 시달렸는데 그래서인지 어느 날인가는 온몸이 흥건히 젖을 만큼 심한 악몽을 꾸기도 했다.

난 정말 잘하고 싶었고 최고가 되고 싶었다. 하지만 생각만으로는 부족했다. 남다른 노력이 필요했다. 그래서 생각해낸 것이 눈밭에서 달리는 것이었다.

보통 무슨 운동이든지 평지에서 연습하게 되면 쉽고 간단하지만, 위기 상황이나 돌발 상황에 부딪히면 자신의 실력을 제대로 발휘하지 못한다. 그래서 연습할 때는 더 혹독하고 힘들게 하는 것이 맞았다.

난 친구들이 모두 체육관에서 연습할 때 혼자 눈밭에서 맨발로 연습했다. 발바닥이 시리다 못해 아려왔지만 할 수 없었다. 아니 극복해야 한다고 생각했다. 남보다 10배, 100배 노력하지 않으면 남과 똑같이 되거나 남보다 못한 사람이 되지 않겠는가.

혼자서 언 발을 호호 불면서 이단 앞차기를 했고, 코끝이 빨갛게 되도록 팔괘 8장을 연습하고 또 연습했다.

눈밭에서 달리기하는 내 모습을 보고 시범단 친구들은 쑤군거렸지만 난 아랑곳하지 않았다.

"참 독하다 독해. 아니 무서워."

만약 내가 사내아이, 아들이었다면 난 태권도를 하지 않았을지도 모른다. 하지만 나는 아니었다. 딸이었고 계집애였고 여자아이였으니까 그들보다 더 노력하지 않으면 난 여자아이라는 굴레에서 벗어날 수 없었다.

태어날 때부터 남자아이였던 그들이 내 마음을 알 수 없었다. 눈밭에서 달리기하면서도 언 손을 호호 불면서도 저녁마다 꽁꽁 언 발을 아랫목에 녹이면서도 난 행복했다. 정말 아들이 되고 있는 듯했고, 세상이 조금씩 그것을 인정해 주는 듯했기 때문이다.

그렇게 몇 달이 지난 뒤 마침내 난 언제 어떤 상황에서도 내가 맡은 역할을 완벽히 소화해낼 수 있을 만큼 자신감이 생겼다. 6년 전 다짐했던 그 바람을 이룰 수 있으리란 희망에 가슴이 벅차올랐다.

6년 전, 오빠가 누워 있는 나무 관이 우리 집 거실을 거쳐 화장터로 향하는 버스로 옮겨지기까지 그 짧은 순간에 보았던 피눈물 나는 처절한 광경이 아직도 내 가슴속에 선명하게 남아 있었다. 엄마는 거의 실신해 계셨고, 아빠는 호랑이 울부짖음 같은 소리를 내며 오빠 이름을 목 놓아 부르셨다.

그때 겨우 여섯 살이었던 작은 여자아이는 남몰래 현관 뒤에 숨어서 아들이 되기로 결심했고, 어느덧 열두 살이 된 지금 아들보다 더 강하고 든든한 태권 소녀로 세상과 마주하고

있었다. 그리고 오직 아들이 되고 싶다는 뜨거운 가슴만이 살
아 움직였다.

드디어!

몇 번의 날짜 변경이라는 우여곡절 끝에 학교 가을 학예 발표회는 겨울 학예 발표회가 되어 그해 12월 마침내 음대 크라운 관에서 그 화려한 막을 열게 되었다. 전교생이라야 주변의 다른 학교보다 3분의 1 정도밖에 되지 않았지만, 선생님들의 열정과 부모님들의 극성 덕분에 발표회는 교향악단부터 무용반, 합주반, 연극반까지 많은 순서가 준비되어 있었다.

하지만 학예 발표회 최고 인기 순서는 바로 태권도 시범단의 발표였다. 당시 태권도라는 단어가 가진 인기는 가히 상상을 초월할 정도였다. 우리나라는 물론 외국에서도 인기가 높아 태권도를 배우기 위해 한국으로 연수를 오는가 하면 실력 있는 태권도 사범들은 융숭한 대접을 받으며 해외로 떠났다.

아, 그리고 우리 동네 문우성 태권도장을 찾는 아이들도 점점 많아져서 내가 드디어 빨간 띠를 딸 때쯤에는 키다리 형제와 깜둥이 형제도 등록하게 되었다. 처음엔 하얀 띠를 매고

있던 내가 한두 달 지날수록 띠의 색깔이 변하자 은근히 걱정
된 것이 틀림없었다.

더군다나 등록 첫날 내가 도장에 있는 모든 사내 녀석들을
자유겨루기 한판으로 거뜬히 넘어뜨리는 무술 소녀가 된 것을
보곤 놀라서 입을 다물지 못했다.

사실 아무도 나와 겨루기를 하고 싶어 하지 않았다. 나와
파트너가 되면 아이들은 이런 식으로 나를 피했다.

"에이, 사범님. 지수랑은 안 할래요."

"왜? 지수가 어때서?"

"지수는 뼈가 두꺼워요. 통뼈예요. 그래서 한 대 맞으면 멍
이 들어요."

"맞아요. 저도요. 우리 엄마에게 혼났어요. 조심해서 싸우라
고."

"맞아요. 저도 안 해요."

뭐 이런 식이었다. 아이들이 안 하겠다고 버티자 할 수 없
이 사범님이 내 파트너가 되어 주셨다. 물론 나에게는 사범님
이 가장 무서운 상대였다.

하지만 나보다 머리 둘에 주먹 하나가 더 큰 사범님과 자유
겨루기를 하는 사이에 내 실력은 쑥쑥 늘고 있었다.

어찌 되었든 남자아이들이 나를 슬슬 피하고 사범님과 파트
너가 되어서 연습하는 나를 보고 그 두 형제는 아무 말도 하
지 못했다. 도장에서 만난 나는 더 이상 그 옛날 함께 딱지치

기, 구슬치기하던 계집애 한지수가 아니라는 것을 뼛속 깊이 깨닫게 되었을 테니까.

시간은 잘도 흘러서 이제 꼭 일주일 뒤면 발표회가 있는 날이었다. 방과 후 박 사범님께서는 우리 한 명 한 명을 둘러보시면서 단단히 말씀하셨다.

"이제까지 모두 수고했다. 이제 일주일 남았다. 일주일 뒤면 너희가 지난 5개월 동안 준비한 땀과 눈물을 보여 주게 될 거다. 하지만 중요한 것은 최선을 다하는 거다. 그리고 너희는 이제 한 팀이다. 한 사람이 실수하면 팀 전체가 실수하는 거야. 또 칭찬은 한 사람의 것이 아니라 팀 전체의 것이다. 그러니까 12명이 한마음 한 몸으로 움직여야 한다. 알았나?"

사범님의 말씀에 아이들은 서로 얼굴만 멀뚱거리면서 쳐다볼 뿐이었다.

"왜 대답이 없나? 알겠나?"

그제야 아이들은 대답했다.

"네. 알겠습니다!"

그러자 사범님께서 말씀을 이으셨다.

"좋아. 그리고 특히 격파 시범 보이는 학생들은 명심할 것이 있다. 격파는 순간에 모든 것이 판가름 난다. 훈련을 아무리 잘 받았다 해도, 연습을 아무리 많이 했다 해도 격파가 실패하면 아무것도 아니다. 나와 여러분은 억울하겠지만 관객들은 모른다. 인정하지 않는 것이다. 단 한 번의 격파로 잘한다 못한다 생각할 것이다. 여러분들이 그동안 얼마나 힘들게 준비하고 연습했는지 알 수 없으니까. 그러니까 명심해라. 절대로 자만하지 말고 방심하지 말고 격파에 집중해라. 설령 한 번 실패하더라도 또 한 번 도전하면 된다. 자, 알았나?"

사범님께서는 이렇게 말씀하시면서 우리 모두, 특히 격파 시범을 보이는 학생들을 향해 힘주어 강조하셨다.

모두 바짝 긴장한 얼굴이었다.

이단 앞차기 격파를 하게 될 나는 긴장한 나머지 침을 꼴깍 삼켰다. 격파에 집중하고, 설령 실패하더라도 또 한 번 도전하라는 말씀이 머리에 박혀서 그날 저녁 내내 입 안에서 맴돌았다. '집중하고 한 번 더 도전하라'는 말이 무슨 표어처럼 귓가에 들려왔다.

"격파, 집중. 격파, 집중."

밥을 먹으면서도 내가 중얼거리니까 엄마는 내가 무슨 암기를 하는 줄 알고 신기하다는 표정을 지으셨다.

"아니, 우리 지수가 웬일이니? 내일 시험 있니?"

엄마는 내가 지은이 언니인 줄로 착각하셨나 보다. 시험이 있는 날이면 아니 평소에도 언니는 밥상에 앉아서 손가락으로 허공에 대고 세계 지도를 그리면서 나라와 지명을 외우지를 않나, 마치 선생님이 된 듯 나를 보면서 잘 기억해 두라며 학생에게 가르치듯이 반복해서 설명하곤 했다. 그러니 내가 밥상에 앉아 똑같은 단어를 중얼거리니까 엄마는 나도 언니처럼 공부에 몰두하는 것으로 오해하셨던 것이다.

그건 정말 오해였다. 아니 심하게 말하면 무지였다. 허공에 대고 손가락을 그으면서 이미 지나간 역사 따위를 외우는 것에 어찌 이렇게 푸르디푸른 청춘의 시간과 정열을 낭비하겠는가. 난 지나간 시간보다는 앞으로 다가올 미래에 관심이 많은 사람이었다. 물론 미래는 과거라는 발판 위에서 진행되는 것이긴 하지만.

신기하다는 듯 쳐다보시는 엄마의 시선을 외면하고 난 밥을 먹는 둥 마는 둥 하고는 다시 내 방으로 돌아왔다.

학예 발표회는 이틀 동안 열리게 되는데, 첫날은 전교생 앞에서 그리고 둘째 날은 학부모와 외부 초대 손님들 앞에서 하게 되어 있었다. 그래서 난 첫날보다 둘째 날 행사가 더 기대되었다. 왜냐하면 그날은 엄마와 아빠 모두 오실 테니까.

부모님께 내가 얼마나 든든하고 멋진 아들 같은 딸인지, 아니 아들보다 멋진 딸인지 보여드릴 수 있다고 생각하니 난 가슴이 쿵쾅거리기 시작했다. 하루하루 시간이 갈수록 쿵쾅거림은 더욱 강하게 느껴졌다.

매일 달력에 표시하면서도 꿈같았다. 정말 그날이 올까? 왠지 정말 좋은 날은 오지 않은 채 시간이 멈춰 버릴지도 모른다는 생각을 그때 내 인생에서 처음으로 해 보았던 것 같다.

드디어! 마침내! 기다리고 기다리던 그날이 왔다.

아침부터 학교 전체가 들썩거렸다. 수업은 없었지만 전교생은 평소처럼 8시 30분까지 등교해서 각 교실에 집합했다. 그리고 1학년부터 6학년까지 전교생이 걸어서 음대 크라운 관으로 향했다.

태권도 시범단을 비롯해 발표하게 될 학생들은 제일 먼저 출발했다. 긴장했는지 모두 말이 없었다. 평소 같으면 서로에게 발차기하면서 장난친다거나 얍얍 소리를 지른다거나 했을 텐데 웬일인지 하나같이 입을 꼭 다물고 걷기만 했다. 혹 친구들이 놀릴까 봐 말은 못해서였지 12명 시범단은 하나같이 같은 생각이었으리라.

하얀 왕관 모양에 황금색 꼭지 장식을 올린 음대 크라운 관은 매우 아름다워서 왠지 태권도 시범과는 어울리지 않는 분위기였다.

전교생이 객석을 빽빽이 채우자 기다리던 학예 발표회가 시작되었다. 그리고 마침내 사회자가 내 이름을 불렀다.

"다음은 5학년 모란 반 한지수 학생의 팔괘 8장 시범이 있겠습니다. 한지수 학생은 이번 시범단에서 유일한 여학생입니다. 큰 박수 부탁합니다."

"와, 짝짝짝."

크라운 관을 가득 메운 우렁찬 박수 소리에 나는 내 목을 타고 넘어가는 침 삼키는 소리를 듣지 못했다.

마침내 내 순서가 되었다. 난 꿈에서도 연습했던 팔괘 8장을 한 동작 한 동작 천천히 절도 있게 보여 주었다. 간간이 '얍얍' 하는 커다랗고 절도 있는 기합 소리와 함께.

추운 날씨였지만 이마에서 땀이 주르륵 흘러내렸다. 힘들다기보다 긴장해서였다. 마지막 동작을 마치고 다시 주춤새 품새로 돌아올 때까지 관객석을 빽빽이 메운 전교생의 눈과 귀가 모두 나에게 집중되어 있어 내겐 아무것도 들리지도 않았고 보이지도 않았다.

그 순간, 이 세상엔 오직 나와 태권도만 있었다. 단 하나 태권도만 생각했다. 그리고 오늘이 있기까지 내가 흘렸던 눈물과 땀만 생각했다.

마침내 마지막 동작인 주춤새 품새로 다시 돌아오자 관객석에선 우레와 같은 박수가 터져 나왔다. 삑! 하는 휘파람 소리도 들려왔다.

순간 난 그날의 스타가 되어 있었다. 앞줄 세 번째에 앉아 있던 남희와 미현이가 손을 흔들면서 환호했다. 앞줄 맨 가운데에 교장 선생님과 함께 앉아 계시던 강 선생님의 흐뭇한 얼굴도 눈에 들어왔다.

'아, 언니가 지금 이 모습을 봤어야 하는데. 엄마도, 아빠도, 아니 우리 오빠도!'

어쩌면 우리 오빠는 보고 있을지 몰랐다. 자랑스러운 듯 빙그레 웃으면서.

온 세상이 다 내 것인 듯 기뻤다. 귓가를 쟁쟁 울리는 커다란 함성과 박수 소리를 들으며 난 무대 뒤로 돌아왔다. 얼마나 기쁘고 흥분되었는지 쿵쾅거리는 소리를 가슴으로 느낄 수 있었다.

그러나 마냥 좋아하고 있을 수는 없었다. 이제 나에겐 더 중요한 순서가 기다리고 있었으니까. 바로 이단 앞차기였다. 5~6학년 남학생의 주먹 기왓장 격파도 성공적으로 끝났으니 남은 것은 이제 이단 앞차기 송판 격파였다. 사실 송판 격파가 그날의 클라이맥스라고 해도 틀리지 않았다.

사범님의 안내 방송에 따라 먼저 형우가 달려갔다. 형우의 옆모습을 보니 잔뜩 긴장해서 거의 울 듯한 표정이었다. 얍 하는 기합 소리와 함께 달려나간 형우는 송판 1장을 거뜬히 격파했다. 관객들이 와 하는 함성과 함께 힘찬 박수를 터뜨렸다.

이제 내 차례였다. 무대 왼쪽 끝에 서서 마이크를 잡고 순서마다 설명하시던 사범님께서는 이번엔 나를 보시곤 어서 시작하라고 손짓하셨다.

드…… 디…… 어……!

침을 한번 꼴깍 삼킨 뒤 난 으앗! 하는 기합 소리와 함께 무대 앞으로 달려나갔다. 달리는 속도도 괜찮았고 지점도 정확히 맞춰서 오른발을 힘차게 뻗었다. 바로 그 순간 객석과 무대 모두 무거운 정적이 흘렀다.

오른발이 송판을 정확히 맞추는가 싶었는데, 다음 순간 정적을 깨뜨리고 실망하는 탄성 소리가 객석에서 터져 나왔다.

'아니 이럴 수가!'

연습할 때 그렇게 짝짝 갈라지면서 날아가던 송판이 어찌 된 일인지 꿈쩍도 하지 않았다. 하지만 난 당황하지 않고 생각을 집중했다.

"격파, 집중. 한 번 더."

속으로 되뇌면서 시작 지점으로 가볍게 달려가서 한 번 더 몸을 날렸다.

"우아, 에이!"

새로운 기대감으로 술렁이던 객석은 다시 혼돈에 빠졌다. 기대감과 실망감이 교차하면서 학생들 입에서는 가벼운 탄식이 흘러나왔다. 두 번째도 역시 실패였던 것이다.

관객 속에서 야유와 실망이 쏟아져 나왔다. 순간 등골이 서늘해지면서 머릿속까지 하얘졌다. 그래도 난 끝까지 흐트러지지 않고 발차기가 끝나자 무대 정 가운데로 나와 허리를 굽혀 객석을 향해 인사하는 것을 잊지 않았다.

객석에서 남희와 미현이가 울상을 짓고 있었다. 바로 뒤에 앉은 구철이와 원일이는 쌤통이라는 듯 히죽거리며 비웃고 있었다.

관객 속에서 터져 나온 커다란 실망감이 나에게 생생히 전해졌다. 전교생이 보여 준 실망감은 나에게 커다란 충격으로 다가왔다.

하지만 난 참아내야 했다. 마지막 순서로 12명이 한 몸처럼 움직이는 전체 퍼포먼스를 시범 보인 뒤 난 무리에 묻혀 황급히 무대 뒤로 들어갔다.

내일이 오지 않기를……

실패의 충격은 나를 나락으로 떨어뜨렸다. 아무에게도 내색하지 않았지만, 난 시범이 끝난 뒤 무대 뒤에서 남몰래 눈물을 닦았다.

그날 우리가 보여 준 태권도 시범에 대한 교장 선생님을 비롯한 관객들의 반응은 전체적으로 대단하다는 것이었다. 당시 몇몇 학교에 태권도 시범단이 있었는데, 우리 학교는 역사가 짧은데도 다른 학교에 뒤지지 않으니 이참에 아예 태권도팀을 만들어야 한다는 소리까지 나왔다.

내가 실수한 것만 빼면 전반적으로 대성공이었다. 나만 실수하지 않았더라면 말이다.

그런데 어찌 된 일인지 그날 학예 발표회가 끝나고 내일의 발표를 위한 마지막 총연습 시간 내내 사범님께서는 아무런 말씀이 없으셨다. 그날 유독 혼자 실수했던 나는 사범님께서 나 때문에 화가 나신 것 같아 부끄럽고 죄송스러워 어찌할 바를 몰랐다.

'사범님께서는 나를 믿어 주셨는데 내가 이렇게 큰 실망을 안겨드리다니……'

난 내 실수로 인한 충격보다 사범님에 대한 죄송스러움에 안절부절못했다.

그런데 2시간 총연습이 끝나고 반장인 철홍 오빠가 마무리 인사를 하자 사범님께서는 기다렸다는 듯이 무서운 얼굴로 고함치셨다.

"지금부터 전체 실시한다. 머리 박기 시작!"

갑자기 벌어진 일에 우리는 모두 어리둥절했다.

그러자 사범님께서는 더 큰 목소리로 소리치셨다.

"뭐 하고 있는 거야? 전체 실시한다. 동작 봐라."

그러고는 화를 참지 못하고 바로 옆에 있던 샌드백을 발로 힘껏 차셨다. 어찌나 힘껏 차셨는지 그 충격으로 샌드백이 심하게 휘청거리면서 고정해 놓은 천장에서 거의 떨어질 뻔했다.

우린 너무 놀라서 차가운 체육관 바닥에 황급히 머리를 박았다. 그러자 사범님께서는 나를 향해 다소 누그러진 목소리로 말씀하셨다.

"지수는 됐다. 일어나."

그러자 아이들 사이에서 또다시 불평 섞인 말들이 터져 나왔다.

"에이, 치. 또 지수만?"

아이들은 그 순간 더 큰 실수를 했던 것이다. 사범님께서 더는 참지 못하고 체육관 창고 쪽으로 달려가시더니 보기에도 무시무시한 각목을 들고 오셨다.

"이 나쁜 새끼들아, 너희가 그러고도 사내새끼냐? 누구부터 맞을래? 각자 자기 나이만큼 맞는다."

어찌나 큰 소리로 고함을 치셨는지 아이들은 놀라 제풀에 나가떨어졌다. 이제까지 사범님께서 그렇게 무서운 얼굴로 화 내신 것을 본 적이 없었다. 사범님 얼굴은 빨갛다 못해 파랗 게 변해 있었다.

반장인 철홍 오빠가 무엇인가 짐작한 듯 벌떡 일어나서 각 목을 든 사범님 앞에 무릎을 꿇었다.

"사범님, 죄송합니다. 잘못했습니다. 용서해 주세요."

그러자 형우도 재빨리 함께 무릎을 꿇고 사범님께 매달렸다.

"사범님, 죄송해요. 다신 안 그럴게요."

나는 아무런 영문도 모른 채 아이들이 사범님께 매달리는 모습을 보고 있었다. 그래도 사범님께서는 아직 화가 안 풀리 셨는지 멈추지 않으셨다.

"그래, 좋다. 철홍이 너부터 맞자. 6학년이면 열세 살이지? 13번 맞는다."

그러면서 그 커다란 각목을 철홍 오빠를 향해 막 내리치시 려고 했다.

이번엔 내가 깜짝 놀랐다.

'아니 내일 중요한 시범이 남아 있는데 사범님께서 도대체 왜 저러실까? 혹시 어디 아프시나?'

난 재빨리 사범님께 달려갔다.

"사범님, 이러지 마세요! 제 실수예요. 제가 잘못했어요. 사범님, 내일은 더 잘할게요. 네? 사범님, 화내지 마세요. 제발 용서해 주세요. 네? 사범님."

갑자기 어디서 그런 용기가 났는지 모르겠다. 난 사범님의 팔을 붙잡고 엉엉 울기 시작했다. 무섭고 놀라서. 그리고 스스로에 대한 부끄러움과 죄송함 때문에.

내가 울자 남자아이들도 한 명 두 명 따라서 울기 시작하더니 잠시 뒤 체육관은 울음바다가 되었다. 그들도 나처럼 무서워서 울었을 것이다.

'그런데 무서운 이유는 알겠는데, 뭘 잘못했다는 거지.'

난 아무리 생각해도 그 이유를 도통 알 수 없었다. 나 혼자만 실수했는데 왜 엉뚱한 다른 아이들까지 잘못을 비는 건지.

하지만 계속 생각할 겨를이 없었다. 우리는 모두 한 팀이니까. 사범님께서 말씀하셨던 것처럼 12명이 한마음 한 몸처럼 움직여야 하니까.

얼마나 시간이 흘렀을까. 12명 울음소리가 체육관을 온통 뒤흔들자 사범님께서는 손에 들고 있던 각목을 체육관 바닥에 힘없이 내던지셨다.

그리고 천천히 입을 여셨다.

"굳이 말하지 않아도 내가 왜 이러는지 너희는 잘 알 거다. 용서를 구해야 하는 녀석들은 바로 네 녀석들인데 지수가 그런 너희를 대신해서 용서를 구했다. 창피를 당해야 하는 놈들은 바로 네놈들인데 지수가 너희 대신 오늘 그 창피를 당했다. 그것도 전교생 앞에서."

'아니? 도대체 사범님께서 무슨 말씀을 하시는 걸까?'

이유를 모르는 나는 어리둥절하기만 했다.

그러나 내 어리둥절함과는 상관없이 사범님께서는 계속 말을 이어가셨다.

"너희가 얼마나 치사하고 옹졸한 녀석들인지 누구보다 너희가 더 잘 알 거다."

이 말에 갑자기 경환이가 우는가 싶더니 아예 끅끅거리면서 꺼이꺼이 울기 시작했다. 경환이는 이단 앞차기를 할 때 송판을 잡아 주는 4학년 동생이었다. 몸집이 작고 동작이 빨라서 철홍 오빠의 어깨에 올라앉아 송판을 잡아 주는 역할로는 딱 알맞았다.

'경환이는 왜 저렇게 우는 걸까?'

난 도대체 뭐가 뭔지 도통 알 수 없었다.

경환이가 울자 무릎을 꿇고 훌쩍거리며 앉아 있던 철홍 오빠가 갑자기 일어섰다.

"사범님, 경환이는 아무 잘못이 없습니다. 제가 그랬습니다. 제가 그러자고 했습니다."

귓불까지 얼굴이 빨개진 철홍 오빠가 이렇게 말하면서 사범님 앞으로 가까이 다가갔다.

"대표로 저를 때려 주십시오. 쟤네들은 제가 시키는 대로 했을 뿐입니다. 제가 치졸하고 옹졸했습니다. 사범님, 정말 죽을죄를 지었습니다."

'아!'

난 그제야 비로소 알게 되었다. 경환이와 철홍 오빠가 그날 내게 무슨 짓을 했는지.

원래 이단 앞차기는 발차기하는 사람도 중요하지만, 송판을 잡고 있는 사람의 역할도 못지않게 중요했다. 발차기 충격이 크기 때문에 송판을 잘 잡고 있지 않으면 반동에 의해 송판이 움직여 격파는 실패하고 만다.

하지만 발차기할 때 위력이 아무리 크다 해도 송판을 잡고 있는 사람과 그 사람을 단단히 잡고 있는 사람, 이렇게 두 사람이 한 몸이 되어 집중하면 발차기의 힘으로 송판은 성공적으로 깨질 수 있다. 그런데 지금 그 두 사람이 사범님 앞에서 잘못을 빌고 있었다. 그리고 이 모든 사실을 알고 있는 형우 역시.

그러니까 그날 내가 시범을 보일 때 아이들 사이에선 모종의 음모가 있었던 것이다. 무슨 일이 있었을지 짐작하기 어렵지 않았다. 내가 격파할 때는 송판을 살짝 올리고 형우가 찰 때는 잘 잡고 있었던 것이다. 사범님 말씀처럼 아주 치사하고 옹졸한 방법으로 나를 골탕 먹였던 것이다.

하지만 그땐 난 몰랐다. 발차기에만 집중했기에 송판이 움직였으리라고는 생각도 못 하고 내 실수로만 생각했다. 그러나 멀리서 나와 형우가 격파하는 모습을 살펴보셨던 사범님은 성공과 실패의 진짜 이유를 샅샅이 알고 계셨던 것이다.

순식간에 모든 사실을 알아챈 나는 너무나 놀라서 아무 말도 못 하고 멍하니 서 있었다. 그러다 불현듯 옷도 갈아입지 않은 채 천천히 체육관을 걸어 나왔다. 22개의 놀란 눈동자와 사범님의 안타까운 침묵이 나를 붙잡았지만 나는 개의치 않았다.

난 더 이상 내일이 올 것을 기대하지 않았다. 아니 내일이 오지 않기를 기대했다.

그날 비틀거리며 집으로 돌아오는 길에 보았던 눈꽃 핀 학교 교정이 왜 그리도 슬프고 슬펐는지 모른다. 그 눈꽃들은 알알이 차가운 방울이 되어 내 뺨을 타고 흘러내렸다.

양말 없이 운동화만 신고 태권도복에 외투도 걸치지 않은 채 아무렇게나 가방을 짊어지고 내려왔던 12월의 학교 풍경은 오랜 세월이 흐른 뒤 누군가로부터 배신을 당하거나 절망감에 맞부딪칠 때마다 똑같은 장면으로 내게 다가왔다. 그 슬픈 기억은 내 속 어느 곳엔가 꼭꼭 숨어 있다가 거짓말처럼 다시 튀어나왔다.

열두 살 소녀가 감당하기에는 친구들로부터 받은 배신의 충격은 너무나 컸다. 그리고 그날은 정말 아팠다. 아프고, 아프고 또 아팠다.

저 남자애가 제일 잘한다

그날 저녁 난 심한 오열에 시달렸다. 달랑 태권도복만 입고 찬바람을 쌩쌩 맞으며 터벅터벅 아주 천천히 집으로 돌아오면서 한겨울 맞바람을 모두 맞았던 탓인지, 마음속에 부는 회오리바람 때문인지 온몸이 불덩이처럼 뜨거웠다.

얼마나 뜨거웠는지 엄마는 잠도 못 주무시고 내 곁에서 밤새 얼음찜질을 해 주셨다. 손과 발, 아랫배의 열은 가라앉았지만, 이마의 열은 쉬이 내리지 않았다.

마침 집 바로 옆에는 여의사 선생님이 운영하는 병원이 있었다. 평소 엄마와 친자매처럼 지내는 흉허물 없는 사이인 덕분에 자정이 지난 시간에도 왕진 가방을 들고 달려와 주셨다.

엄청나게 큰 엉덩이 주사를 두 대나 맞고 헛소리까지 하다 겨우 잠이 들었다. 얕은 잠이었는데도 꿈을 꿨다.

꿈속에서 누군가 나에게 사과 두 개를 건네주었다. 하나는 하얗고 통통한 사과였고, 다른 하나는 빨갛지만 볼품없이 쭈

그러진 사과였다. 난 두 개 다 갖고 싶었다. 그런데 하나밖에 갖지 못한다고 했다.

난 한참을 고민하다가 빨갛지만 볼품없이 쭈그러진 사과를 손에 쥐었다. 그러면서 막 한 입 베어 물려는 순간 엄마가 부르는 소리에 잠이 깼다.

"지수야, 이것 좀 먹어 봐라. 아빠가 파인애플 사 오셨다."

엄마는 방금 딴 통조림에서 파인애플 두 조각을 꺼내 내게 내미셨다. 난 아무것도 먹고 싶지 않았다. 그냥 잠만 자고 싶었다.

갑자기 몸이 너무 떨려왔다. 열이 내리면서 한기가 느껴졌다. 목이 탔다.

내가 목마르다고 하자 엄마는 얼른 잘게 자른 파인애플을 숟가락으로 떠서 먹여 주셨다.

한 숟가락 두 숟가락. 아빠는 옆에서 근심 어린 표정으로 나를 보고 계셨고 엄마는 말없이 한 손으로는 등을 받혀 주고 또 다른 손으로는 연신 파인애플을 떠먹여 주셨다.

"이제 못 먹겠어요."

겨우 입을 뗀 나를 보시고 엄마는 이때다 싶으셨는지 얼른 말씀하셨다.

"네가 이번에 태권돈지 뭔지 한다고 너무 무리했다. 그래서 그래. 이제 다 끝났으니 태권도 그만두고 푹 쉬어라. 계집아이가 이제 그 정도 배웠으면 됐지 뭐."

그러면서 힐끗 아빠를 쳐다보셨다. 아빠가 맞장구쳐 주길 기대하시는 듯했다.

하지만 아빠는 아무 말씀도 안 하셨다. 대신 손바닥으로 내 이마를 짚어 보시면서 혼잣말처럼 중얼거리셨다.

"열은 좀 내렸군."

아빠가 사 오신 파인애플 덕분이었다. 아빠는 가족 중 누군가가 아플 때마다 파인애플 통조림을 사 오셨다. 당시 파인애플 통조림은 남대문 도깨비 시장에 가야만 살 수 있는 아주 귀한 것이었다. 미군 부대 PX 물건이라고 했는데 그 말이 무슨 말인지는 잘 몰랐지만, 어찌 되었든 참 맛있고 귀한 물건이었다.

그래서 언니나 나는 감기에 걸려 아플 때는 으레 아빠가 파인애플 통조림을 사 오시는 걸로 생각했다. 파인애플 통조림은 감기약보다 더 큰 효과가 있었으니까.

그런데 다른 때 같으면 얼른 파인애플 한 통을 다 먹고 싹 나아서 학교에 가고 싶었을 텐데 그날은 달랐다. 안 먹고 안 나았으면 좋겠다고 생각했다. 학교에 가기가 죽기보다 싫었으니까. 더 이상 태권도 시범단 친구들의 얼굴을 보고 싶지 않았다. 철홍 오빠도 경환이도 그리고 형우도.

'유치원부터 다녔던 학교지만, 까짓것 이제 학교 가고 싶지 않아. 봄에는 하얀 목련과 벚꽃 향기가 코끝을 간질이고, 여름에는 붉은 장미 우거진 아치형 정문이 멋지게 반겨 주는 곳.

가을에는 노랗고 붉은 단풍잎을 주우러 남희와 미현이와 뛰어 다니고, 겨울엔 무릎까지 오는 눈길을 사각사각 밟으며 올라 가는 언덕길이 멋있는 학교.'

그런데 친구들의 치졸한 배신 탓에 그 좋은 학교에 가기 싫 었다.

'사범님은?'

사범님 생각이 나자 난 잠시 주춤했다.

"태권도 소녀, 우리 학교의 태권도 영웅. 난 널 믿는다. 넌 최고의 태권도 선수가 될 거야."

늘 따뜻한 미소와 격려로 다독거려 주시던 박 사범님. 만약 내가 아프다고 내일 있을 학예 발표회에 나가지 않으면 과연 어떻게 될까? 내가 하기로 되어 있던 팔괘 8장 품새 단독 시 범과 이단 앞차기 송판 격파 시범은 누가 하게 될까?

생각이 거기에 미치자 배신감에 몸서리쳤던 것도 잊고 걱정 이 시작되었다. 처음에 친구들만 생각했을 땐 학교에 가고 싶 지 않았는데…….

혼자 천장을 바라보며 이런저런 걱정으로 끙끙대자, 아빠가 힘없이 일어나며 말씀하셨다.

"지수야, 당분간 푹 쉬어라. 태권도 하는 모습은 다음에 보 면 되지."

아빠의 그 한마디에 난 정신이 번쩍 들었다.

'맞다. 내일은 학부모 초청 학예 발표회였지!'

오늘 발표회는 전교생 앞에서 한 것이니 그냥 연습에 불과했다. 정말 진짜는 내일 발표회였다.

난 갑자기 파인애플이 더 먹고 싶었다. 빨리 먹고 나아야 했다.

"엄마, 나 파인애플 더 먹을래요."

나는 침대에서 벌떡 일어나 앉았다. 누워서 비실거리던 내가 자리를 박차고 앉아 엄마가 떠먹여 주던 그릇을 빼앗다시피 허겁지겁 먹기 시작하자 엄마는 놀라 타일렀다.

"지수야, 갑자기 왜 그러니? 알았어. 천천히, 천천히 먹어라. 체한다."

엄마의 말을 듣는 둥 마는 둥 난 순식간에 통조림 한 통을 모두 먹어치웠다. 그렇게 맛있는 파인애플은 정말 처음이었다.

파인애플 덕분이었는지 아니면 아빠의 말씀 덕분이었는지 다음 날 아침 난 정각 7시에 눈을 떴다. 몸이 그렇게 가벼울 수가 없었다. 사실 으슬으슬 춥기는 했지만, 뚱뚱하던 몸이 가벼워진 것처럼 난 내 몸이 솜털같이 가볍게 느껴졌다.

"지수야, 의사 선생님이 오늘은 약 먹고 온종일 누워 있으라고 했잖아."

주섬주섬 태권도복을 챙기는 나를 보며 엄마가 만류했지만, 난 듣는 척도 안 하고 학교를 향해 빠른 걸음을 옮겼다. 생각 같아서는 달려가고 싶었지만 몸이 완전히 회복된 것은 아니었다. 학교 언덕길을 오르는 동안 몇 번이나 기침했으니까.

8시까지 체육관에 집합하라던 사범님 말씀이 생각나서 난 부지런히 학교로 걸음을 옮겼다. 잠시 뒤 나는 다시 22개의 놀란 눈동자와 박 사범님의 반가운 얼굴과 마주했다.

내가 체육관에 들어서자 아이들은 슬그머니 나를 쳐다보았다. 난 개의치 않고 사범님께 경례했다. 사범님께서도 아무 말 없이 그냥 고개만 끄덕여 주셨다. 돌아와서 기쁘다는 미소와 함께.

곧 우리 12명은 크라운 관을 향해 구령을 붙이면서 뛰어갔다. 태권도 시범단이 뛰어가는 모습을 본 남희가 나를 보고 아는 체했다.

"지수야, 잘해. 오늘은 꼭 성공해. 알았지?"

남희는 엄지손가락을 허공을 향해 올리며 응원해 주었다.

'그래, 꼭 그럴게.'

난 속으로 다짐하면서 남희를 향해 엄지손가락을 추켜올렸다. 아침부터 왠지 예감이 좋았다. 오늘은 꼭 성공할 것 같았다. 아니 성공해야만 했다.

시범을 앞두고 무대 뒤에서 준비 운동을 하고 있는 우리를 향해 사범님이 말씀하셨다.

"오늘은 중요한 날이니 긴 얘기는 하지 않겠다. 사실 어젠 너무 실망해서 오늘 시범을 포기할까 생각도 했다. 난 아직 너희를 용서하지 않았다. 그런데 여러분도 본 것처럼 지수가 오늘 이 자리에 우리와 함께 있다. 지수가 너희를 용서한 것이라 생각한다. 만약 또다시 어제처럼 졸렬한 행동을 한다면 그땐 내가 가만두지 않을 거다. 너희 모두 퇴학시키고야 말 거다. 알았나?"

사범님의 눈에는 시퍼런 서슬이 어른거렸다. 그 모습에 너무 놀라서 나도 모르게 기침을 뱉고야 말았다. 아이들은 아무 말 없이 고개를 푹 숙이고 있었다.

이윽고 절대로 올 것 같지 않았던, 아니 오지 말았으면 좋겠다고 생각했던 그 시간이 마침내 다가왔다. 나의 팔괘 8장 품새 단독 시범을 시작으로 우리 팀의 태권도 시범이 진행되었다.

5~6학년 남학생들의 주먹 기왓장 격파는 한 사람도 실수 없이 성공했다. 다음은 형우의 이단 앞차기 송판 격파가 기다리고 있었다.

"얍!"

기합 소리를 내며 달려가는 형우의 옆모습을 보니 잔뜩 긴장한 표정이 보였다. 철홍 오빠도 송판을 붙잡고 있는 경환이도 덩달아 얼굴이 몹시 일그러져 있었다.

'자식들, 어디 한두 번 해 보나?'

난 속으로 중얼거렸다. 어제 이어 오늘도 잘할 텐데 도대체 뭐가 그리 걱정스러운 건지.

그런데 다음 순간 놀라운 일이 벌어졌다.

"아!"

아쉬운 탄성과 함께 형우의 격파가 실패했던 것이다. 당황한 형우는 급히 처음 자리로 돌아왔고 다시 한 번 기합 소리와 함께 격파 지점을 향해 달려갔다.

"아! 어머, 저런. 쯧쯧쯧."

놀랍게도 두 번째 시범에서도 형우는 격파에 실패했다. 학부모들과 외부 손님들까지 와서 어제보다 더 많은 사람이 크라운 관을 빽빽이 메우고 있었다.

객석에서 안타까운 탄성이 날아들었다. 두 번째 격파에서도 실패한 형우의 얼굴이 심하게 일그러졌다.

사범님께서는 이번에 내 차례라고 사인을 보내셨다. 사범님 얼굴은 굳어 있었지만, 난 그 얼굴에서 응원의 말을 읽을 수 있었다.

'지수야, 걱정하지 말고 최선을 다해. 넌 성공할 수 있어!'

아직 몸 상태가 안 좋은 데다가 어제 실패에 대한 공포까지 겹쳐 너무나도 떨렸지만, 사범님께서 보내 주시는 말 없는 응원에 난 용기를 얻었다. 그리고 지금 객석 어디에선가 나를 지켜보고 계실 엄마와 아빠를 생각했다. 분명 엄마는 나보다 더 떨고 계실 테고, 아빠는 말없이 나를 지켜보고 계시겠지. 동생 지희는 엄마 무릎에 앉아 작은 손을 짝짝 마주치며 응원하고 있으려나?

엄마와 아빠 그리고 지희를 생각하자 마음이 편안해졌다. 그리고 사랑하는 우리 오빠도 분명히 지켜보고 있으리라.

'이곳을 크라운 관이 아니라 우리 집 마당으로 생각하자. 난 우리 가족 앞에서 시범을 보이는 거야.'

커다란 기합 소리를 내며 난 송판을 향해 격렬하게 달려갔다.

"파파팍!"

잠시 뒤 송판 두 장이 깨끗이 깨지는 경쾌한 파열음과 동시에 감탄사와 우렁찬 박수 소리가 쏟아졌다.

"와우, 대단하다. 멋있다! 와아아아아!"

어떻게 내 자리로 돌아왔는지 마지막 전체 퍼포먼스를 어떻게 했는지 기억나지 않는다. 다만 관객석이 뜨거운 흥분과 열정으로 온통 넘실댔다는 것밖에는.

그날 저녁에도 파인애플 통조림 한 통을 깨끗이 먹어 치운 덕분에 화장실이 급했던 나는 한밤중에 마루로 나가다가 안방에서 엄마가 아빠에게 나직이 속삭이시는 말을 들을 수 있었다.

"당신도 아까 들었죠? 내 뒤에 앉았던 아줌마가 옆 사람에게 하던 말. '어머머, 저 남자애가 제일 잘한다.' 하면서 놀랐잖아요. 내가 참 그 말을 듣고 웃어야 할지 울어야 할지 몰랐다니까요. 근데 내가 봐도 지수가 제일 잘하긴 하더라. 후후, 저렇게 잘하는 애를 못하게 했으면 어떻게 할 뻔했나 몰라요. 태권도 시키길 잘한 것 같죠? 그래서 아무리 계집애라고 해도 계속시켜야 할 것 같은데, 당신 생각은 어때요? 여보, 내 말 듣고 있어요?"

뜻밖의 전화

학예 발표회는 끝났지만, 나는 여전히 우리 반의 '아라치'
였다. 아니 이제 우리 반뿐 아니라 전교생이 다 아는 아라치
가 되어 있었다.

복도에서나 운동장에서 나를 만나면 아이들은 아는 체하며
이것저것 물어보았다.

"와, 너 태권 소녀 아라치 맞지? 너 주먹으로도 기왓장 깰
수 있어?"

마치 나와 친해지면 든든한 보디가드 한 명 생긴다고 생각
하는 것 같았다.

함께 운동했던 동생 경환이는 학교 복도에서나 운동장에서
만날 때면 누나라고 부르며 반갑게 달려와 매달렸다. 철홍 오
빠는 나만 보면 뭐 먹고 싶은 것 없느냐고 물어봤다. 괜히 쑥
스러워서 다른 말은 하지 못하는 것 같았다. 왜냐하면 점심
도시락을 배불리 먹고 소화도 시킬 겸 운동장으로 뛰어나오는

나에게 먹고 싶은 것을 물어보았으니.

그런데 형우는 예외였다. 형우는 발표회 이후로 나를 볼 때마다 애써 피해 다녔다. 내가 뭐라고 한 적도 없는데, 나와 부딪치는 것이 몹시 불편해 보였다. 그리고 그해 겨울 방학이 끝나던 무렵 형우는 아빠가 외국으로 가시게 되었다며 학교를 떠났다.

형우가 전학 갔다는 것을 한참 뒤에 알게 되었는데 무슨 까닭인지 오랫동안 마음이 참 아팠다. 난 이미 모든 것을 잊고 용서했는데 형우에게 그 마음을 솔직히 전하지 못한 게 후회되었다. 그 마음은 두고두고 마음 한구석에 남게 되었다.

성공적인 학예 발표회 덕분에 나를 바라보는 담임 선생님의 시선도 바뀌었다. '사내 녀석 같은 계집애'에서 '씩씩한 여자아이'가 된 것이다.

박 사범님에 대한 학교의 예우도 달라졌다. 학교 차원에서 태권도 시범단을 만들자는 소리가 나오고 있었다. 6학년 철홍 오빠가 졸업하고 나면 내년엔 내가 태권도 시범단의 반장이 될 거라는 수군거림도 들렸다.

그러나 내겐 반장 같은 감투보다도 어떻게 하면 더 멋진 자세를 보여 줄 수 있을지가 더 중요했다.

학예 발표회에 오셔서 내 태권도 동작 모두를 보셨던 문우성 태권도장 사범님께서도 초단 승급 심사를 앞둔 내게 무술하는 사람이 갖춰야 할 첫 번째 덕목이 바로 '겸손'임을 여러 번 강조하셨다. 덕분에 난 감투보다 태권도를 더 사랑하게 되었다.

그러던 어느 날, 학교에 다녀온 나는 엄마가 아랫목에 넣어 둔 밥을 보곤 엄마가 또 절에 가셨다고 생각했다. 절에 가실 때면 언니를 위해 간식 겸 이른 저녁을 준비해 두셨으니까.

이젠 제법 잘 뛰어다니고, 자기가 하고 싶은 말은 끝까지 꼬박꼬박 하는 네 살배기 동생 지희는 엄마와 함께 갔는지 보이지 않았다.

난 심심해서 피아노나 칠까 하다가 다음 달 심사를 앞두고 연습해야 할 것 같아서 일찌감치 태권도장에나 가야겠다고 생각했다. 서둘러 세수를 하고 엄마가 만들어 놓은 도넛 두 개를 우유와 함께 오물거리고 있는데 갑자기 잠이 솔솔 왔다.

시계를 보니 오후 4시였다.

'태권도장은 5시까지 가면 되니 조금 자고 가도 되겠다.'

그렇게 생각하고 거실 소파에 앉아 있다가 나도 모르게 스르륵 잠이 들었다.

얼마나 잤을까. 갑자기 울리는 전화벨 소리에 번쩍 잠이 깼다.

"따르릉따르릉."

난 꿈인지 생시인지 몰라 허둥대다가 마루 탁자에 놓인 전화기에서 불이 번쩍거리는 것을 보곤 황급히 달려가 수화기를 들었다.

"여보세요. 회기동입니다."

아직 졸린 목소리로 말하자 수화기 저편에서 다소 굵은 남자 목소리가 들려왔다.

"거기 한지수 어린이 집인가요?"

"예, 그런데요. 근데 누구세요?"

난 처음 듣는 목소리에 의아해 하면서 물어보았다.

'이 시간에 누가 나를 찾지?'

저녁 시간에 오는 전화는 별로 없었다. 엄마는 주로 아침 시간에 동네 아줌마들이랑 수다를 떨었고, 사업을 정리하신 뒤로는 아빠를 찾는 전화는 별로 없었다.

더군다나 지금 전화한 아저씨는 내 이름을 말하고 있지 않은가. 나는 의아한 마음에 잠자코 그다음 말을 기다렸다. 그러자 굵은 목소리의 남자는 잠시 생각하는 듯싶더니 이렇게 물었다.

"혹시 엄마 계시니?"

난 순간 절에 가셨다고 말하려다가 낯선 사람이 전화했을 때 집에 아무도 없다고 하면 안 된다고 하셨던 엄마 말씀이 생각나 잠시 우물쭈물했다.

그러자 굵은 목소리의 남자가 다시 물었다.

"혹시 네가 지수니?"

이미 알고 있다는 듯이 물어보는 게 아닌가. 난 어떻게 할까 잠시 생각하다가 누가 와도 문만 안 열어 주면 되겠지 싶어서 당당하게 말했다.

"네. 제가 한지수인데요."

내 대답에 그 남자의 목소리가 갑자기 밝아졌다. 조금 전 괜히 무게 잡는 굵은 목소리가 아니었다.

"지수? 태권 소녀 지수? 하하. 그런데 너 정말 태권도를 잘하더구나. 언제부터 배웠는지 몰라도."

그 남자는 굉장히 반가운 척했다. 난 당황해 뭐라 말해야 할지 몰랐다.

"아, 지난번 학교 크라운 관에서 네가 태권도 하는 걸 보았거든. 난 네가 사내아이인 줄 알았는데 알고 보니 여자아이이더구나. 여자애가 그 정도니 만약 사내아이였다면 훨훨 날았을 텐데……."

그러면서 몹시 아쉽다는 듯이 말끝을 흐렸다.

난 순간 은근히 화가 치밀었다.

'사내아이였다면? 아니, 지금 뭐라는 거야? 그럼 계집애한테 전화는 왜 했어?'

난 치밀어 오르는 화를 삭이느라 씩씩거렸다.

내가 아무런 말도 하지 않자 굵은 목소리 남자는 아차 싶었는지 다시 말을 걸어왔다.

"아저씨는 대학에 있는 사람이야. 그런데 그날 네가 격파하는 모습과 품새를 보고 잘하면 큰 선수가 될 것 같아서. 암튼 목소리 들어서 반가웠고 엄마 들어오시면 내가 전화했었다고 전해 줄래? 전화번호는……."

그러면서 번호를 불러 주었다. 난 처음엔 화가 나서 전화를 그냥 끊어 버릴까 하다가 '잘하면 큰 선수가 될 것 같다'는 말에 솔깃해서 화를 누그러뜨리고 대꾸 없이 불러 주는 대로 번호를 받아 적었다. 혹시 만나게 되면 얼굴을 향해 이단 앞차기를 날려야지 생각하면서.

그날 저녁, 동생 지희를 업고 들어오신 엄마는 언니가 배고프다고 쫑알거리자 옷도 갈아입지 않은 채 부엌으로 달려가 달걀말이와 김치찌개를 만드느라 바삐 움직이셨다. 그로부터 한참 지나 저녁 식사 설거지까지 마치신 엄마가 마루 소파에 앉아 텔레비전을 켤 때야 난 비로소 굵은 목소리의 남자에게서 전화가 왔었다는 말을 할 수 있었다.

엄마는 내 말을 전해 듣고 걱정스러운 표정으로 쳐다보셨다.

"그래서 뭐라고 했어?"

"아니 아무 말도 안 하고 그냥 번호만 적었는데. 왜요?"

"음. 아니야……."

엄마는 말을 얼버무리셨다. 난 당황하는 엄마의 얼굴을 보면서 고개를 갸웃했지만 오늘따라 태권도장에서 연습을 많이 한데다가 밥을 배불리 먹고 나니 졸려서 서둘러 세수하고 내 방으로 들어왔다.

침대에 누워 천장을 바라보니 전화한 남자의 말이 다시 생각났다.

'여자애가 그 정도니 만약 사내아이였다면 훨훨 날았을 텐

데.'

순간 은근히 화가 다시 치밀었다.

"에잇, 엄마에게 전화번호 주지 말걸 그랬다."

난 혼자 중얼거리면서 몸을 이리저리 뒤척이다가 잠이 들었는데, 일찍 잠이 들었던 까닭인지 옆집 깜둥이 형제네 집 닭 우는 소리에 평소보다 빨리 잠에서 깼다.

부엌에선 벌써 엄마가 아침 준비하는 소리가 들려왔다. 조금 열린 방문 사이로 맛있는 냄새가 폴폴 풍겨왔다.

'오, 오늘 아침은 내가 좋아하는 된장찌개구나!'

난 엄마를 도와드려야겠다고 생각하며 옷을 갈아입고 마루로 나왔다.

마루에선 아빠가 벌써 소파에 앉아 아침 신문을 읽고 계셨다.

"아빠, 안녕히 주무셨어요?"

난 눈을 비비면서 아침 인사를 했다.

그러자 아빠는 나를 보시곤 신문을 탁자 위에 내려놓으셨다.

"어이쿠, 우리 둘째 공주님이 오늘은 일찍 일어나셨네."

무엇인가 할 말이 있으신 표정이셨다. 난 무슨 일인가 싶어서 멀뚱멀뚱 쳐다보았는데, 아빠는 손짓으로 옆에 와 앉으라고 하셨다.

"지수야, 태권도 하느라 피곤하지 않니? 승단 심사가 언제라고 했지?"

아빠는 내가 말씀드리지 않았는데도 승단 심사가 있다는 걸 알고 계셨다. 엄마에게만 살짝 말씀드렸는데. 혹시나 승단 심사에서 떨어지면 어쩌나 싶어서 아빠에겐 절대 비밀로 해 달라고 그렇게 여러 번 당부했는데, 역시 엄마는 믿을 수 없었다.

'할 수 없지. 아빠에게 다 말할 수밖에.'

"그게 그러니까 다음 주 토요일이에요."

그러자 아빠는 그것도 이미 알고 있었다는 듯이 말씀하셨다.

"정말 며칠 안 남았으니 준비 잘해서 꼭 합격하자구나."

이 부담감을 어찌하랴. 그런데 아빠는 내 마음도 눈치챘는지 빙그레 웃으시며 응원해 주셨다.

"괜찮아. 앞으로 큰 선수가 될 녀석이 뭐 승단 심사 갖고 벌벌 떨고 그래. 한번은 거쳐야 할 과정이니까 담대하게 부딪혀 보는 거야! 알았지?"

앞으로 큰 선수가 될 녀석? 어디서 들어본 말이었다. 그건 어제 전화했던 바로 그 굵은 목소리 아저씨가 한 말이었다.

난 너무 궁금해서 아빠 얼굴을 똑바로 바라보았다. 아빠가 무언가 말해 줄 것을 기대하면서. 아빠도 그런 내 마음을 아셨는지 천천히 입을 여셨다.

"지수야, 너 태권도 한번 확실하게 배워 볼래?"

"네? 지금도 문우성 태권도장에서 확실하게 배우고 있는데요?"

태권도를 확실하게 배워 보겠느냐니. 그럼 지금 배우고 있는 건 확실하지 않은 태군도나 태곤도란 말인가.

무슨 말인지 몰라 어리둥절한 내게 아빠가 웃으며 말씀하셨다.

"그러니까 그냥 동네 태권도장이나 학교에서 배우는 게 아니라 전문기관에서 배우라는 거야. 그래서 우리나라를 대표하는 유소년 국가 대표 선수가 되는 거지. 어때? 지수 너 한번 해 볼래?"

태극기를 가슴에 달고

우리나라를 대표하는 유소년 국가 대표 선수? 이름부터 거창했다. 아니 말만 들어도 가슴이 쿵쾅쿵쾅 뛰었다. 알고 보니 어제 그 굵은 목소리 아저씨가 나를 유소년 국가 대표 선수로 만들고 싶다고 전화했던 것이다.

엄마는 이미 그 사람이 누군지 알고 계셨고, 역시나 반대하셨다. 그리고 아빠는 전폭적인 지원, 지지, 찬성, 후원, 협조, 축하!

난 그 순간 너무나 놀랍고 기뻐서 아무 말도 하지 못했다. 그냥 입만 벌리고 이게 꿈인지 생시인지 몰라 멍하니 생각에 잠겨 있었다.

"지수야, 언니 좀 깨워라. 아이코, 늦었네. 오늘 조회 있다고 일찍 간다고 했는데."

엄마의 외침에 겨울 방학을 앞두고 오늘 전체 조회가 있다는 게 불현듯 생각나 나는 서둘러 언니를 깨우고 학교 갈 준비를 했다. 언니는 어젯밤 늦게까지 공부해서인지 도통 일어나지 못했다.

나는 언니 방과 부엌을 몇 번이나 오가면서 정신없이 바쁜 아침을 보내고 서둘러 학교로 향했다. 교실로 들어서자 담임 선생님께서 나를 보시곤 어서 교무실로 가보라고 하셨다. 박 사범님이 찾고 있다는 말과 함께.

'박 사범님이 아침부터 왜 날 찾으시지?'

무슨 일인가 싶어 교무실로 달려가다 그만 강 선생님과 부딪치고 말았다. 규율부장 선생님이자 나를 퇴학시키려고 했던 강 선생님은 나를 보자 반갑게 인사했다.

"태권 소녀 한지수구나."

이제야 비로소 내 이름을 불러 주셔서 난 매우 기뻤다.

강 선생님은 '옥상 난간 질주 사건' 이후로 나를 볼 때마다 지은이 동생이라고 부르셨다. 내 이름은 지은이 동생이 아니라 한지수인데.

그런데 오늘은 내 진짜 이름을 불러 주셨다. 학예 발표회가 내 이름 석 자까지 찾아 준 셈이었다. 난 기쁘지만 부끄럽기도 해서 걸음을 멈추고 빙긋이 웃었다.

"어딜 그렇게 급하게 가니?"

"박 사범님께서 찾으신다고 하셔서요."

"박 사범님? 음, 조금 전에 체육관으로 가시던데?"

난 교무실로 가던 걸음을 돌려 체육관을 향해 바쁜 걸음을 옮겼다.

'아침부터 체육관에서 뭘 하시지?'

체육관엔 불이 환하게 켜져 있었고, 안에는 박 사범님이 낯선 두 남자와 무엇인가 이야기를 나누고 계셨다.

'누굴까? 이 시간에?'

난 들어갈까 말까 잠시 망설이다가 아침 조회 시간을 알리는 종이 울리자 할 수 없이 안으로 들어섰다.

입구에 들어서는 나를 보고 사범님께서 어서 오라고 손짓하셨다. 난 빠른 걸음으로 사범님 앞으로 다가갔다.

"얘가 바로 한지수입니다."

두 남자는 내가 오는 모습을 유심히 살펴보다가 박 사범님 말에 나를 뚫어져라 바라보았다. 어찌나 유심히 쳐다보는지 영 어색해서 재빨리 시선을 돌렸다.

사범님께서도 내 마음을 아셨는지 나를 그분들께 소개하셨다.

"지수야, 혹시 엄마가 뭐라 말씀 안 하시던? 이분은 체대 송 교수님, 그리고 이분은 국기원에서 나오신 김 선생님이시다."

그러자 체대 교수님이라는 분이 내게 아는 체했다.

"네가 바로 지수구나. 그날은 멀리서 봐서 잘 몰랐는데, 가까이 보니 예쁘게 생긴 여자아이가 맞구나. 하하, 근데 우린 어제 이미 인사했지?"

'그럼 이 남자가 바로 어제 전화했던 그 굵은 목소리?'

사실 어제 통화하면서 기분이 좀 나쁘긴 했지만, 막상 만나고 보니 사람 좋은 이웃집 아저씨처럼 느껴졌다.

박 사범님은 내가 쭈뼛거리고 서 있자 은근히 나를 자랑하고 싶으셨는지 부탁하셨다.

"지수야, 너 이분들에게 태권도 품새 시범 한번 보여 줄 수 있겠니? 이른 아침이어서 힘들까? 하하하."

마침 그날 치마가 아니라 편안한 바지에 티셔츠를 입고 갔기에 난 그 자리에서 마치 준비했다는 듯이 팔괘 품새를 마음껏 시범 보였다. 그리고 내친김에 옆에 있던 송판을 들고 사범님께 여쭤보았다.

"사범님, 이단 앞차기도 해 볼까요?"

"아니. 앞돌려차기와 뒤차기만 해도 될 것 같은데. 어떻게 할까요?"

사범님 말씀에 두 분은 괜찮다는 듯 고개를 끄덕이셨다.

난 속으로 이단 앞차기가 더 멋있을 텐데 아쉬워하면서 거칠 것 없는 동작과 오래전부터 연습해 두었던 잔인하고 차가운 눈빛까지 보태어 멋지게 태권도 시범을 마쳤다.

"와우, 대단한데!"

세 남자에게서 동시에 커다란 박수와 함께 흐뭇한 미소가 터져 나왔다.

사범님께서는 마치 자기가 박수를 받은 것처럼 기뻐하셨다. 수업 뒤에 다시 만나자는 사범님 말씀을 들으면서 난 체대 송 교수님과 국기원 김 선생님께 허리 굽혀 인사하고 교실로 돌아왔다.

교실에 돌아오니 내일부터 긴 겨울 방학이 시작된다고 선생님께서는 벌써 커다란 칠판 가득 겨울 방학 숙제를 적어 놓으셨다. 일기 쓰기부터 여행문과 체육 활동 보고서, 악기 하나 연습하기와 착한 일 하기 등등.

받아쓰기도 어려울 만큼 많은 숙제를 내 주신 선생님께선 한 명 한 명 이름을 부르면서 다양한 상장을 나눠 주셨다.

난 개근상은 받게 되어 다행이라고 생각하면서 친구들이 상을 받는 모습을 우두커니 보고 있었다. 그림을 잘 그리는 남희는 지난번 어린이 신문사에서 주최한 그림 그리기 대회에서 은상을 받은 덕분에 미술상을 받고 싱글벙글 웃으면서 자리로 돌아왔다. 무용을 잘하는 미현이도 대학 무용학과에서 주최한 한국무용 대회에서 상을 받아 입이 찢어져라 웃었다.

출석부 이름 순서대로 상을 나눠 주니 난 한참을 기다려야 했다. 이럴 땐 내 이름이 히읗 자로 시작되는 것이 조금 짜증 나기도 했다.

"기역이나 니은 자로 시작하면 얼마나 좋아."

쓸데없는 투정을 부리고 있을 때 선생님께서 내 이름을 부르셨다.

"다음은 한지수!"

"네."

나는 개근상을 기대하며 교단 앞으로 달려나갔다.

"자, 한지수 축하한다. 지수가 교장 선생님이 주시는 '올해의 어린이상'을 받게 되었다! 자, 모두 힘찬 박수로 축하해 주자."

"와, 축하해. 지수 최고다!"

반 친구들 사이에서 커다란 박수와 함성이 쏟아져 나왔다.

'올해의 어린이상'은 1년에 한 번 겨울 방학식 때 교장 선생님 이름으로 주는 상으로 학년마다 딱 한 명의 학생에게만 주는 대단한 상이었다. 그러니까 한 해에 오직 여섯 명만 받을 수 있어 누구나 받고 싶어 하고 부러워하는 최고의 상이었다.

그런 상을 내가 받다니 나는 믿어지지 않았다. 개근상을 기대하고 나갔던 나는 선생님께서 주시는 상장에 내 이름 석 자가 쓰여 있는 것을 보고도 실감이 나지 않았다. 꿈만 같았다. 아니 거짓말 같았다.

그렇게 공부 잘하는 언니도 받지 못했던 상인데. 그 상을 내가 받다니.

난 너무 놀라고 기뻐서 담임 선생님께서 다음 사람 이름을 부를 때까지 멍하니 교단 앞에 서 있었다.

> ## 올해의 어린이상
>
> ### 5학년 모란 반 한지수
>
> 위의 학생은
> 우리 00 국민학교를 빛내고
> 선생님들의 보람이 되고
> 친구들의 모범이 되었기에
> 사랑과 칭찬의 마음을 담아
> 이 상을 드립니다.
>
> 00 국민학교 교장 000

빨리 상장 좀 보여 달라고 채근하던 남희는 천천히 또박또박 내 상장을 큰 소리로 읽었다. 친구들이 내 주위로 몰려들었다. 선생님께서는 흐뭇한 미소를 지으신 채 아무 말 없이 그 모습을 보고 계셨다. 다른 날 같았으면 모두 제자리로 돌아가라고 소리치며 기다란 막대기로 탁탁 교탁을 치셨을 텐데, 그날은 아니었다. 참 대견스럽다는 듯이, 매우 자랑스럽다는 듯이, 정말 기쁘다는 듯이 바라보며 그저 웃고만 계셨다.

그날 집으로 돌아오는 길 풍경은 잘 생각나지 않는다. 다만 눈발이 가늘게 흩날렸던 것 같다. 그런데 길 풍경과는 달리 한

달음에 달려와 집에 들어선 순간부터는 또렷하게 기억이 난다.

가쁜 숨을 몰아쉬면서 마루로 올라선 나는 거실 탁자에 있는 언니 상장을 보았다. 국어 · 영어 · 수학 · 과학 과목의 상장이 보란 듯이 나란히 놓여 있었다. '올해의 어린이상'을 자랑스럽게 내놓고 싶었는데, 언니가 받아온 전 과목 우등상 상장에 비하면 내 상장은 너무나 작고 초라했다.

하는 수 없이 난 엄마에게 내밀려 했던 상장을 가방 안에 살그머니 집어넣었다. 그리고 힘없이 방으로 들어가려는데 현관으로 아빠가 들어오시는 소리가 들렸다. 아빠의 양손에는 무언가 가득 들려 있었다.

"아빠, 다녀오셨어요."

꾸벅 인사하고 서둘러 방으로 들어가려는데, 아빠는 양손에 들고 있던 봉지를 내려놓고 커다란 손으로 내 손을 덥석 잡으시더니 마치 시합에서 이긴 선수처럼 내 손을 번쩍 들어올리셨다.

"와, 우리 딸 지수 만세! 올해의 어린이상 만세! 만세, 만세 만만세!"

아빠의 행동에 가장 놀란 것은 다름 아닌 엄마였다. 언니가 받아온 상장을 하나하나 만져보면서 흐뭇한 미소를 짓고 계시던 엄마는 아빠의 만세 삼창에 눈이 휘둥그레지셨다.

그 순간 난 아빠 눈에 고인 눈물을 보았다. 울컥 코끝이 찡해져 왔다.

아빠는 어디서 들으셨는지 내가 올해의 어린이상을 받은 것을 알고 내가 좋아하는 과일이며 과자를 잔뜩 사서 서둘러 들어오신 거였다. 그리고 나를 그 어느 때보다도 자랑스러워하셨다.

그해 겨울 방학은 그렇게 꿈같이, 거짓말같이 시작되었다. 그리고 며칠 뒤 또 한 번의 꿈같은 일이 벌어졌다. 국기원에서 김 선생님과 송 교수님을 다시 만나 우리나라를 대표하는 유소년 국가 대표 후보 선수 훈련팀에 들어가게 된 것이다. 가슴에 커다란 태극무늬가 새겨진 태권도복을 입고서.

고지가 바로 저긴데

그해 겨울 방학은 매일 이른 아침에 태권도 훈련을 받기 위해 국기원으로 향하는 것으로 시작되었다. 우리나라에 태권도 잘하는 아이들이 이렇게 많았나 하고 놀랄 만큼 전국 방방곡곡에서 모여든 태권 소년 소녀들은 저마다 자신만의 특기와 장기를 갖고 있었다.

이상한 사투리를 쓰는 더벅머리 사내아이는 이단 옆차기를 거뜬히 해내는가 하면 나보다 머리 하나가 더 큰 남자아이는 기와 10장을 눈 하나 깜짝하지 않고 맨손으로 깨부수었다.

30명 정도 되는 아이들은 대부분 남자아이였는데, 여자아이는 나를 포함해서 3명이었다. 학년은 5학년과 6학년이었는데 6학년 선배들은 체육 중학교에 가거나 국가 대표 선수가 되기 위해서 아주 어렸을 적부터 태권도를 한 까닭인지 동작하나하나가 예사롭지 않았다.

난 운동 경력이 그 아이들보다는 짧았지만, 체격이 탄탄했고 순발력이나 근력 면에서 뛰어난 기량을 보였다. 특히 발차기는 정확했고 연속 발차기는 따라올 아이가 없었다.

하지만 내게도 약점은 있었으니 바로 지구력이었다. 연습 시간은 하루 평균 3시간이었는데 내겐 2시간이 고비였다. 2시간만 넘어서면 헉헉거리면서 맥을 못 추는 것이 내 치명적인 약점이었다.

물론 태권도 부별 경기 시간은 2분 3회전, 휴식은 각 회 사이 1분으로 한다. 경기 시간은 매우 짧았지만, 훈련은 아니었다.

5킬로미터 달리기를 시작으로 왕복 달리기와 높이뛰기, 줄넘기 300회는 기본이었다. 겨울 방학 동안 쉬지 않고 훈련한 덕분인지 한 달 뒤쯤엔 나도 3시간 훈련에 익숙해졌지만 완전한 것은 아니었다.

특히 자유겨루기는 내게 그리 즐거운 시간이 아니었다. 약속겨루기는 상대방과 내 동작이 서로 약속한 대로 이루어졌지만, 자유겨루기는 상대방의 약점을 찾아서 공격해야 이길 수 있었다.

난 그게 몹시 싫었다. 누구나 약점은 있는 법이라 몇 번 발차기 동작을 해 보면 상대방의 허점이 보이곤 했다. 그럼 바로 그 허점을 정확히 찾아내서 공격하면 점수가 올라가는데, 난 왜 그 점이 그렇게 싫었는지 모른다.

"자, 다음은 자유겨루기다. 정해진 시간 동안 점수를 많이 얻은 사람이 이기는 거다. 알겠나?"

사범님이 호루라기를 불어 경기 시작을 알리면 마치 도살장에 끌려가는 소처럼 발이 떨어지지 않았다.

그래도 승부의 세계는 냉정한 것이어서 겨루기를 하면 반드시 이겨야 했다. 또 이기기 위해서는 — 비록 한번 겨루지도 못하고 싱겁게 끝나 버렸지만 깜둥이 형제와 키다리 형제와의 결투처럼 — 잔인하고 차가운 눈빛을 보여 주어야 했다.

더군다나 겨울 방학 동안 훈련을 받은 30명의 아이들 중 최종 선발을 통과한 15명의 아이들만이 유소년 대표 선수가 될 수 있었다. 그러니 아이들은 매일매일 최선을 다할 수밖에 없었고 작은 실수도 용납되지 않았다.

아빠가 태워다 주시긴 했지만 집에서 국기원이 있는 역삼동까지 매일 다니는 일은 쉬운 일이 아니었다. 아침마다 따뜻한 이불에서 나오기 싫어 발버둥을 쳤지만, 오직 태극기를 가슴에 달고 뛰고 싶다는 생각으로 견뎌냈다.

아침 일찍 일어나는 나를 신기하다는 눈으로 바라보면서 언니는 놀림 반 칭찬 반으로 이야기했다.

"어, 우리 지수 대단한데? 너 매일 그렇게 공부하면 전교 1등은 문제없겠다. 호호."

엄마도 나를 위해 아침 일찍 일어나셔야 했지만, 겨울 학예 발표회 이후로 내가 태권도 하는 것을 반대하지 않으셨다. 아니 오히려 은근히 자랑스러워하는 눈치였다. 학예 발표회 뒤 함께 시장을 가거나 동네 나들이를 할 때면 지나가던 동네 사람들이 나를 보고 놀라며 반가워했기 때문이다.

"어머 정말 깜짝 놀랐어요. 지수 태권도 하는 걸 보고 우리 딸도 시켜 달라고 어찌나 졸라대는지. 지수야, 태권도 하는 것 힘들지 않니? 우리 딸도 할 수 있을까?"

동네 아줌마들은 나만 보면 붙잡고 질문하며 무슨 꼬마 영웅처럼 대접해 주었다. 그 모습을 엄마는 흐뭇하게 바라보곤 하셨다. 그 덕분인지 양말부터 속옷, 체육복과 태권도복까지 매일 한 바구니씩 쏟아내는 빨래에도 그다지 싫은 내색을 하지 않으셨다.

겨울 방학은 그렇게 지나가고 있었고 두 달 가까운 훈련 과정이 끝날 무렵 전체 품새 테스트까지 가볍게 통과한 나는 마침내 꿈에도 그리던 고지를 눈앞에 두게 되었다.

이제 일주일 뒤면 한국 태권도 연맹 임원들 앞에서 최종 선발 대회가 열리는데, 그때 통과만 하면 되었다. 태권도 연맹 임원들은 체대 송 교수님과 국기원 김 선생님, 연습할 때마다 찾아오는 2명의 이사, 그리고 총재님까지 모두 5명이어서 그리 떨릴 것도 걱정할 것도 없었다.

운 나쁘게 감기에 걸리지 않게 몸조심만 하면 난 명실공히 한국의 태권 소녀 한지수가 되는 것이었다.

난 최종 선발 대회를 앞두고 음식도 소화 잘되고 맵고 짜지 않은 음식만 골라 먹고 집에서는 마당에도 나가지 않는 등 작은 일에도 조심 또 조심했다. 박 사범님 말씀처럼 '다 된 밥에

코 빠뜨리지 않기' 위해서.

그런데 정말 몹시 추운 날이었다. 그날따라 훈련 시간도 짧았다. 송 교수님이 학교의 비상 회의에 참석하시느라 예고 없이 2시간이나 일찍 끝나 버린 탓이었다.

난 아빠가 데리러 오기 전까지 어디선가 시간을 보내야 했다. 국기원 홀에서 며칠 뒤 있을 최종 심사를 상상하며 하나하나 머릿속으로 내가 해야 할 동작을 그려 보고 있는데, 누군가 어깨를 탁 하고 쳤다.

뒤돌아보니 소라였다.

"지수야, 뭘 그렇게 골똘히 생각해?"

소라는 나보다 키는 작았지만 야무지고 잽싸서 이번 최종 선발에 뽑힐 거라고 사범님이 말씀하시는 것을 얼핏 들은 적이 있었다.

더구나 소라 아빠는 유명한 태권도 사범이셨다. 소라는 나중에 아빠가 운영하시는 태권도장을 물려받을 거라고 했다. 그리고 보면 소라는 나의 가장 강력한 경쟁 상대였다. 3명의 여학생 중 2명만 선발될 예정이니 나와 소라 그리고 또 한 명의 여학생 중 누군가 한 명은 탈락해야 했기 때문이다.

난 차마 최종 심사 장면을 상상하고 있었다고 말할 수 없어 그냥 씩 웃고 말았다.

그러자 소라가 내게 제안을 했다.

"너 아빠 기다려야 하지? 그럼 우리 집에 잠깐 갈래? 여기서 5분도 안 걸려. 가자. 배고픈데 맛있는 것도 먹고."

나는 어떻게 할까 잠시 망설이다가 아빠가 태권도 사범이라고 하니 집에서는 어떻게 운동을 할까 궁금하기도 해서 소라를 따라 국기원을 나섰다. 소라네 집은 정말 국기원에서 걸어서 5분도 걸리지 않았다.

소라네 집은 겉에서 보기에도 입이 벌어질 만큼 으리으리했다. 그 동네에서 제일 좋은 집 같았다.

초인종을 누르니 안에서 누구냐고 묻는 젊은 여자의 목소리가 들렸다.

"나야."

소라는 퉁명스럽게 대답했고 곧이어 무거운 철문이 딱 소리를 내며 저절로 열렸다. 마치 '열려라 참깨'처럼 말이다.

문을 열고 들어서니 마당에는 크고 작은 나무가 근사하게 심어져 있었는데, 그 사이로 커다란 셰퍼드 한 마리가 있었다. 갈색의 길고 윤기 나는 털을 지닌 멋진 개였다. 이름이 '폴리'라고 했다.

폴리는 나를 보고 꼬리를 흔들어댔다. 소라가 눈을 동그랗게 뜨고 놀라면서 말했다.

"어머, 폴리는 아무나 보고 꼬리 흔드는 개가 아닌데. 네가 좋은가 보다."

소라의 긴 생머리와 폴리의 털이 어딘가 비슷해 보여 피식 웃자 소라는 영문도 모르고 나와 폴리를 번갈아 보며 피식 웃었다.

사실 나는 모든 종류의 개가 좋았다. 작은 개는 작은 개대로 귀여웠고, 큰 개는 큰 개대로 멋있는 기개와 기품이 느껴져 좋았다. 똥개는 똥개대로 편해서 좋았고, 족보가 있는 명견들은 또 그 나름의 가치가 있어 좋았다.

난 한눈에 폴리가 정말 족보 있는 훌륭한 개라는 걸 알 수 있었다. 폴리는 내가 등을 가볍게 쓰다듬어 주자 나만 졸졸 따라다니면서 꼬리를 흔들어댔다. 소라는 살짝 토라져서 어서 들어가자며 내 소매를 잡아당겼다.

난 폴리가 끙끙거리며 아쉬워하는 모습을 뒤로한 채 소라를 따라 2층으로 향했다.

소라 방은 마치 공주 방 같았다. 하얀 침대에 하얀 책상에 하얀 옷장까지 모든 것이 온통 하얀색뿐이었다. 침대 머리맡에는 백설공주와 일곱 난쟁이가 있었고, 전기로 깎는 연필 깎기에 그려져 있는 피터 팬과 팅커벨은 연필이 깎일 때마다 함께 날아다녔다. 방 전체가 마치 동화책 속 궁전 같았다.

집은 정말 큰데 사람은 소라와 젊은 가정부 아줌마뿐이었다. 난 아줌마가 맛있는 딸기 맛 쿠키와 뜨거운 코코아를 예쁜 접시에 담아 들고 들어올 때까지 눈이 휘둥그레져서 방 여기저기를 둘러보았다.

방에는 소라와 아빠, 엄마가 함께 찍은 가족사진이 걸려 있었는데 엄마가 무척 예뻤다.

"와, 엄마 정말 예쁘시다. 무슨 영화배우 같아."

내 칭찬에 소라는 다시 피식 웃으면서 책꽂이에서 앨범 하나를 들고 왔다.

한 장 한 장 넘겨 가던 나는 낡은 사진에 시선이 멈췄다. 사진 속에서 소라 아빠는 금메달을 목에 걸고 하늘을 향해 두 손을 번쩍 들고 계셨다. 역시 유명한 태권도 사범다운 모습이었다.

"와! 너희 아빠도 멋있다. 소라 넌 좋겠다. 아빠는 유명한 태권도 사범이시고 엄마는 영화배우처럼 예쁘시고."

그러자 소라는 아무것도 아니라는 듯 그냥 또 피식 웃었다. 그제야 비로소 난 소라가 무슨 말에건 피식 웃는 버릇이 있다는 걸 알았다. 함께 국기원에서 연습할 때는 작은 고추가 맵다는 걸 보여 주듯이 아주 야무지고 잽싼 친구였는데 집에서 보니 왠지 쓸쓸해 보였다.

'집이 커서 그런가. 아니면 소라와 가정부 아줌마뿐이어서 그런가?'

생각해 보니 우리 집은 언니도 있고 동생도 있고 또 온종일 여기저기로 뛰어다니는 내가 있으니 늘 시끌벅적한데 소라네 집은 으리으리한 2층 양옥집에 가정부 아줌마와 소라 그리고 폴리밖에 없으니 그런 듯했다.

폴리 생각을 하니 밖으로 나가고 싶어졌다. 밖은 2월의 추위가 매서웠지만 폴리와 함께 놀고 싶었던 것이다.

소라에게 밖에 나가 같이 놀자고 했더니 추우니까 혼자 나가 놀라며 샐쭉해졌다. 내가 자기보다 폴리하고 놀고 싶어 하자 화가 난 것이다.

그래도 난 폴리가 좋았다. 언젠가 나도 어른이 되어서 큰 집을 갖게 되면 폴리처럼 멋진 개를 키우고 싶다는 생각을 오래전부터 했었다. 텔레비전에서 〈달려라 린티〉라는 외국 영화를 보면서 들었던 생각이다. 린티처럼 멋진 개를 소라네 집에서 보았으니 마음이 설렐 수밖에 없었다.

'언젠가 유명한 태권도 사범이 되면 소라네처럼 큰 집을 사서 집에 태권도장도 만들고 폴리처럼 멋진 개도 키워야지.'

난 아직 유소년 대표 선수에도 뽑히지 않았으면서 유명한 태권도 사범이 될 생각부터 하고 있었다.

소라의 토라진 얼굴을 뒤로하고 난 하마터면 미끄러질 뻔한 반질거리는 나무 계단을 내려와 마당으로 살그머니 나갔다. 나무로 잘 짜인 멋진 집에서 웅크리고 있던 폴리가 나를 보고 반갑다고 달려왔다.

오늘 처음 만난 폴리가 너무나 반가워하자 난 혼자서 이렇게 중얼거렸다.

"폴리라고 했지? 언젠가 내가 어른이 되어서 개를 키우게 되면 그 이름도 폴리라고 할게."

그런 내 마음을 아는지 모르는지 폴리는 내 주위를 돌아다니면서 껑충 뛰어오르기도 하고 얼굴을 핥기도 하면서 함께 놀자고 재촉했다.

난 그날 그 매서운 2월의 추위 속에서 소라네 가정부 아줌마가 시장에 간다며 무거운 철문을 닫고 나갈 때까지 폴리와 함께 오랫동안 시간을 보냈다. 갈색의 윤기 나는 긴 털이 정말 멋진 폴리와 함께.

울지 않을래요

그날 현관문을 열고 들어오면서 난 우리 집 전체를 온통 휘감고 도는 김치찌개 냄새가 영 마음에 들지 않았다. 소라네 집은 현관에 들어서자마자 향긋한 비누 향기가 났는데, 우리 집은 완전히 식당 분위기였다.

난 괜히 심술이 났다. 내 방에 들어오자 또 얼마나 짜증이 나던지. 침대와 책상만 덩그러니 놓여 있는 방은 어제까지만 해도 나를 포근히 감싸 주던 방이었는데, 이제는 볼품없는 그저 그런 방이었다. 물론 방이 없는 친구들도 많았지만, 궁전 같은 집에 동화 속 공주가 사는 방처럼 꾸며져 있던 소라의 방과 비교하니 초라하기 짝이 없었다.

돼지고기가 듬뿍 들어간 구수한 김치찌개는 여전히 맛있었지만, 난 괜히 반찬 투정을 했다. 그러면서 불평과 짜증을 늘어놓기 시작했다. 요사이 훈련하느라 힘든데 먹는 것이 너무 부실하다는 둥, 다른 아이들은 엄마가 한약을 지어 준다는데 나는 비타민도 안 사 준다는 둥, 새 운동화를 신어야 발이 가볍고 운동할 때 힘도 덜 든다는 둥.

내가 생각해도 유치하고 궁색한 투정을 마구 쏟아냈다. 그런 나를 보고 언니는 별일도 다 있다는 표정을 지었고, 엄마는 걱정스럽고 미안한 표정을, 아빠는 그저 내 투정이 몹시 귀엽다는 듯 허허 웃으시기만 했다.

"허허, 거참 우리 지수도 투정을 부릴 줄 아는구나. 알았어, 아빠가 내일 당장 비타민 한 통 사 오마. 운동화는 같이 가서 사야지. 그래야 네 마음에 드는 걸 고를 테니까."

사실 난 옷이나 반찬 투정 따위를 하는 애가 아니었다. 늘 가진 것에 만족하면서 감사한 일이 많다고 생각하는 긍정적인 어린이였다.

그런데 그날은 달랐다. 그날 내가 왜 그렇게 철없는 행동을 했는지 오랜 세월이 지난 지금까지도 알 수 없지만, 이유 없는 반항과 불평을 늘어놓던 바로 그 순간에 행운의 여신이 나에게 등을 돌린 듯하다. 감사할 줄 모르는 아이에게 회초리를 든 것인지도 모르고.

사건은 바로 그날 밤 일어났다. 겉으로는 투덜거렸지만 엄마가 끓여 주신 김치찌개는 꿀맛이었기에 난 그날도 밥 두 그릇을 순식간에 먹어 치웠다. 그런데 허겁지겁 먹은 탓인지 아니면 소라네 집 마당에서 폴리와 놀 때 추위에 떨어서인지 아랫배가 살살 아파오기 시작했다. 열도 조금씩 나는 것 같았다.

'에이 뭐 빨리 자고 일어나면 괜찮겠지.'

나는 그냥 애써 참으며 이불을 푹 뒤집어쓰고 눈을 감았다. 빨리 자고 일어나 국기원에 갈 생각을 하면서.

그렇게 얼마나 시간이 흘렀을까. 살살 아프던 것이 점점 심해져서 결국 눈을 뜨고야 말았다.

도저히 잠이 올 것 같지 않았다. 배가 너무 아파서 견딜 수 없었다.

'화장실에 갔다 오면 괜찮으려나?'

난 아픈 배를 움켜쥐고 엉금엉금 기다시피 화장실에 가서 앉았다. 그런데 아무리 기다려도 아무런 소식이 오지 않았다.

'이 배가 아니었나?'

난 다시 방으로 돌아왔다. 그리고 다시 이불을 확 뒤집어쓰고 눈을 꼭 감았다.

어서 빨리 잠이 들었으면 좋겠다고 생각했는데, 어찌 된 일인지 잠은 오지 않고 배가 점점 더 아파왔다. 아니 창자가 뒤틀리는 것처럼 아프기 시작하더니 누군가 바늘로 콕콕 찌르는 것처럼 통증이 심해졌다.

"아, 아, 아."

처음에는 작은 신음 정도였는데 나중에는 아이고 소리가 저절로 났다. 이러다가 죽겠다 싶어 내 딴에는 소리를 지른다고 질렀는데 안방에선 아무런 인기척도 들리지 않았다. 이 정도로 소리를 질렀으면 엄마, 아빠가 깜짝 놀라서 당장에라도 달려와야 정상인데, 아무도 오지 않았다. 사실 내 딴엔 소리를 지른다고 질렀는데 목이 꽉 막혀서 아무런 소리도 나오지 않았던 것이다.

이러다 정말 죽을 것 같았다. 난 더 이상 기다리지 못하고 엉금엉금 기어서 안방까지 갔다.

"엄마, 엄마."

방문을 두드리면서 엄마를 불렀지만 여전히 안에서는 아무런 대답이 없었다.

마루 시계를 보니 새벽 2시가 넘었다. 더 이상 기다릴 수 없었다. 손을 뻗쳐 문고리를 돌려 몸으로 문을 열고 쓰러지듯이 안으로 들어갔다.

"엄마, 나 죽겠어요. 엄마, 나 좀 살려 줘. 엉엉."

엄마를 보니 참았던 눈물이 났다. 아파서 눈물이 났는지 아니면 엄마 얼굴을 보니 참았던 아픔이 한꺼번에 밀려와서 그랬는지 모르지만, 암튼 난 아픈 배를 움켜쥐고 엉엉 울어 버렸다.

영문을 몰랐던 엄마는 잠결에 나를 쓰다듬으시며 엄마 옆에 누워서 자라고 하셨다.

"애가 또 무서운 꿈을 꿨구나. 다 큰 녀석이 뭔 무서운 꿈을 꾸고. 원 참."

"그게 아니고 나 배 아파 죽겠어. 죽을 것 같아. 엄마, 엉엉."

그제야 엄마는 상황이 심각하다는 것을 아시곤 안방의 등을 켜셨다. 동생 지희가 눈을 감은 채 꼼지락거렸다. 아빠도 깜짝 놀라 일어나셨다.

"어쩐지 밥을 그렇게 급하게 먹더니만 체한 거구나."

엄마는 급히 등을 탁탁 두드리시고는 손가락에 실을 돌돌 말아 피를 안 통하게 한 뒤에 바늘로 콕하고 찌르셨다. 다른 때 같으면 엄마의 손 따기는 웬만한 소화제보다 잘 듣는 완전 특효약이었는데 그날은 아니었다.

엄마가 날카로운 바늘로 엄지손가락의 손톱 위를 여러 번 찔러도 아프기만 하고 피 한 방울도 나지 않았다.

"아, 아 앗, 아야!"

내가 비명을 지르는데도 엄마는 상관하지 않고 계속 찌르셨다.

"아이고 참 단단히 체했나 보네."

엄마는 내가 배 아픈 것에다 손가락 아픈 것까지 보태어 나중엔 거의 까무러칠 듯 울어 버리자 그제야 사태의 심각성을 파악하시고 병원 갈 채비를 서두르셨다.

"가만있자, 얘가 체한 게 아닌가 보네. 안 되겠다. 병원에 가자."

사실 난 엄마의 표현을 빌리자면 '미련할 만큼 잘 참는 아이'였다. 무릎이 깨져서 피가 철철 흘러도 괜찮다고 했고, 칼에 손가락을 베어서 뼈가 보일 정도로 살갗이 벗겨져도 안 아프다고 했다.

그런데 그날은 아니었다. 나중엔 '너무 아파서 죽겠다'고 소리까지 지르면서 데굴데굴 굴렀으니까.

잠시 후 난 아빠 차에 실려 대학 병원 응급실로 직행했다.

새벽 3시의 대학 병원 응급실은 한산했다. 간간이 간호사를 부르는 환자들의 앓는 소리가 들릴 뿐 조용해서 무섭기까지 했다. 아빠의 등에 업혀 온 국민학교 여자아이가 죽을 것 같다고 소리 지르기 전까지는.

덕분에 난 몇 분 지나지 않아 눈이 휘둥그레져서 달려온 의사 선생님을 만날 수 있었고, 청진기를 대고 몸의 여기저기를 진찰해 보던 의사 선생님에게서 놀랍게도 '급성 맹장염'이라는 판정을 받았다.

그다음에 벌어진 사건은 생각도 하기 싫다. 난 조금만 늦었으면 정말 큰일 날 뻔했다는 의사 선생님의 말씀을 들으며 바퀴가 달린 침대에 누워 수술실로 들어갔고, 수술실에서 간호사 언니가 하는 이야기를 들으면서 거짓말처럼 스르르 잠이 들었다.

"참 예쁘게 생겼네. 많이 아팠지? 이제 조금만 자고 나면 아프지 않을 거야. 조금만 자고 나면 말이야."

누워 있는 내 얼굴에 대고 간호사 언니는 조그만 목소리로 속삭이듯 말했다.

'치. 이렇게 아픈데 어떻게 잠이 온다고. 이렇게 죽을 것처

럼 아픈데.'

난 속으로 이렇게 생각하며 입을 샐룩거렸다. 아주 짧은 시
간이었지만 간호사 언니가 참 철이 없다고 생각하면서.

그런데 간호사 언니 말처럼 난 스르르 잠이 들어 버렸다.

얼마나 잠을 잤을까. 누군가가 나를 깨우는 소리에 억지로
잠에서 깨어났다.

"여기가 어딘지 알겠니? 이름 좀 말해 봐! 눈 좀 떠봐요. 이
제 일어나야지. 얘, 얘."

난 정말 졸려 죽겠는데 누군가 나를 흔들어 깨웠다. 어제까
지만 해도 그렇게 잠이 안 왔었는데 지금은 너무 졸렸다. 조
금 더 자고 싶은데 자꾸 깨우는 사람은 도대체 누군지.

"그런데…… 여기, 여기가 어디예요?"

가느다랗게 눈을 뜬 내가 작은 목소리로 물어보자 간호사
언니가 비로소 한숨을 내쉬며 말했다.

"휴, 이제야 깨어났네. 너무 많이 자서 걱정했어. 여긴 병
원이야. 오늘 새벽에 들어와서 수술받았잖니. 이제 깼으니 됐
다."

그러고는 반갑다는 듯 환하게 웃었다.

나중에 안 일이지만 내가 마취에서 깨어나지 않아 병원에서
걱정을 많이 했다고 한다. 당시만 해도 맹장염은 어려운 수술
이었고, 나이가 어린 데다가 몸도 말라서 마취약이 너무 세게
투여되었을까 봐 은근히 걱정했던 것이다.

다행히 난 무사히 마취에서 깨어났고, 그날부터 나흘 동안 꼼짝없이 병원에 누워 있어야 했다. 나흘 동안 말이다.

운명의 4일. 예정대로라면 난 3일 뒤에 유소년 대표 선수 선발전을 치러야 했는데. 모든 것이 물거품이 되어 버렸다. 일 순간에 정말 하루아침에.

나중에 알았는데, 내 급성 맹장염의 원인은 개털 때문이었단다.

마침 회진을 돌던 의사 선생님께 엄마가 물어보셨다.

"근데 갑자기 왜 맹장염이? 이유가 뭔가요?"

"혹시 집에서 강아지 키우시나요?"

"얼마 전까지 코카스파니엘이 있긴 했는데. 설마, 그것 때문에?"

"따님 맹장에서 털 같은 것이 발견되었어요. 그게 염증을 일으킨 것으로 보입니다."

'설마, 이럴 수가! 그럼 그 폴리 때문에?'

난 소라네 집에서 함께 뛰어놀았던 멋진 셰퍼드 폴리의 털 때문에 급성 맹장염이 생겼다고는 도저히 믿어지지 않았다. 아니 맹장염 때문에 내가 유소년 대표 선수 선발전에 참가하지 못한다는 사실을 믿고 싶지 않았다.

내가 얼마나 유소년 태권도 국가 대표 이름표를 가슴에 달고 싶어 했는데. 내가 얼마나 태극무늬와 한지수라는 이름이 새겨진 하얀 태권도복을 입고 싶어 했는데……

병원에 누워 있는 동안 송 교수님과 박 사범님이 찾아오셨다. 난 아무 말도 못 하고 그냥 눈물만 뚝뚝 흘렸다.

송 교수님께서도 한동안 아무 말 안 하시다가 우는 내 등을 따뜻하게 쓰다듬어 주시며 이렇게 말씀하셨다.

"지수야, 괜찮아. 이번만 기회가 아니야. 좀 더 연습해서 청소년 국가 대표 선수에 도전하면 된다. 네가 원한다면 말이야. 자, 용기를 내. 지수야, 알았지?"

박 사범님께서도 한동안 우는 나를 바라보시다가 한마디 겨우 건네셨다.

"밥 잘 먹고 어서 나아라."

그런데 병실을 나가시는 사범님의 뒷모습이 유난히 쓸쓸해 보였다. 겨울 방학이 끝나고 개학한 뒤 알게 되었지만, 박 사범님께서는 그때 유소년 국가 대표 선수 훈련을 끝으로 아프리카로 떠나실 예정이었다. 그러니까 몇 년 뒤 내가 청소년 국가 대표 선수가 된다 해도 그 모습을 보지 못한다는 걸 아셨기에 더욱 서운해 하셨던 것 같다. 그래도 박 사범님께 나는 '최고의 태권도 영웅, 태권 소녀 아라치, 그리고 태권도를 위해 태어난 아이'로 오래오래 기억되었을지도 모른다.

입원한 지 5일째 되던 날, 난 아빠의 손을 잡고 걸어서 병원 문을 나섰다. 마침 내가 수술받은 대학 병원은 우리 학교로 들어가는 입구에 있어서 병원에서 집까지 가는 길이 마치 학교 수업을 받고 집으로 가는 것처럼 느껴졌다.

그날 아빠 차 뒷좌석에 앉아 집으로 갈 때까지 난 아무 말도 하지 않았다. 몇 달 전 아빠가 태권도를 배우라고 흔쾌히 허락하셨던 날 아침 바라본 학교 앞 풍경과 모든 것이 똑같았다. 그때는 늦여름이었고 지금은 한겨울이라는 것 말고는 달라진 것이 없었다.

그러나 내 마음은 완전히 달랐다. 그때는 세상이 온통 내 것 같았다. 아니 온통 내 것이었다. 노란 모자를 쓰고 축구공을 흔들면서 가는 구철이도 우습게 보였고, 학교 전체에 내 적수가 될 사내 녀석들이 없다는 생각에 우쭐했었다. 난 우리 학교 태권도 시범단의 대표 선수였으니까.

그런데 오늘은 아니었다. 나를 빼고 모든 사람이 행복해 보였다. 나만 불행하고 나만 슬프고 나만 바보 같아 보였다. 그런 생각이 들자 갑자기 뺨에서 뜨거운 무엇인가가 주르륵 흘러내렸다. 처음에는 조용히 흐르는가 싶더니 점점 소리가 커졌다.

"흑흑흑."

혹시나 아빠가 들으실까 봐 소리를 낮춰 울었는데 운전하시던 아빠가 깜짝 놀라 뒤돌아보자 갑자기 엉엉 울음소리가 커져 버렸다.

"엉엉, 엉엉엉, 엉엉."

그 눈물은 아직 채 아물지 않은 아랫배의 수술 자국이 아파서가 아니었다. 며칠 동안 나를 간호하시느라 잠도 제대로 못 주무셨던 엄마, 아빠에 대한 미안함 때문만도 아니었다.

그건 고지를 코앞에 두고 꿈을 이루지 못한 나 자신에 대한 미움과 세상에 대한 원망, 그리고 아무리 발버둥 쳐도 벗어날 수 없는 무언가에 대한 두려움 때문에 쏟는 눈물이었다.

언젠가 외할머니가 흐느껴 우는 엄마의 등을 다독거리면서 하셨던 말씀이 떠올랐다.

"이것아, 울지 마! 고놈이 다 고놈의 운명대로 살다 간 거여. 왜 고걸 몰라? 고놈 명이 겨우 고것뿐인데, 고걸 어떻게 하겠냐. 이것아, 사람이 할 수 없는 거여. 그러니까 고만 울어 이것아. 괜히 몸만 축나."

죽은 오빠 때문에 엄마가 쓰러질 듯이 울자 외할머니는 그렇게 혼잣말처럼 중얼거리셨다. 그때 난 외할머니가 말하는 '고놈의 운명'이 무슨 말인지 도통 알 수 없었다.

그런데 그 뒤로도 몇 번이나 어른들끼리 주고받는 말 속에서 튀어나오는 '운명'이란 단어를 들으며 운명이란 것이 '사람의 힘으로는 거스를 수 없는 그 어떤 무엇'이라고 어렴풋이 알게 되었다.

그리고 그날 난 집으로 가는 차 안에서 어른들 말씀처럼 사람의 운명은 이미 태어나는 순간부터 정해져 있는 것이 분명하다고 생각하게 되었다.

만약 그 운명이라는 것이 정말 있다면 오늘 내게 닥친 이 아픔이야말로 내 힘으로는 어쩌지 못하는 그 어떤 무엇 때문이리라. 마치 내가 결코 아들이 될 수 없는 것이 나에게 주어진 또 하나의 운명인 것처럼.

내 딸, 장하다!

비록 유소년 국가 대표 선수에 뽑히지 못해 그냥 학교 태권
소녀 아라치로만 머물게 되었지만, 난 불행하지 않았다. '불행
하지 않았다'고 하니 마치 내가 어른이 되어 큰 실패를 딛고
일어선 것처럼 느껴지니 '슬프지 않았다'고 해야겠다.

난 정말 슬프지 않았다. 나는 여전히 우리 엄마와 아빠의
든든하고 자랑스러운 아들 같은 딸 지수였고, 반에서 1등을
도맡아 하는 똑똑한 지은 언니의 동생이었고, 이제 제법 나와
대화가 되는 귀여운 동생 지희의 둘째 언니였다.

난 정말 가진 것이 많은 사람이었다. 깜둥이 형제와 키다리
형제도 더는 나를 계집애라고 무시하거나 싸움을 걸지 않았
다. 문우성 태권도장에서는 후배들이 검은 띠 선배님으로 깍
듯이 대하며 나를 보면 매달렸고, 학교에서는 여자애들의 우
상이요 남자애들의 껄끄러운 상대였다.

그러나 여전히 마음 한구석에는 이루지 못한 꿈에 대한 아

쉬움이 응어리로 남아 있었다. 가끔 태극기가 새겨진 운동복을 입고 세계 대회에 나가 우승하거나 금메달을 따고 애국가가 울려 퍼지는 경기장에서 감격의 눈물을 흘리는 운동선수들을 볼 때면 나도 모르게 주르륵 눈물이 났다. 뜨겁고 아쉬운 눈물이.

이런 내 마음을 아는지 모르는지 아니 알면서도 모르는 척하는 건지 그 사건 이후로 우리 가족은 내게 태권도의 추억을 떠오르게 하는 말은 하지 않았다. 내가 얼마나 태권도를 좋아했는지 잘 알았기에 애써 조심했으리라. 그 마음을 눈치채고 나도 짐짓 아무 일도 없었다는 듯이 행동했다.

물론 문우성 태권도장에는 계속 다녔다. 일주일에 두세 번씩 가서 훈련한 덕에 검은 띠도 거뜬히 땄고, 이제 2품이라는 새로운 도전이 기다렸지만 웬일인지 태권도에 대한 열정이 한 풀 꺾였다.

그사이 신입생들은 계속 들어왔다. 국민학교 1학년 코흘리개부터 목소리가 제법 굵은 중학생 오빠들도 하얀 띠를 두르고 태권도를 배운답시고 열심이었다. 처음엔 작다고 나를 무시하던 중학생 오빠들은 나와 자유겨루기를 한 뒤엔 깍듯이 선배님으로 대우했다. 자유겨루기를 통해서 태권도는 키나 몸무게로 하는 것이 아니라는 걸 알게 된 것이다.

시범 동작은 언제나 내 몫이었다. 부 사범님도 계셨지만 어찌 된 일인지 문 사범님은 나를 더 신뢰하셨다. 나를 앞에 세

워두고 한 동작 한 동작을 시범 보이게 하셨고 아이들은 나를 따라 동작을 배워나갔다.

나는 사범님 표현대로 '꼬마 조교'로 충분히 제 몫을 해내고 있었다.

맹장염 사건 이후로 소라에게선 가끔 연락이 왔다. 소라는 유소년 대표 선발에 뽑힌 유일한 여학생이었다.

"그때 함께 훈련받던 그 아이 있잖아. 사투리 심하게 쓰던 그 여자아이. 걘 선발이 안 돼서 얼마나 울었는지 몰라. 내가 봐도 민망했다니까. 지수야, 네가 있었으면 최고 점수로 선발되었을 거야. 그날따라 송판 격파에 성공한 아이가 한 명도 없었으니까. 네가 그 힘찬 발차기로 송판을 와자작 깼으면 다 놀라 자빠졌을 거야."

자기 딴에는 나를 위로한답시고 한 말이었는데 난 별로 기쁘지 않았다. 소라에 대한 미움 때문이 아니었다. 소라는 급성 맹장염의 원인이 바로 폴리의 길고 멋진 털 때문이었다는 사실을 알지 못했다.

난 다만 그 모든 상황이 짜증 났을 뿐이었다. 하필이면 왜 그때 그런 일이 내게 닥쳤을까. 아무리 이를 악물고 참아내려 해도 그날의 일이 생각나면 난 세상이 싫어졌다.

하지만 아무리 세상이 싫어져도 태권도까지 싫어지면 정말 큰일이었다. 태권도는 나에게 세상 속에서 당당히 서는 법을 알려 준 멋진 친구니까 말이다. 그래서 난 나름대로 태권도에 대한 열정과 관심이 식어 버리지 않도록 혼자 새로운 권법을 연구한다든지 품새를 만들어 본다든지 하면서 태권도와 멀어지지 않도록 조심하고 또 조심했다.

어느 날 그런 내 마음을 아셨는지 문우성 사범님께서 나를 부르셨다. 연습 끝나기가 무섭게 신발을 신고 급하게 집으로 가려던 나는 사범님을 따라 사무실로 들어갔다. 사무실엔 책상이 하나 놓여 있었는데, 책상 위에 못 보던 사진이 있었다.

젊었을 적 사범님 사진이었다. 사진 속 사범님은 지금의 모습과는 사뭇 달랐다. 머리도 덥수룩하고 눈은 더 부리부리했다. 태권도복을 입고 있었는데 목에는 메달이 걸려 있었다. 그런데 사범님의 얼굴은 별로 기쁜 것 같지 않았다. 어딘가 아파 보였다.

내가 뚫어져라 사진을 살펴보는 것을 가만히 지켜보던 사범님이 물으셨다.

"지수야, 내가 아닌 것 같지?"

난 마음을 들킨 것 같아서 대답 대신 고개만 끄덕였다.

"사실 내가 오늘은 지수에게 이 사진을 보여 주고 싶어서 널 불렀단다."

궁금한 표정으로 다음 말을 기다리는 나를 보시곤 사범님께서는 빙긋 웃으셨다.

"무슨 말이냐 하면……."

사범님께서는 내게 놀라운 이야기 하나를 들려주셨다. 알고 보니 사범님께서는 태권도에 얽힌 아주 슬픈 사연을 갖고 계셨다.

  고등학교에 다닐 때 사범님께서는 모두가 알아주는 최고의 태권도 선수였다. 대학 진학을 앞둔 고3 시절, 모든 대학이 장학금은 물론 기숙사비에 생활비까지 주는 조건으로 기술과 기개 모두 뛰어난 사범님을 서로 데려가려고 혈안이 되어 있었다. 가정 형편이 어려웠던 사범님은 대학의 명성보다는 이왕이면 장학금을 많이 주고 생활비까지 주는 대학으로 진학하고 싶어 했다.

  그러던 어느 날, 한 대학에서 최고의 대우를 해 준다고 제안했고, 사범님은 고민 끝에 그 학교로 마음을 정하고 담당 교수를 만나기 위해 서울로 올라오게 되었다.

  그런데 하필이면 그날 수십 년 만의 폭설이 내렸고 기차도 끊기고 버스도 끊기는 바람에 차도를 터벅터벅 걸어서 학교를 향해 걸어가고 있었는데, 눈길에 브레이크를 밟던 차가 미처 사범님을 피하지 못하고 정면으로 들이박는 바람에 그 자리에서 기절하고 말았다. 사람들이 달려왔을 때 이미 사범님은 온몸이 피투성이가 되어 있었고, 구급 대원마저 사범님이 죽었다고 생각했을 정도로 많이 다치셨었다고 한다.

  그러나 아직 할 일이 남아 있어서인지 하늘은 사범님을 데려가지 않았고, 1년 동안 재활 훈련 과정을 거쳐 사범님은 극적으로 다시 걸을 수도 조금씩 운동도 할 수 있었다. 그러나 그 사고 때문에 대학 진학은 물거품이 되고 말았다.

자신에게 닥친 현실이 너무 기가 막히고 비참해서 사범님은 세상을 포기하고 싶은 생각도 있었지만, 하얀색부터 검은색까지 방에 나란히 걸려 있는 허리띠를 보는 순간 그 시간 속에 들어 있는 크고 작은 일들이 생각나서 다시 살아갈 희망을 품으셨다고 한다.

긴 이야기를 마친 사범님께서는 나를 물끄러미 바라보시며 조용히 기다려 주셨다. 나도 무어라 내 생각을 말하고 싶었지만, 너무 놀라운 이야기에 잠시 할 말을 잊고 멍하니 서 있었다. 그러면서 다시 사진 속 사범님의 얼굴을 보았다.

"그럼 저 사진은 언제 찍은 거예요?"

사범님께서는 다시 말을 이으셨다.

"저건 대학에 진학하는 대신 낮에는 일하고 밤에는 운동하던 시절 찍은 거야. 전국 태권도 대회에 나가서 은메달을 땄지. 사실 금메달을 기대했었는데 마지막 결승전에서 가슴을 정면으로 맞는 바람에 그만 쓰러지고 말았어. 얼굴을 찡그리고 있는 이유는 바로 그 때문이야. 지금도 그 순간을 생각하면 가슴이 아프다니까. 하하하."

사범님은 이젠 아무렇지도 않다는 듯 호탕하게 웃으셨다. 그런데 왠지 그 웃음이 더 슬프게만 느껴졌다. 나를 위해서 억지로 웃는 웃음처럼 느껴졌기 때문이다.

함께 웃어야 할지 울어야 할지 몰라 우물쭈물하자 사범님께서는 조심스럽게 물어보셨다.

"지수야, 너 태권도 대회에 한번 나가볼래?"

"태권도 대회요?"

뜻밖의 제안에 난 눈을 동그랗게 떴다. 아직 몸이 완전히 회복된 것도 아니고 몸보다 마음의 아픔이 채 가시지 않았는데.

그런 내 마음을 다 안다는 듯이 사범님께서는 말을 이어가셨다.

"당장 대답할 필요는 없다. 시합은 두 달 뒤야. 너라면 충분히 메달을 딸 수 있을 거야. 신청까지는 아직 한 달 정도 시간이 있으니까 천천히 생각해 보고. 엄마 아빠에게도 여쭤보고. 하지만 지수야, 이것만은 명심하렴. 태권도를 포기하기엔 넌아직 어리고 가능성도 많아. 물론 네가 평생 태권도를 하고싶다면 말이지."

여기까지 말을 마치신 사범님께서는 내 어깨를 가만히 두드려 주셨다.

"지수야, 넌 정말 자랑스러운 태권 소녀다. 걱정하지 마. 모든 것이 잘될 거다."

그날 집으로 돌아오니 책상 위에 하얀 병에 담긴 비타민 한통이 놓여 있었다. 그리고 그 아래 아빠가 쓴 쪽지가 보였다.

"내 딸, 장하다! 내 딸 지수야, 더 튼튼히 더 예쁘게 자라렴."

그 글을 읽는 순간 눈물이 왈칵 쏟아졌다.

'그래, 포기하기엔 난 아직 어리고 가능성도 많아. 다시 일어설 거야. 반드시, 반드시 말이야.'

난 그날 밤 태극기를 가슴에 달고 하늘을 나는 꿈을 꿨다. 비행기를 타고 날았던 것인지 발차기를 하고 날았던 것인지는 기억나지 않지만 말이다.

한 방에 날려 버려

며칠 뒤 난 아빠의 전폭적인 격려에 용기를 얻어 전국 여학생 태권도 대회에 참가 신청서를 냈다. 그리고 두 달 동안 난 문 사범님의 혹독한 지도를 받았다. 겨울 방학 때 받았던 유소년 선발 대회 훈련보다 더 강하고 무서운 훈련이었다.

마침내 시합 날이 되었다. 시합 날 아침, 난 너무 떨리고 긴장되어 식사도 하는 둥 마는 둥 국기원으로 향했다. 국기원으로 향하는 언덕길을 올라가면서 불과 몇 달 전 이곳에서 소리치며 훈련받던 기억이 떠올라 눈물이 핑그르르 돌았다. 다 아물었다고 생각했는데 아직 상처가 남아 있었던 것이다.

내가 아무 말도 없자 아빠는 내 마음을 아셨는지 가만히 내 어깨를 감싸 주셨다. 아빠의 커다랗고 따뜻한 손이 어깨 위에 닿자 갑자기 뜨거운 무엇인가가 마음속에서 솟구쳐 올랐다. 할 수 있다는 자신감이었는지 한번 부딪쳐 보자는 배짱이었는지 잘 모르겠지만 조금 전까지 우울하던 마음이 거짓말처럼 사라졌다.

경기장에 들어서니 정말 전국에서 태권도를 한다는 여학생들이 다 모였는지 여기저기서 준비 운동을 하는 아이들과 귓속말로 이것저것 코치해 주는 사범들이 보였고 대가족의 응원소리까지 뒤섞이면서 정신이 하나도 없었다.

엄마는 동생 지희가 감기에 걸리는 바람에 오지 못하셨고 아빠와 사범님만이 나의 응원 부대였다. 하지만 이상하게도 떨리지 않았다. 조금 전 국기원을 올라올 때만 해도 과연 어떻게 시합을 하나 걱정이 가득했는데 오히려 경기장에 들어서니 마음이 편안해졌다.

결승전에 오르기까지는 대략 5~6번의 경기를 해야 했고, 난 라이트급에 출전했다. 첫 번째 상대는 나보다 한 살 많은 중학생 언니였다. 키가 무척 크고 말랐는데 동작이 느렸다. 내가 발차기를 하자 피한다고 방방 뜨더니 그만 제풀에 넘어지고 말았다. 첫 번째 경기는 가볍게 승리를 거뒀다.

두 번째 경기도 어렵지 않았다. 키가 작고 뚱뚱한 아이였는데 얼굴만 봐서는 국민학생인지 중학생인지 알 수 없었다. 그 경기 역시 어렵지 않게 이길 수 있었다.

이렇게 5번 시합할 동안 상대방은 하나같이 내 적수가 못되었다. 이제 마지막 결승을 앞두고 잠시 휴식 시간을 가졌다.

심판석 앞으로 도시락이 배달되었고 시합장은 잠시 조용해졌다. 오전에 탈락한 학생들 대부분이 집으로 돌아간 탓에 시합창도 다소 한산해졌다.

문 사범님은 다소 흥분한 얼굴이었다. 금메달은 문제없다고 생각하셨는지 내 손을 잡고는 계속 당부하셨다.

"이제 마지막 경기 하나 남았다. 상대 선수를 알아보니까 중3이더라. 고등학교 진학을 앞두고 꼭 금메달을 따야 하니 아마도 무척 세게 나올 거야. 하지만 그렇다고 절대로 기죽거나 물러서면 안 된다. 지수 너 할 수 있지? 차갑고 잔인한 눈빛, 그게 중요한 거야. 알았지? 눈빛으로 제압해야 해. 자, 파이팅!"

문 사범님이 그렇게 흥분한 모습을 본 건 처음이었다. 사범님은 점심도 드는 둥 마는 둥 하시고는 이런저런 코치를 해 주셨다. 발차기는 이렇게 해야 한다는 둥 얼굴을 때려야 점수가 올라간다는 둥 공격하지 않을 때도 그냥 서 있지 말고 두 다리를 움직이면서 위협적인 자세를 유지해야 한다는 둥. 평소 도장에서 보았던 문 사범님의 모습이 아니었다. 목소리에는 더 힘이 들어가 있었고, 동작을 직접 보여 주시면서 마치 본인이 선수가 된 듯 들떠 계셨다.

반면 사범님 뒤에서 물끄러미 바라보시는 아빠는 오히려 너무 담담해서 우리 아빠가 맞나 싶을 정도였다. 내가 '올해의 어린이상'을 받았을 때 만세 삼창을 하면서 좋아하시던 모습과는 사뭇 달랐다.

나는 그런 아빠의 모습을 보고 조금은 서운하기까지 했다.

으레 사범님처럼 흥분해서 열렬히 응원해 주실 거라고 생각했기 때문이다. 그러나 아빠는 담담한 표정으로 지켜만 보고 계셨다. 그 담담한 표정 뒤에 숨어 있는 아빠의 뜨거운 함성을 알게 된 건 어른이 되고 나서였다.

이제 곧 금메달을 놓고 한판 대결을 벌이게 될 마지막 경기를 앞두고 기대 반 걱정 반으로 초조하던 나는 정신이 하나도 없었다. 상대방은 나보다 세 살이나 많은 언니였다. 물론 같은 라이트급이니까 나이는 관계가 없었다.

다만 사범님 말씀대로 상대방은 고등학교 진학을 앞두고 반드시 이겨야만 하는 절박한 상황이고 나는 처음 출전한 시합이니 상대 선수에 비해 느긋할 수 있었다. 하지만 아무도 알 수 없었다. 누가 최후 승리의 월계관을 쓰게 될지는.

마침내 마지막 경기를 알리는 호루라기 소리가 울렸고 난 떨리는 마음을 진정시키고 경기장에 들어섰다. 상대방 선수는 당시 태권도로 유명했던 수리여중 선수였다.

함께 온 다른 선수들은 처음부터 요란스럽게 응원했다.

"뭐야 애송이네. 야, 그냥 한 방에 날려 버려."

"그래 1회전에서 끝내 버려. 야, 쟤 겁먹었어. 까짓것 한 방에 끝내 버려."

나를 두고 애송이라고 부르면서 친구들은 요란하게 응원했다. 난 애송이라는 말이 못내 거슬렸지만, 그냥 무시하기로 했다. 어차피 시합은 상대방과 내가 하는 거지 응원단은 아무런 상관도 없으니까.

예상한 대로 상대방은 처음부터 상당히 거칠게 나왔다. 얼굴을 중점적으로 공격하는 것을 봐서 초반에 점수를 따려는 작전인 것 같았다.

결승전답게 역시 여러 번 시합 경험이 있는 선수 같았다. 공격을 피하자 포기하지 않고 연이어 발차기가 들어왔다.

나도 지지 않고 맞받아쳤다. 상대방이 얼굴후리기를 하자 난 재빨리 피하면서 얼굴막기로 막아냈고 옆차기로 상대방의 허리를 공격했다. 그러자 상대도 지지 않고 앞돌려차기로 들어왔다.

팽팽한 긴장감 속에 양쪽 모두 득점 없이 1회전이 끝났다.

"지수야, 잘했다. 그런데 긴장 풀어. 지금까진 네가 더 잘하고 있어."

나보다 더 긴장한 표정이 역력한 문 사범님의 얼굴을 보자 피식 웃음이 나왔다. 갑자기 어디서 그런 여유가 생겼는지.

내가 웃자 사범님께선 약간 언짢으셨는지 한 마디 하셨다.

"이건 장난이 아니야. 연습이 아니라니까. 상대방을 쓰러뜨려야만 네가 이길 수 있는 거야. 이건 전쟁이라고. 알았지? 명심해. 기회가 있는 대로 발로 차고 주먹으로 때리는 거야. 알았지?"

2회전을 알리는 휘슬이 울리자 나와 상대 선수 모두 용수철처럼 경기장으로 뛰어들어갔다.

서로가 팽팽히 치고받고 빠지는 사이에 2회전도 거의 끝나가고 있었다. 이제 초조한 쪽은 나보다 상대방이었다. 거리가 한참 떨어져 있는데도 발차기를 시도하다 헛발질을 했고 씩씩거리면서 얼굴이 붉어졌다. 그 얼굴을 보자 그냥 져줄까 하는 엉뚱한 생각도 들었다. 나야 다음번 시합에 다시 나오면 되지만 상대방은 중3이니까 고등학교에 진학하려면 절박할 텐데.

바로 그 순간이었다. 상대방 선수의 코치가 소리를 버럭 질렀다.

"진규야, 지금 뭐하는 거야. 시간 없어. 얼굴을 쳐. 얼굴을 후려쳐."

거의 절규하듯이 소리를 질러댔다. 그 순간 상대 선수는 울 듯한 표정이 되어서 나를 향해 달려들었다.

그런데 코치의 말에 충격을 받은 사람은 다름 아닌 나였다.

"진규?"

진규는 바로 우리 오빠 이름이었다. 오빠 생각을 하니 갑자기 정신이 아득해졌다.

'뭐? 진규라고? 지금 내 앞에 서 있는 저 선수의 이름이 진규?'

순간이었지만 난 오빠와 같은 이름을 갖고 있는 상대방 선수의 얼굴을 자세히 쳐다볼 수 있었다. 대개 겨루기를 할 땐 서로의 눈빛을 보는 것이지 얼굴 전체를 눈여겨보지는 않는다.

내가 멍한 표정으로 상대 선수의 얼굴을 빤히 보는 순간 빽

하는 소리와 함께 얼굴을 향해 발차기가 들어왔다. 미처 피할 사이도 없이 얼굴을 정면으로 맞고 말았다.

"아!"

외마디 비명과 함께 난 그 자리에 그만 쓰러지고 말았다. 난 그날 눈앞에서도 별을 볼 수 있다는 걸 처음 알았다.

난 상대팀 응원단의 떠나갈 듯한 환호성을 들으며 겨우 정신을 차리고 일어섰다. 그 한 번의 발차기로 경기가 끝났다. 정말 어처구니없게도 마지막 30초를 견디지 못하고 참담한 패배를 맞이해야 했지만, 슬프지도 억울하지도 않았다.

'하필이면 상대 선수의 이름이 진규일 게 뭐람.'

그런 생각이 든 게 전부였다.

뜻밖의 상황과 그 결과에 놀란 사람은 나보다 문 사범님이었다. 문 사범님은 심판이 상대 선수의 손을 번쩍 들어올리는 모습을 보며 씩씩 분을 삭이셨다.

난 아무 소리도 못 하고 천천히 경기장을 빠져나왔다. 사범님도 말이 없으셨다. 내가 왜 갑자기 멍한 표정으로 제자리에 가만히 서서 상대방이 후려치는 발차기를 고스란히 받아냈는지 이유를 묻지 않으셨다.

다행히 아빠는 멀리 앉아 계셨기 때문에 상대방 선수 이름이 진규라는 것을 알지 못하셨다. 사범님 역시 내 오빠 이름이 진규라는 것은 알지 못했다.

도장에서 며칠 동안이나 씩씩대면서 "아깝다"를 연발하던 사범님과는 달리 아빠는 내가 받아 온 은메달을 나무로 만든 마름모꼴 액자에 가지런히 담아두셨다. 그리고 그 액자 밑 작은 금속 띠에 이렇게 써 놓으셨다.

"이 세상에서 가장 외로운 싸움을 가장 멋있게 해낸 내 딸 한지수."

그날 받은 은메달은 내가 태권도 경기에 나가 받은 첫 번째 메달이자 마지막 메달이기도 했다.

며칠 뒤 문우성 태권도장에는 내가 은메달을 받고 우는 것도 웃는 것도 아닌 표정으로 서 있는 사진이 걸렸다. 도장의 수련생들은 국민학생인 내가 중학교 언니들을 제치고 은메달을 딴 것도 대단한 거라며 법석을 떨었다. 그들은 은메달이 유소년 국가 대표 선수가 되지 못한 아픔을 위로해 주었으리라 생각했지만 그건 그저 작은 부분에 불과했다.

그래도 난 그것으로 만족했다. 어차피 끝까지 가지 못할 것이라면 여기서 멈추는 것이 맞았다. 그리고 태권도는 그 시합을 끝으로 내 인생에서 조금씩 멀어지고 있었다.

조금씩 아주 조금씩…….

갈래머리 여중생

국민학교 6학년은 어떻게 지나갔는지 모르겠다. 몇몇 친구들은 영어를 배운다고 호들갑을 떨었고, 몇몇 친구들은 예술 중학교를 간다고 수업이 끝나기가 바쁘게 미술 학원이나 무용 학원으로 달려갔다. 커다란 악기 — 바이올린이나 첼로 같은 — 를 들고 와서 연습한다며 음악실로 가는 친구들도 있었다.

운동을 좋아했지만 그렇다고 체육 중학교에 갈 생각은 없었기에 난 그냥 그렇게 평범한 국민학교 6학년 시절을 보내고 이른바 뺑뺑이로 중학교를 배정받았다. 그런데 배정받은 중학교는 우리 집에서 버스를 타고 한참이나 가야 하는 여자 중학교였다.

친구들은 대부분 국민학교와 같은 캠퍼스에 있는 중학교에 배정받아서 걸어 다녀도 되었는데 나만 버스를 타고 통학하게 된 것이다. 그 덕분에 나는 그때까지 보았던 세상보다 더 넓고 더 큰 세상을 마주하게 되었다.

유치원부터 대학교까지 한 캠퍼스에 있던 국민학교를 걸어 다니다가 중학생이 되어 교복 — 그것도 치마를 — 을 입고 버스를 타고 다녀야 하는 길이 영 어색하게 느껴졌지만, 나에겐 모든 것이 정말 새로웠다.

가장 큰 변화는 내 머리 스타일이었다. 쇼트 머리에서 이제 갈래머리를 하고 다녀야 했던 것이다. 머리 모양 때문인지 더이상 사람들은 나를 사내 녀석으로 생각하지 않았다. 아니 옷차림과 걸음걸이부터 난 완전히 얌전한 여중생으로 바뀌고 있었다.

학교를 오가는 길에 만나는 빡빡머리 국민학교 남자 동창들은 처음에는 나를 못 알아보았다. 그러다가 내가 빙긋이 웃으며 아는 체하면 깜짝 놀라곤 했다.

"뭐? 네가 한지수라고?"

난 대답 대신 그냥 빙그레 웃으며 고개를 끄덕이곤 했다.

단지 겉모습만 바뀐 건 아니었다. 그사이 언니는 고등학생이 되어 있었고, 옆집 키다리 형제는 이사를 갔다. 동생 지희는 여섯 살이 되었는데 어찌나 말을 잘하는지 말싸움에 늘 내가 지곤 했다. 그렇다고 까마득한 동생에게 태권도를 할 수도 없고.

아빠는 새로운 사업을 시작하셨고 언제부터인가 엄마가 절에 가시는 일도 뜸해졌다. 내가 중학교에 들어가면서 이처럼 많은 것들이 바뀌고 있었는데, 그중 가장 큰 변화는 아빠에게서 시작되었다.

무슨 일인지 평소 친하게 지내던 아저씨와 며칠 동안 바쁘게 다니시던 아빠가 일찍 들어오신 날이었다. 저녁 식사를 하다 말고 우리 모두를 향해 대뜸 이렇게 말씀하셨다.

"우리 이사 가자."

"이사요?"

우리 가족은 회기동 집에서 십 년 넘게 살았다. 이 집에서 오빠가 먼저 하늘나라로 떠났고, 오빠를 대신해 지희가 우리 가족이 되었다. 내가 태권도 선수가 되고 우리 학교 태권도 영웅이 된 것도 이 집에서 있었던 일이고, '대낮 고추 습격 사건'부터 '옥상 난간 질주 사건'까지 모두 이 집에 있을 때 겪었다.

그런 추억의 장소를 갑자기 떠나자고 하시는 거였다. 그것도 지금 사는 곳에서 한참 먼 곳으로 말이다.

엄마는 이미 알고 계셨다는 듯이 아무 말 없었지만, 언니가 제일 먼저 예민한 반응을 보였다.

"아니. 웬 이사? 지금 이 집도 얼마나 좋은데. 이사 가면 학교 다니기 힘들기만 하고 괜히 왔다 갔다 시간만 뺏길 텐데……."

역시 공부벌레답게 공부하는 시간을 뺏길까 걱정했다.

나도 이 집이 좋았다. 마당도 예뻤고 옥상에 꽃밭도 있었다. 더군다나 이 집은 아빠가 직접 설계하고 벽돌 하나하나를 일일이 나르면서 지은 집이었다. 그런데 그런 집을 두고 다른 곳으로 이사하겠다니.

갑자기 아빠가 왜 그런 생각을 하셨는지 도통 이해할 수 없었다. 가족들의 반응이 — 사실 반응하는 가족이라고 해야 나와 언니뿐이지만 — 영 신통치 않자 아빠는 실망하신 듯 아무 말도 하지 않으셨다.

그때 아빠의 쓸쓸한 옆모습에서 난 이제 오빠에 대한 기억을 잊고 싶어 하시는 아빠의 마음을 읽을 수 있었다. 그래서 재빨리 대답했다.

"이사? 신난다. 아빠, 우리 이사 가요. 그런데 이번에도 아빠가 직접 설계하실 거죠? 내 방은 지금보다 더 예쁘게 만들어 주세요."

그러고는 한껏 즐거운 표정을 지어 보였다.

그나마 내가 호들갑을 떨면서 신난다는 표정을 짓자 아빠도 조금 안심이 되셨는지 만족스러운 웃음을 지으셨다.

"물론이지. 우리 세 따님 방은 최고로 예쁘게 꾸며 줄 거다. 하하하."

나도 속으로 안도의 한숨을 쉬었다.

'아빠가 저렇게 좋아하시는 데 우리가 반대할 수는 없지.'

하지만 언니는 여전히 불만스러운 표정을 짓고 있었다. 사실 까칠한 언니였지만 언니를 생각하니 마음이 좀 복잡했다. 고등학생이 된 뒤로 언니는 어느 대학을 가야 할지 고민이 많왔다. 학교 성적도 중요하지만 대학 본고사를 봐야 했기에 방과 후에는 몇몇 중요한 과목을 공부한다고 과외다 학원이다 바쁘게 다녀야 했는데, 갑자기 이사를 간다고 하니 내심 걱정되는 것도 이해했다.

난 이사를 하고 싶어 하는 아빠와 이사 가기 싫어하는 언니 사이에서 갈팡질팡 고민이 되었지만, 왠지 아빠가 우선이라는 생각이 들었다. 이제 겨우 오빠에 대한 기억에서 자유로워지고 계신 아빠였으니까. 사업을 다시 시작하셨고 친구들도 만나러 다니셨고 예전보다 웃는 날도 더 많아지셨다.

사실 언니는 나와는 다른 사람이었다. 나는 내게 주어진 일도 제대로 못 하면서 엄마 눈치 살피랴, 아빠 챙겨드리랴, 지희와 놀아 주랴, 이 방에서 저 방으로 들락날락하면서 늘 바쁘고 정신없었지만 언니는 한번 방에 들어가서 공부를 시작했다 하면 웬만한 일에는 나와 보지도 않았다.

아빠가 부르고 엄마가 소리쳐도 동생 지희가 울어대도 언니는 꿈쩍도 하지 않았다. 공부를 시작하면 자신이 만족할 때까지는 방에서 나오는 법이 없었다. 그래서 언제나 반에서 1등이었는지 모른다.

언니와는 반대로 난 내 주변에서 일어나는 일은 모두 알고 있어야 했다. 또 모든 사람이 나의 도움이 필요하다고 생각했다. 엄마도 내가 도와드려야 할 것 같았고, 아빠도 내가 곁에 있어야 할 것 같았다. 어린 지희는 언제나 내가 보호해야 했고, 언니도 내가 도시락과 실내화 가방, 안경과 필통 따위를 챙겨 주어야 학교에 갈 수 있다고 생각했다. 물론 오랜 시간이 지난 뒤엔 그런 생각들이 얼마나 어리석었는가를 알게 되었지만.

곰곰이 생각해 보니 언니는 어디에서 살아도 늘 1등일 것 같았다. 어디에서든 공부도 여전히 잘할 수 있었고, 목표를 향해 나가는 데도 문제가 없어 보였다.

하지만 아빠는 아니었다. 부리부리한 눈에 짙은 눈썹, 짙은 구레나룻에 손등의 덥수룩한 털은 여전했지만 사나이다운, 사나이답게, 사나이처럼 이런 말은 더 이상 아빠의 것이 아니었다. 물론 자상하고 따뜻한 미소는 여전했지만, 왠지 그 안에는 슬픈 기운이 감돌았다.

언니도 엄마도 몰랐지만 난 알고 있었다. 그 언젠가 개성골 마당에 고꾸라지셔서 오빠 이름을 애타게 부르며 울부짖으셨던 아빠. 난 밤새 아빠와 함께 울며 아빠가 정말 오빠를 따라갈까 봐 가슴 졸였었다. 그래서 꼼짝도 하지 못하고 아빠 곁을 지킬 수밖에 없었다. 그때 무너진 아빠의 모습을 본 사람은 오직 나뿐이었다.

그래서 아들이 되어, 주먹 센 아들이 되어 아빠를 지켜야 한다고 생각했었다. 덕분에 난 태권 소녀 아라치가 되었고 정말 행복했다.

하지만 언제부터인가 난 내가 아들이 아니라는, 결코 아들이 될 수 없다는 현실과 마주하게 되었다. 짧은 머리의 사내 녀석 같은 계집애가 갈래머리 곱게 딴 여중생이 되면서부터. 그리고 다른 방법으로 엄마, 아빠를 지킬 수 있음을 어렴풋이 알아가기 시작했다.

사춘기래요!

  세상을 보는 눈이 달라진 것은 내게 단지 외형적인 변화가
있었던 이유만은 아니었다. 중학교에 들어간 뒤 난 내 안에
뒷산과 골목길을 누비며 뛰어다니는 동적인 기질이 아니라 정
적인 기질이 있다는 것도 알게 되었다. 차분한 무엇인가를 발
견한 것인데, 청바지와 운동화에 가려져 있던 나의 계집아이
다운 기질이 여자아이들만 모여 있는 중학교에 들어가면서부
터 나오기 시작했다고 해야 더 맞는 표현일지도 모르겠다.
  그 첫 번째 기질은 놀랍게도 미술 시간에 발견되었다. 사생
대회를 앞두고 미술 시간에 선생님께서는 홍릉으로 그림 스케
치를 가자고 하셨다. 홍릉은 학교에서 걸어 10분 정도 거리여
서 우리 반 친구들은 모두 재잘거리며 금방 홍릉에 도착했다.
  홍릉은 국민학교 소풍 때 자주 가던 곳이어서 낯익은 장소
였다. 난 평소 내가 좋아하던 기와집 앞에 자리를 잡고 앉았
다. 푸른빛과 보랏빛 그리고 갈색이 뒤섞여 있는 기와지붕 집

은 독특한 운치가 있었다.

전체적인 구도를 잡은 뒤 지붕에 포인트를 두고 스케치를
시작했다. 먼저 기와의 결을 따라 세밀하게 스케치했고, 울긋
불긋한 벽돌로 지어진 벽과 낡은 나무 기둥은 도화지 위에서
제법 독특하게 제 모습을 드러냈다.

한참을 그렇게 열중하고 있는데 누군가가 뒤에서 말하는 소
리가 들렸다.

"흠, 괜찮은데?"

난 흠칫 놀라 돌아보았다.

새로 오신 젊은 미술 선생님이 팔짱을 끼고 뒤에서 내 그림
을 유심히 보고 있었던 것이다. 생각지 못한 일에 당황한 나
는 어쩔 줄 몰랐다.

선생님은 분명히 내 그림을 향해 흡족한 미소를 짓고 계셨
다. 막 스케치 작업을 마치고 수채화 붓을 들려던 참이었는데,
뜻밖의 상황에 물감을 향해 가던 손가락이 떨려왔다.

그러자 선생님께선 빙긋이 웃으며 말씀하셨다.

"수채화는 물의 농도가 중요해. 처음부터 도화지에 칠하지
말고 헝겊이나 휴지에 찍어 본 뒤에 물의 양을 조절하도록 해
라! 알았지? 궁금한 건 언제든지 물어보고."

그러면서 내 그림에서 천천히 눈을 떼시곤 물으셨다.

"근데 정식으로 그림 배워 본 적 있니?"

'정식으로? 그게 무슨 말이지?'

문득 언젠가 문 사범님께서도 똑같이 질문하셨던 것이 생각나 빙그레 미소 지었다.

미술 선생님께선 다시 빙긋이 웃으시며 말씀하셨다.

"그러니까 미술 학원에 다녔다든지, 선생님께 개인 지도를 받았다든지 하는 거 말이다."

학원이라고는 피아노 학원과 태권도장 말고는 다닌 적이 없었던 나는 그냥 고개만 가로저었다.

그러자 선생님께선 신기하다는 듯이 나와 내 그림을 번갈아 눈여겨보셨다.

"흠, 그래? 암튼 한번 잘 그려 봐라. 그림은 자신만의 스타일로 그리는 것이 중요해. 무슨 말인지 아니? 하하."

그러고는 아이들이 모여 있는 언덕을 향해 걸어가셨다.

'자신만의 스타일?'

그땐 영문을 몰라 고개를 갸우뚱했지만, 그 뒤로 도화지를 앞에 놓고 새로운 작품을 구상할 때마다 선생님의 그 말씀이 귓가에 울리곤 했다.

그날 내 그림이 선생님 말씀처럼 정말 괜찮았는지 한 달 뒤에 있던 교내 사생 대회에서 난 은상을 타게 되었다. 그때부터 난 어렴풋이 내게 그림에 대한 소질이 있음을 알게 되었다. 가족과 함께하는 시간보다 혼자 있는 시간을 더 즐기게 된 것도 그 무렵부터였다. 내 방에 웅크리고 앉아 그림을 그릴 때는 누구의 방해도 받고 싶지 않았다.

마침 아빠가 새로 지으신 붉은 기와지붕 집에는 화실로 사용할 만한 근사한 공간이 있었다. 내가 그림에 관심과 소질이 있다는 것을 아신 아빠는 어느 날 종로 근처에 있는 화방에 가서 줄리앙과 아그리파, 비너스 석고상을 사 오셨다. 데생 공부하는 데 필요한 도구라고 하시면서.

2층의 작업 공간을 언니와 나는 '장미 아틀리에'라고 불렀는데, 가족 모두 장미를 좋아해 심은 안마당 장미 향기가 어찌나 강했던지 열어놓은 창문을 타고 넘어와 2층 작업실 안을 가득 메웠기 때문이다.

난 그 '장미 아틀리에'가 매우 좋았다. 그리고 언제부터인가 그 공간 속에서 세상을 향해 상상의 날개를 마음껏 펼치고 있었다.

'장미 아틀리에'에 있는 시간이 늘어나면서 산과 들로 뛰어다니는 것보다는 혼자 방 안에서 사색한다거나 그림 그린다거나 하는 일에도 익숙해지고 있었다.

그러던 어느 날, 종례 시간에 들어오신 선생님께서는 내일까지 국군 장병 아저씨에게 위문편지를 써서 가져오라고 하셨다.

아이들은 일제히 투정을 부렸다.

"에이, 싫어요. 숙제도 많은데. 요새 누가 편지를 써요."

하지만 선생님께서는 들은 척도 하지 않으시며 '내일'이란 말에 힘주어 당부하셨다.

의견이 무참하게 묵살되자 아이들은 투덜거리면서 다투듯이 교실을 빠져나갔다.

그러나 난 정말 한 번쯤은 군인 아저씨에게 편지를 써 보고 싶었었다. 만약 우리 오빠가 살아 있었다면 군대에 갔을 테니까. 군대 간 오빠가 있어 위문편지를 쓰는 친구들을 볼 때면 난 은근히 부러워했었다.

집에 돌아온 나는 평소 상상했던 청년이 된 오빠 얼굴을 떠올리며 예쁜 편지지 위에 글을 쓰기 시작했다. 오빠에 대한 그리움과 편지를 받게 될 군인 아저씨에 대한 고마움이 겹치면서 정말 마음을 다해 썼다.

고마운 국군 장병 아저씨께

안녕하세요?

이 글을 받는 군인 아저씨는 분명 누군가의 아들이겠죠? 아들이라는 단어만으로도 가슴이 뛰고 설레는 저는 오래전 아들이 되기를 꿈꾸었던 딸이랍니다. 그래서 아들보다 더 아들처럼 자랐고 아들이 되어야 부모님을 기쁘게 해 드릴 수 있다고 생각했지요. 먼저 하늘나라로 떠난 오빠를 미워하고 그리워하면서 아들이 되겠다는 생각으로 씩씩하게 튼튼하게 자랐습니다.

그런데 이제 저는 알게 되었습니다. 저희 부모님께서는 제가 아들이 되기를 바라지 않으신다는 것을요. 아들처럼 용감하고 씩씩한 것을 바라는 게 아니라 옆에만 있어도 행복한 딸로 자라길 원하신다는 것을요.

그런데 말이에요. 제가 좀 멍청한가 봐요.

이 사실을 알기까지 많은 시간이 걸렸으니까요.

부모님께는 제가 아들이 아니어도 귀한 딸이고 저 역시 제가 아들이 아니어도 행복한 딸이라는 것을 이제야 알았습니다.

고마운 군인 아저씨, 얼굴도 모르는 아저씨에게 이렇게 말하는 것은 좀 우습지만 아저씨는 혹시 딸이 되고 싶었던 적이 있었나요? 있었다면 꼭 말씀해 주세요!

저도 이제 정말 딸이 되고 싶거든요. 사실은 그래도 될 나이가 되었으니까요.

어느새 가지런히 땋은 갈래머리가 잘 어울리는 여중생이 되었으니 저도 예쁘고 착한 딸로 자라고 싶어요.

우리 아빠도 아빠의 자리를 찾으신 것처럼 저도 딸이라는 제자리를 찾아가는 중이랍니다.

아저씨도 아저씨의 자리에서 힘내세요.

그럼 몸 건강히 안녕히 계세요.

서울에서 한지수 올림.

한 달 뒤 나는 이름 모를 군인 아저씨에게서 답장을 받았다. 편지를 썼다고 해서 모두 답장을 받은 것은 아니었다. 우리 반에서 답장을 받은 사람이 나 혼자였으니 말이다.

"와, 대단한걸. 부럽다. 지수야, 좋겠다."

친구들의 놀라움과 부러움을 한 몸에 받으며 난 그때 편지라는 매체가 주는 놀라운 매력을 처음 알게 되었다. 지금 생각해 보면 내가 편지를 잘 썼기보다는 솔직한 마음을 담아 친오빠에게 쓰듯이 했기에 얼굴도 알지 못하는 군인 아저씨에게 작은 웃음을 줄 수 있었던 듯싶다.

내 중학 시절은 점점 혼자만의 고독과 우울을 즐기는 것으로 하루하루가 채워지고 있었다. 말괄량이 천방지축 둘째 딸이 어느 날 갑자기 세상 온갖 걱정을 혼자 짊어진 사람처럼 방 안에 꼭꼭 숨어 있자 누구보다 걱정했던 사람은 아빠였다.

혹시 어디가 아픈가 싶어서 괜히 방 앞을 기웃거리기도 하셨고 뭐 필요한 거 없느냐면서 등을 다독거리시기도 했다.

난 그런 아빠를 보면서 속으로만 싱긋 웃었다.

'아빠, 나 아프지도 않고 필요한 것도 없어요. 그냥 혼자 있고 싶을 뿐이에요. 아무 일도 없어요. 걱정하지 마세요.'

그런데 그 말이 입 밖으로 나오지 않았다. 아니 하지 않았다. 어쩌면 난 아빠의 관심과 엄마의 걱정을 좀 더 누리고 싶었는지도 모른다. 그즈음 사춘기를 앓고 있는 청소년으로 대접받으면서 눈에 띄게 달라진 아빠의 관심과 사랑을 좀 더 오래오래 누리고 싶었는지도.

사실 언니는 태어날 때부터 공주였으니 누가 뭐래도 늘 공주 대접을 받았다. 동생은 우울한 우리 집에 찾아온 사랑스러운 아기였으니 역시 공인된 막내 공주였다. 그런데 난 아니었다. 스스로 어여쁜 공주보다는 용감한 아라치가 되기를 원했다. 그래서 난 '아파도 울지 않는 아이', '외로워도 씩씩한 아이', '슬퍼도 웃는 아이'로 자랐다.

하지만 언제부터인가 나도 관심을 받고 싶었다. 보호받고 싶고, 사랑받고 싶고, 인정받고 싶은 마음이 점점 강해져 어느새 나를 사춘기 앓는 소녀로 만들고 있었다. 더 이상 태권도에만 내 인생을 걸 수 없음을 알았고, 덕분에 성장통을 겪고 있었다. 내가 아무리 '태권도를 위해 태어난 아이'라고 할지라도 세상엔 태권도 말고도 하고 싶고, 할 일이 얼마든지 있었다.

태권도와 멀어졌음에도 내게 또 다른 행복이 찾아왔다. 그건 바로 사춘기라는 핑계가 가져온 배려와 관심이었다. 덕분에 나는 그동안 누리지 못했던 둘째 딸, 둘째 공주의 자리를 충분히 누릴 수 있었다. 그만큼 아주 행복했다.

다시 돌아온 나의 집

모든 것이 그대로였다. 물론 집은 예전의 그 집이 아니었다. 아빠의 강력한 의지에 따라 우리 가족은 아빠가 직접 설계하고 지은 붉은 기와 3층 집으로 이사했다.

하지만 집만 바뀌었을 뿐 모든 것은 같았다. 책상도 침대도, 그리고 나를 감싸고 있는 모든 것들도.

어제 아침처럼 오늘 아침도 똑같이 그대로였다. 그런데 아침에 일어나 바라본 거울 속 나는 더 이상 어제의 한지수가 아니었다. 웃는 얼굴도 달랐다. 말괄량이는 온데간데없고, 차분하고 수줍음 많은 갈래머리 여학생이 거울 속에서 싱긋 웃고 있었다.

언니는 원하는 대학에 들어갔고 난 중학교 졸업반이 되었다. 그림 그리기에 소질이 있었던 나는 예술 고등학교에 진학할까 고민도 했지만 미래를 단정 짓고 싶지 않았다.

내 앞에 놓여 있는 도화지는 하얀색 그대로였다. 내가 마음

먹기에 따라 노란색 바탕에 초록색 그림을 그릴 수도, 파란색 바탕에 빨간색 그림을 그릴 수도 있었다. 스스로 무한한 가능성을 갖고 있다고 생각하면 뿌듯했다.

내 앞에 놓여 있는 삶은 이제 시작이었다.

그러나 나 혼자만의 삶은 아니었다. 내겐 늘 무한한 사랑과 격려로 나를 지켜봐 주시는 아빠가 계셨고, 늘 따뜻한 미소와 헌신으로 딸들을 돌봐 주시는 엄마가 계셨다. 차근차근 자신의 미래를 만들어 가는 언니가 있었고, 언니와 내 뒤를 이어 같은 국민학교에 들어가 선생님들의 귀여움을 독차지하고 있는 동생 지희가 있었다.

모든 것이 평온했고 모든 것이 감사했다. 치기 어린 행동과 예측할 수 없는 사건들로 점철되었던 나의 어린 시절은 그렇게 서서히 막을 내리고 있었다.

망아지처럼 뛰어다녔던 어린 시절과 말똥만 굴러가도 깔깔깔 웃어대던 사춘기를 지나 이제 세상을 보는 눈이 더욱 커지고 넓어지고 있었다.

그즈음 난 비로소 명확히 깨달았다. 세상은 나에게 아들이 되어 줄 것을 기대하지 않았고, 엄마와 아빠 역시 내게 아들로 살아갈 것을 강요하지 않았다는 것을. 그토록 아들이 되고자 몸부림쳤던 까닭은 내 안에 웅어리진 아픔을 털어내려 한 것이었음을.

무엇 때문이었는지 어디서부터 시작되었는지 모르지만, 분명 내 가슴엔 응어리가 맺혀 있었다. 그리고 그 아픔은 스스로의 무게를 이기지 못하고 뜨거움으로, 외로움으로, 또 때로는 거칠 것 없는 당당함으로 그렇게 표현되었던 것이다.

다시 돌아온 나의 집은 그 자리에서 언제나처럼 나를 따뜻하게 맞아 주었다.

나는 나를 기다리는 새로운 세상을 향해 활짝 미소 지었다. 분명 거울 속에서 수줍게 웃고 있는 사람은 하얀 블라우스를 입고 갈래머리를 가지런히 땋아 늘인 맑고 착한 눈동자의 여리디여린 소녀였다. 하지만 이 세상 그 누구보다도 강한 열정과 희망으로 단단해 지고 있었다.

에필로그

'아버지'와 함께 쓴 글

우리 세 자매가 살아왔던 시기의 어느 한 토막을 떼어내어 빠른 호흡으로 쓴 글이다. 뒤돌아보려니 꽤 오래전의 이야기여서 때로는 틀린 부분도 있겠고 이야기의 극적 재미를 위해 다소 과장된 부분도 없지 않지만 우리 가족의 흔적이 고스란히 담겨 있는 글이기도 하다.

이야기 속에서는 둘째 딸인 내가 주인공으로 나오지만 사실 나는 찬란한 조연이었다. 이 책의 주인공은 단연 '우리 아버지'이시다. 게으르고 부족한 나를 일깨워 이 글을 쓰게 하신 분도, 이 글을 쓰지 않고는 못 견디게 하신 분도, 단지 부르기만 해도 위로와 격려가 되는 분도 단연 우리 아버지이시다.

비록 다시는 그 큰 손을 잡아 볼 수 없어도 아버지의 존재감과 사랑 덕분에 못난 둘째 딸이 이 글을 무사히 마무리할 수 있었다. 아니 어쩌면 지금부터 시작일지 모른다.

세 딸 모두에게 다양한 재능을 주시고, 자신이 원하는 일을 하면서 살 수 있도록 토양을 만들고 키워 주신 아버지 덕분에 나는 '아들이 되고 싶었던 딸'에서 '아들이 아니어도 충분히 행복한 딸'로 살아가고 있다. 물론 언니도 동생도 마찬가지일 것이다.

서두에서 말했지만, 이 글이 우리 세 딸에 대한 아버지의 사랑을 충분히 보여 주지 못했다면 그건 전적으로 나의 부족함과 게으름 탓이다. 아버지는 내가 표현했던 그 이상의 사랑을 우리 모두에게 온몸으로 보여 주셨던 분이다.

그리고 무엇보다 아버지가 안 계신 자리를 더 든든히 지켜주고 계신 엄마는 세 딸을 훌륭히 키워내시느라 당신 인생의 한 토막을 기꺼이 포기하신 분이시다. 엄마의 인내와 지혜가 없었더라면 아버지가 보여 주신 그 사랑과 격려 역시 빛을 보지 못했으리라는 것을 이 자리를 빌려 고백한다.

나에게 만약 부모를 선택할 기회가 주어진다면 "이보다 더 좋은 최고의 선택은 없노라"라고 감히 단언할 만큼 훌륭하신 부모님께 사랑과 감사와 존경의 마음을 담아 이 작은 책을 바친다.

나의 엄마, 아빠!

그리고 우리 세 딸의 엄마, 아빠……

'사랑, 감사, 존경'이라는 단어를 수백 번, 수천 번 외친다 해도 이루 다 표현할 수 없는 뜨거운 마음을 두 분께 바칩니다.

사랑합니다.

감사합니다.

그리고 존경합니다.